봉명도

鳳鳴刀

FANTASTIC ORIENTAL HEROES

송진용 新무협 판타지 소설

봉명도 5

송진용 新무협 판타지 소설

초판 1쇄 찍은 날 § 2009년 5월 1일
초판 1쇄 펴낸 날 § 2009년 5월 9일

지은이 § 송진용
펴낸이 § 서경석

편집장 § 문혜영
편집 § 서지현

펴낸곳 § 도서출판 청어람
등록번호 § 제1081-1-89호
등록일자 § 1999. 5. 31
어람번호 § 제2-1733호

주소 § 경기도 부천시 원미구 심곡동 2동 163-2 서경B/D 3F (우) 420-822
전화 § 032-656-4452 팩스 § 032-656-4453
http://www.chungeoram.com
E-mail § eoram99@chollian.net

ISBN 978-89-251-1791-1 04810
ISBN 978-89-251-1517-7 (세트)

대체 누가 적이고 누가 동지인 것이냐?

봉명도(鳳鳴刀)를 찾아 종횡강호하는 중에 드러나는 어둠의 실체.

내공 없이도 잘 싸운다. 그러나 내공이 있으면 더 잘 싸운다.

봉명도 鳳鳴刀

난세를 종식시킬 봉명도의 비밀은, 하늘에 있으니, 봉황이 날아오르는 날

운명은 그를 영원히 잊혀지지 않을 전설로 만들어주리라.

청람

目次

第一章
금모수왕(金毛獸王)을 만나다

鳳鳴刀
봉명도

금모수왕(金毛獸王)을 만나다

"아!"

빙동에 들어온 사람들이 모두 놀람의 탄성을 터뜨렸다.

바깥과는 전혀 다른 추위 때문이다.

괴수들을 뚫고 광장을 지나 이곳까지 온 자들은 하나같이 고수 아닌 자가 없었다.

하지만 그중에도 내공의 수위가 높고 얕은 차이는 있다.

내공이 약한 자들은 벌써 온몸을 덜덜 떨어대고 있었다.

음침한 어둠 저쪽에서 흘러나오는 한기에 뼛속까지 시려 온다.

내공이 강한 자들도 추위를 느끼기는 마찬가지였다. 다만

약한 자들보다 더 잘 견디고 더 오래 견딜 수 있다는 차이가 있을 뿐이다.

그런 자들의 우두머리는 역시 호남 흑룡장의 장주인 호남 신권 양광추와 하남 낙수장의 장로인 십면철권 조위풍이었다.

그들 두 노인은 운기행공하여 몸의 양기를 보호하며 빠르게 동굴 안쪽을 향해 나아갔다.

그들의 뒤를 바짝 따르는 건 비천혈검 우문한이었다.

그의 내공 수위 또한 놀라울 만큼 높았다는 게 증명되는 순간이다.

그 뒤를 십여 명의 군웅이 이를 딱딱 마주치며 따랐는데, 그들 중 서너 명은 더 이상 뒤따르지 못하고 멈추었으며, 두어 명은 자신의 한계를 무시하고 억지로 양광추 등을 따라 들어가다가 기어이 몸을 웅크린 채 쓰러지고 말았다.

그러자 그들의 몸이 빠르게 얼어가기 시작하더니 하얀 서리에 뒤덮이고 끝내 단단한 얼음 속에 갇히고 말았다.

두려워하고 비통해하는 그들의 표정이 얼음 속에서 생생하게 남아 있다.

그와 같은 희생이 있었지만 앞선 자들은 누구 하나 그들을 동정하지도 않았고 구하기 위해 조력의 손을 내밀지도 않았다.

탐욕이 그들을 집어삼킨 것처럼 자신들도 그렇게 될지 모른다는 두려움이 있지만 그것보다 봉명도에 대한 욕심이 더 큰 것이다.

드디어 어둠 속에서 한줄기 은은한 푸른빛이 감도는 공간까지 들어왔다.

한 걸음을 내딛을 때마다 느껴지는 한기는 배가된다.

"아!"

앞섰던 양광추가 놀란 외침을 터뜨리고 멈추었다.

턱을 덜덜 떨며 다가온 조위풍과 우문한도 눈을 크게 뜨고 노려본다.

그들의 앞쪽, 푸른빛을 발하는 얼음덩이 앞에 한 사람이 무릎을 꿇고 있었던 것이다.

두 조각 난 그 얼음덩이가 바로 만년빙정보다 더 순수하고 지독한 극빙지정(極氷之精)이라는 걸 미처 알아보지 못한 사람들은 그 괴이한 모습에 의아해했다.

"곽서언이다."

조위풍이 침중한 음성으로 말했을 때에야 사람들은 무릎을 꿇고 있는 자가 바로 천검보의 후계자이자 옥기린으로 불리는 곽서언이라는 걸 알았다.

그의 온몸은 얼음으로 변해 있었다.

장인이 정교하게 만들어놓은 얼음조각 같다.

탐욕이 기어이 그를 집어삼켜 차가운 얼음으로 만들어 버린 것이다.

사람들은 모두 곽서언이 이곳까지 들어올 수 있을 만큼 심후한 내력을 가지고 있었다는 데에 놀라는 한편, 그런 그의 비참한 모습을 보고 가슴이 철렁했다.

"저기!"

조위풍이 손을 들어 한곳을 가리켰다.

수라신부라는 현판이 걸려 있는 석실 안이다.

석문이 부서져 버린 걸 본 사람들의 얼굴에 하나같이 좌절의 기색이 떠올랐다. 이미 누군가 이곳을 다녀갔다는 걸 알 수 있었기 때문이다.

그리고 그 안에 좌화해 있는 육수천의 유체를 보았고, 그 곁에 얼음조각이 되어 굳어버린 또 한 사람을 보았기 때문이기도 하다.

장발이 얼굴을 뒤덮고 있으며, 왼팔이 없는 괴이한 자.

하지만 그자가 석실 안에까지 들어갔으니 내공이 출중한 자라는 걸 짐작할 수 있다.

그러나 결국 그자도 저렇게 얼음조각이 되어버리고 말았으니 더욱 가슴이 떨려온다.

이를 딱딱 마주치던 우문한이 먼저 석실 안으로 조심스럽게 걸어 들어갔다.

칼을 뽑아 가슴을 보호하는 건 혹시라도 있을지 모르는 암격을 경계하는 것이다.

하지만 석실 안에는 아무런 기관 장치도 없었다. 오직 살을 얼리고 뼈를 부숴 버릴 것 같은 한기만 가득할 뿐이다.

"육수천……."

우문한이 펼쳐져 있는 양피지를 보았다. 절로 탄식 같은 한마디를 내뱉는다.

다가온 양광추와 조위풍도 마찬가지였다.

그들은 얼음조각이 된 사자성의 발아래 떨어져 깨져 있는 옥함을 보았다.

봉황의 무늬가 정교하게 새겨진 귀한 물건인데 그 안에 들어 있어야 할 물건은 없었다.

"봉명도가 여기 있었다."

그것을 본 양광추와 조위풍이 동시에 신음했다.

저 옥함 안에 들어 있던 게 틀림없이 봉명도였을 것이라고 확신한다.

하지만 그것을 노리고 들어왔던 자는 이렇게 얼음조각이 되었고, 누군가 또 다른 자가 그것을 가지고 나간 모양이니 실망하지 않을 수 없다.

"대체 누가 그렇게 할 수 있단 말인가?"

양광추가 턱을 덜덜 떨며 겨우 말했다.

지금까지는 잘 버텨왔으나 더 이상 버틸 수 없는 한계에 이른 것이다.

그건 조위풍이나 우문한도 마찬가지였다.

끝까지 그들의 뒤를 따라 들어온 서너 명의 군웅도 다르지 않다.

그들 모두 자신의 내공으로 이 지독한 한기와 싸우는 데에 이제는 한계점에 다다르고 있었던 것이다.

더 버티다가는 자신들도 얼음조각이 되어버릴 것이라는 두려움이 밀려든다.

"대체 누구냐?!"

잔뜩 화가 난 양광추가 발을 구르며 소리쳤다.

무언가 심각하게 생각하던 조위풍이 자신없는 음성으로 말했다.

"장팔봉 그놈일까?"

"그럴 리가 없어!"

양광추가 즉시 반박한다.

"그놈이 어떻게 이 한기를 극복하고 여기까지 와서 봉명도를 손에 넣을 수 있었겠소?"

모두 장팔봉의 무공이 형편없다는 걸 잘 알기에 그 말에 반박할 수가 없다.

양광추가 얼음조각이 된 사자성을 살펴보더니 머리를 갸웃거렸다.

"이 사람은 대단하군. 어쩌면 우리보다 더 고수일지도 몰라. 그런데 알 것도 같은 얼굴이란 말씀이야."

그렇지 않다면 혼자서 광장의 괴수들을 뚫고 여기까지 왔을 리가 없지 않은가.

그래서 조위풍과 군웅들은 고개를 끄덕여 그의 말에 동의했다.

군웅 중 한 사람이 덜덜 떨리는 음성으로 말했다.

"그가 누구인지 알 것 같소."

"누구야?"

"내 눈이 틀리지 않았다면 그는 아마도 이대 무림맹주였던 남천검왕 사자성일 것이오."

"무엇이? 남천검왕?"

"무림맹주 사자성이라고?"

양광추와 조위풍이 크게 놀라 동시에 소리쳤다.

더 자세히 들여다보자 과연 사자성이 틀림없다는 걸 확인하게 된다.

"아, 안타깝구나. 그와 같은 위인도 봉명도에 대한 탐욕 때문에 여기서 이렇게 얼음조각이 되고 말았으니, 인간의 탐욕이 대체 무엇이기에 이와 같이 한 사람의 영웅을 망가뜨린단 말인가."

조위풍이 저도 모르게 장탄식을 했다.

그 말을 들은 사람들의 가슴에 모두 한 가닥 부끄러움이 생긴다.

하지만 정작 조위풍 자신도 그러한 탐욕의 포로가 되어서 여기까지 왔으니 우습기도 하다.

물끄러미 사자성을 바라보고 그의 발아래 떨어져 깨져 있는 옥함을 바라보던 우문한이 더 미련이 없다는 듯 돌아섰다.

어깨를 잔뜩 움츠린 채 덜덜 떨며 석실을 나가는 그의 온몸에 한 겹 서리가 덮여 있었다.

그렇게 그들이 아무 건진 것 없이 빙동에서 빠져나왔을 때는 모두 온몸이 꽁꽁 얼고 지쳐 있어서 꼼짝도 할 수 없는 지경이 되었다.

몸이 녹고, 내력을 다시 회복하려면 두어 시진 동안은 운기행공을 해야 할 것이다.

빙동 안으로 달려들어 갔던 사람들은 모두 열두 명이었는데, 무사히 밖으로 다시 나온 자들은 불과 여섯 명에 지나지 않았다.

반이 그 빙동 안에서 얼음덩이로 변해 버린 것이다.

*   *   *

사정은 오른쪽, 증기탕과 다름없는 증동(蒸洞)으로 들어간 자들도 다르지 않았다.

종자허의 눈에서 기어이 피눈물이 흘러내리기 시작했다.

온몸의 혈관이 팽창하는 걸 내공의 힘으로 억누르고 있었는데, 그 한계에 이른 것이다.

그러자 가장 약한 두 눈의 혈관이 기어이 터져 버렸고, 땀과 피가 뒤섞여 흘러내리기 시작했다.

증동 안의 열기는 그대로 찜통을 옮겨놓은 것과 다르지 않았다. 아니, 안으로 들어갈수록 더 지독해진다.

바위와 쇳덩이를 녹이며 이글이글 타오르는 용암의 뜨거움이다.

그것이 붉게 달아올라 있는 한 개의 바위에서 뿜어지는 열기라는 걸 알게 된 사람은 고작 다섯 명에 지나지 않았다.

용정(鎔精)이라 불리는 그 바위가 있는 곳까지 오는 동안 나머지 사람들은 모두 벌겋게 익은 채 죽어버린 것이다.

그들은 그나마 나았다.

자신의 능력을 무시하고 악착같이 안으로 더 들어온 자들 중 더러는 살갗이 흐물흐물 녹아서 흘러내렸고, 더러는 온몸의 혈관이 터져서 모공마다 펄펄 끓는 피를 쏟아내며 죽어갔다.

그리고 끝까지 살아남은 자들도 무사하지는 못했다.

종자허처럼 두 눈의 혈관이 터져 실명한 자가 있는가 하면, 내부의 열기 때문에 내장이 익어서 서서히 죽어가는 자가 생기기도 했다.

강호에서는 모두가 한 지방을 호령할 만한 절정고수들이었지만 이 증동의 열기 앞에서는 한없이 나약한 몸뚱이를 지닌 동물에 지나지 않았다.

그들 중 종자허의 형편이 그나마 나은 편이었다. 그의 내공이 가장 심후했기 때문이다.

이제는 돌아서서 나갈 수도 없다는 걸 안 사람들은 모두 절망했다.

이곳이야말로 괴수들로 들끓던 저 바깥의 광장보다 몇 배나 더 지독한 지옥이라는 걸 실감한다.

그렇게 하나둘 픽픽 엎어져 고통스런 신음을 흘리다가 흐물흐물 녹아내렸다.

다 죽었다.

종자허 혼자서만 살아 악착같이 앞으로 나아가고 있었다.

두 눈이 보이지 않게 되었으므로 오직 실명하기 전에 보아두었던 광경을 기억으로 되살려 내고, 앞으로 내뻗은 손가락의 감각에 의지할 뿐이다.

그렇게 구천수라신교의 마지막 교주인 목극탑(木極塔)이 좌화해 있는 석실까지 들어왔다.

그리고 아무것도 찾지 못했다. 텅 비어버린 석실에 불과했던 것이다.

아니다.

종자허는 저의 일생에 있어서 가장 가치있는 두 가지를 찾아냈다.

바람이었다. 그리고 탐욕의 헛됨에 대한 깊은 자각이다.

바람은 그가 시력을 잃었기에 찾아낼 수 있는 귀중한 보물이었다.

여전히 피눈물을 흘리면서, 이제는 불에 달군 것처럼 뜨거운 바닥에 엎드려 엉금엉금 기면서 온몸의 감각을 두 손끝과 코에 집중했는데, 그때 한줄기 미약한 바람을 감지한 것이다.

그건 느낌에 와 닿았고, 후각에 와 닿았다.

이 뜨거운 공기 속으로 흘러들고 있는 미약한 한줄기 기운이면서 다른 냄새였다.

'출구다.'

종자허는 그것을 발견한 것이 이곳에서 봉명도를 발견한 것보다 더 반갑고 기뻤다.

살아서 진소소를 다시 만날 수 있다는 것이야말로 지금 이 순간 그가 가질 수 있는 최상의 가치이면서 유일한 희망이었던 것이다.

그래서 그는 벌레처럼 엉금엉금 기었다.

뱃가죽이 푹푹 익어 홀렁거리며 벗겨지는 것도 모르고 기어갔다.

팔꿈치의 살이 뭉텅뭉텅 떨어져 나가 허연 뼈가 드러난 것도 모른다.

몸을 미는 두 다리가 그렇게 변해가고 있다는 것도 의식하지 못한다.

오직 저 생소한 느낌이 흘러나오고 있는 곳으로 조금씩 조금씩 가까이 가고 있다는 것만 희열로 느낄 뿐이다.

드디어 그의 익어버린 내장이 흘러나오기 시작했다. 그것을 꼬리처럼 매달고 그래도 기어가는 건 그의 지독한 의지이자 소망이었다.

그리고 기어이 그것마저 저 끝을 알 수 없는 심연으로 떨어지고 말았다.

"아가씨……."

그의 마지막 말은 들릴 듯 말 듯 희미한 중얼거림이었다.

장팔봉이 기어들어 갔던 그 작은 동혈을 지척에 둔 곳에서 그가 뜨거운 돌바닥에 머리를 처박았다.

파르르 떨리는 손끝이 동혈을 향해 안타깝게 뻗어나간다.

그리고 멈추었다.

빙동에 들어갔던 자들은 그래도 몇몇 살아 나온 자가 있었는데, 이 중동에 들어온 자들은 한 명도 살아남지 못했다.

헛된 탐욕과 부질없는 욕망이 역겨운 냄새로 화해 뜨거운 공기 속을 떠돌 뿐이다.

그리고 그 초열지옥의 입구를 향해 다가서는 또 한 무리가 있었다.

빙동에서 가까스로 살아 나온 자들이다.

무려 한 시진에 걸쳐 체력과 기력을 회복하고 나자 오른쪽 동혈에 대한 궁금증을 참을 수 없었던 것이다.

그곳으로 들어갔던 자들이 아무도 나오지 않았으니 조급해지기도 한다.

그래서 그들은 한 시진 전, 자신들이 빙동에서 보았던 그 옥함에는 봉명도가 들어 있지 않았던 거라고 애써 믿었다.

아직도 멈추지 않은 탐욕이 자신들을 죽음의 불구덩이로 이끌어가고 있지만 알지 못한다.

저 오른쪽 동혈 속에는 어쩌면 봉명도가 있을지도 모른다.

먼저 들어간 자들이 아직도 나오지 않고 있는 건 그걸 얻어서 서로 빼앗기 위해 싸우고 있기 때문인지도 모른다는 생각에 걸음을 재촉한다.

아니면, 저 동혈 안에는 이곳에서 빠져나갈 수 있는 유일한 통로가 있을지 모른다는 한 가닥 희망도 그들을 유혹했다.

그런 헛된 소망을 품고 양광추와 조위풍과 우문한, 그리고 세 명의 군웅은 앞다투어 중동의 비좁은 입구로 기어들어 갔다.

그들 역시 앞서 중동으로 들어갔던 자들처럼 아무도 그곳에서 살아 나오지 못하게 되리라.

하지만 그런 사실을 짐작하는 자조차 없었다. 오직 탐욕이 이끄는 대로 자신의 무덤이 될 굴속으로 몸을 굽히고 기어들어 갈 뿐이다.

*   *   *

그때 장팔봉은 봉명도를 품에 안은 채 드디어 그 지옥 같은 통로를 벗어나 밝은 하늘 아래 우뚝 서 있었다.

비좁고 어두운 통로는 수백 번도 더 굽으면서 위로, 위로 뻗어 있었다.

도대체 아무리 더듬으며 기어가도 그 끝이 보이지 않을 만큼 지루한 길이다.

죽음에서 부활하는 길이 이렇게 어둡고 비좁으며 지루한 것이라면 아예 부활하지 않는 쪽을 택할지도 모른다.

한 세상을 버리고 다른 세상으로 나아가는 길이 이와 같다면 그냥 저 아래의 지겨운 세상에 머물러 있는 게 나을 것이다.

그런 생각으로 끊임없이 투덜거리면서도 장팔봉은 멈추지 않았다.

부활의 길이고 다른 세상으로 나아가는 그 통로를 엉금엉금 기어올라 간다.

두어 시진이 넘도록 그렇게 무릎과 팔꿈치로 기었으니 평생을 긴 것보다 더 많이 기었을 것이다.

그리고 그 노력의 끝이 드디어 보이기 시작했다.

머리 위 저 먼 곳에서 한 가닥 희미한 빛이 흘러들었던 것이다.

거기에 이르기까지 다시 한 시진 남짓을 이를 박박 갈며 기었다.

그리고 기어이 이계(異界)의 통로와도 같은 그 비좁은 굴에서 벗어났을 때는 석양이 지는 무렵이었다.

　그는 화염봉이 지척에 보이는 한 바위 봉우리에 올라와 있었다.

　풍화곡이 발아래 까마득히 내려다보인다.

　그리고 그곳에서 금빛으로 찬란하게 빛나는 한 고귀한 생명을 만났다.

　　　　　　*　　　　*　　　　*

　장팔봉이 동굴 통로를 필사적으로 기어올라 가던 그 무렵.

　풍화곡 밖 골짜기에서는 세 집단이 대치하고 있었다.

　한쪽은 드디어 마각을 드러낸 패왕성의 마두들이었는데, 그들을 이끌고 있는 자는 무심적괴 도적성이 이끄는 마환천의 고수들이었다.

　그들과 정면에서 대치하고 있는 자들은 두 명의 중년 사내와 아리따운 여인 한 사람이었다.

　진소소와 그녀를 호위하고 있는 청명검호 가중악, 그리고 불견자 풍곡양이다.

　정면으로 대치하고 있는 그들과 조금 떨어진 곳에는 염라화 백무향이 쌀쌀맞은 얼굴을 한 채 팔짱을 끼고 서서 바라보고 있었다.

　그녀의 태도만으로 본다면 중립을 지키고 어느 쪽의 편도 들지 않겠다는 것처럼 보인다.

"우리는 죽을 고생만 했을 뿐, 아무것도 얻지 못했소."

풍곡양의 말에 도적성이 흰 수염을 쓸며 빙그레 웃었다.

그 모습만으로 본다면 누가 그를 마두 중의 마두요, 냉혹무정한 마환천주라고 할 것인가.

인자하고 자애로운 노학자 같은 모습이기만 했다.

마환천주 도적성이 풍곡양의 말에는 대꾸하지 않고 백무향을 향해 포권했다.

"백 아가씨, 당신이 강호에 다시 나타났다는 소문은 들었소이다. 하지만 이렇게 다시 보게 될 줄은 생각지 못했소."

백무향이 코웃음을 치고 쌀쌀맞게 말했다.

"흥, 당신은 반갑다는 건가요? 아니면 지겹다는 건가요?"

"어디, 어디. 소생이 감히 백 아가씨 면전에서 그런 마음을 먹을 수 있겠소이까?"

한때 그는 백무향에 대한 지독한 연심을 품은 적이 있었다. 젊었을 때의 일이다.

하지만 지금 저는 이렇게 늙었고, 백무향은 여전히 중년의 넉넉한 아름다움을 간직하고 있으니 무언가 겸연쩍기도 하면서 그녀를 대하기가 껄끄러웠다.

백무향이 두리번거리는 도적성을 다시 비웃었다.

"흥, 그대가 도살부부를 찾는 거라면 쓸데없는 짓이오."

"응? 백 아가씨는 그들의 행방을 알고 있소?"

"알지는 못하지만 그들의 속셈이야 능히 짐작할 수 있지요. 당신도 그럴 텐데?"

"끄웅—"

그 말에 도적성이 된 숨을 내쉬었다. 눈살을 잔뜩 찌푸리는 것이 못마땅해하는 기색이 역력하다.

백무향에 대한 불만이 아니라 이 중요한 시점에 어디론가 사라져 버린 도살부부에 대한 못마땅함이었다.

'그 늙어서 정신이 오락가락하는 것들은 정말 아무짝에도 쓸모가 없구나. 이번 일만 무사히 끝내면 내 손으로 그 두 늙은이를 때려죽이고 말 테다.'

그런 독한 마음을 품지만 겉으로는 여전히 온화하고 태연하다.

그가 자신의 속마음을 감추고 다시 말했다.

"백 아가씨께서 이 일에 방관자가 되시겠다면 좋은 구경을 시켜 드릴 테니 멀찍이 떨어져 있는 게 어떻겠소이까? 혹시라도 싸움의 와중에 피해를 입으실까 봐 걱정하는 것이오."

"당신은 정말 저 세 사람을 죽일 셈인가요?"

"순순히 포박을 받는다면 터럭 하나 다치지 않을 것이나 반항한다면 어쩔 수 없는 일이라오."

"홍, 그건 련주의 명령을 받았기 때문이겠지요?"

"그렇소이다. 련주의 명은 지엄하니 내가 어찌 거스를 수가 있겠소?"

백무향의 낯빛이 더욱 차가워진다.

"무극전은 당신을 단단히 신임하는 모양이군요? 그랬기에 이처럼 험한 곳에 당신 혼자 보냈겠지요."

"하하, 이곳에는 나와 내 수하 몇 명이 있을 뿐이지만 산 아래에는 천라지망이 펼쳐져 있으니 련주의 허락 없이는 개미 새끼 한 마리 무사히 빠져나갈 수 없을 것이오."

그 말을 하는 도적성의 얼굴에 의기양양한 기색이 가득했다.

백무향은 코웃음을 쳤고, 진소소와 그녀의 두 호위는 낯빛이 어두워졌다.

진소소가 도적성을 흘겨보며 입술을 잘근잘근 깨물었다.

'겨우 그 정체를 알 수 없는 괴수들을 피해 나왔더니 이건 늑대굴로 들어온 꼴이 되었구나.'

그런 한탄을 하지 않을 수 없다.

'누구든 저 풍화곡 안에서 봉명도를 찾는 자가 나올 것이다. 그자는 평생 그곳에서 살 게 아니니 반드시 산을 내려가겠지. 그때 힘 하나 들이지 않고 그자를 잡아 죽이고 봉명도를 손에 넣자는 속셈이로구나.'

과연 음흉한 계획이었다.

그것은 진소소가 원하는 바이기도 하다. 하지만 그녀가 걱정하는 건 도적성이 저의 신분을 알지 못하고 있다는 것 때문이었다.

자신은 패천마련의 련주인 거령신마 무극전의 제자이면서 그의 명령을 받아 봉명도를 찾기 위해 강호에 나오지 않았던가.

그러니 지금 마환천의 고수들이 왔다는 데에 든든한 마음이 되어야 할 것이다.

그러나 그녀가 무극전과 사제의 연을 맺고 있다는 건 그들 두 사람만의 비밀이었다.

도적성도 알지 못할 테니 그는 공을 세울 마음으로 자신을 잡으려 할 게 뻔했다. 그러면 일이 엉망이 될 것 아닌가.

'여기서 사실을 밝혀야 하나?

그런 충동이 들었다. 하지만 망설이게 되는 건 나중에 사부가 어떤 책망을 하게 될지 알 수 없어서이고, 백무향이 있기 때문이었다.

그녀의 걱정이 그런 데에 있다면 그런 내막을 알지 못하고 있는 가중악이나 풍곡양의 근심은 오직 저 늑대의 무리들 속에서 어떻게 진소소를 탈출시키느냐 하는 데에 있었다.

'여기가 뼈를 묻을 곳인 모양이구나.'

그런 생각을 하지 않을 수 없다.

가중악에게 후회는 없었다.

그동안 진소소를 곁에서 늘 볼 수 있었기 때문이다. 아무에게도 내색할 수 없었던 저의 짝사랑을 위해서라면 여기서 그녀를 위해 죽는 것도 아름다울 것이라고 생각한다.

그러나 풍곡양에게는 억울한 마음이 있었다.

진소소와 천화상단의 힘을 빌어서 자신의 옛 위세를 되찾을 계획이었는데 이제 그게 물거품이 될 것이기 때문이다.

'하지만 이것도 영웅다운 죽음이 되겠지. 강호에 내 이름이 오래도록 남을 것이다.'

그런 생각으로 자신의 마음을 달랜다. 쓴웃음을 짓지 않을 수 없다.

'이렇게 되고 말 운명이라면 깨끗하고 대범하게 죽자. 그게 명예를 지키는 일이 될 것이다.'

체념과 함께 그런 생각을 하게 된다.

진소소에게는 한 가닥 믿는 구석이 있었다.

바로 백무향이다.

'그녀가 도 천주를 막아주기만 한다면 가능성이 있다.'

백무향이 도적성을 맡아준다면 자신과 두 명의 호위가 전력을 다해 마환천의 고수들을 뚫고 나갈 수 있을 것이라고 믿는다.

*　　　*　　　*

"이게 뭐야?"

장팔봉이 입을 딱 벌렸다. 찢어질 듯 눈을 부릅뜨는 건 지나친 놀람 때문이다.

유일한 생로인 동굴 통로를 빠져나와 맑고 신선한 공기를 한껏 들이켜며 비로소 살았다는 감격에 가슴 벅차오르는데 그의 눈앞에 금빛 구름 한 덩어리가 떨어졌던 것이다.

짐승이었다. 아니, 괴수라고 해야 옳다.

몸집은 송아지만 했는데 온통 금빛 빳빳한 털로 덮여 있었다.

얼굴 생김은 곰과 같은데, 뾰족하게 솟은 두 귀는 당나귀의 그것처럼 길었고, 붉고 큰 눈은 호랑이의 눈 같다.

몸집은 영락없이 원숭이처럼 생겼으나 열 개의 손톱과 열 개의 발톱이 웅크린 독수리의 발톱이다. 그것이 한 뼘이 넘어 보이도록 길다.

축 늘어진 꼬리는 땅을 쓸 만큼 길었다. 무성한 털로 덮여 있는 두툼한 그것이 좌우로 건들거릴 때마다 붕, 붕 하는 바람 소리가 났다.

저 꼬리에 한 대 맞으면 바위라도 박살날 게 틀림없다.

금빛 찬란한 괴수.

그것이 눈도 깜짝이지 않고 장팔봉을 노려보고 있었다.

사람처럼 두 발로 선 채 무릎 아래까지 닿는 긴 손을 늘어 뜨리고 서 있는 모습은 성성이 같았다.

생전 처음 보는 괴수였다. 세상에 이런 것이 있다는 말을 들어본 적도 없다.

장팔봉이 놀라고 어리둥절해서 멍하게 바라보는데 다시

획— 하는 가벼운 바람 소리가 들렸다.

그리고 두 마리의 괴수가 가볍게 내려앉는다.

생긴 건 금빛 괴수와 똑같았으나 크기가 작고 검고 긴 털에 뒤덮인 괴수들이었다.

장팔봉은 바로 저놈들이 운무 속에서 저와 사자성을 공격했던 그 괴수들이라는 걸 알았다.

그것들이 낮은 소리로 끽끽거리며 어깨를 움찔거렸다.

당장에라도 장팔봉에게 달려들어 갈기갈기 찢어놓을 것 같은 살기를 뿜어내고 있는 것이다.

하지만 그것들은 금빛 괴수의 명령을 기다리는 모양이었다. 함부로 발작하지 못한다.

눈을 끔벅이던 장팔봉의 얼굴이 서서히 일그러지기 시작했다.

'염병, 지옥을 벗어났나 했더니 야차왕의 아가리에 머리통을 들이민 꼴이 되었구나.'

눈앞에 있는 괴수들의 무서움이 어떻다는 걸 몸서리쳐지게 경험한 뒤라 어떻게든 해보겠다는 생각보다 절망이 더 크게 밀려들었다.

오금이 후들거린다.

그가 애써 떨리는 걸 참으며 최대한 다정하고 부드럽게 말했다.

"금모 형, 이름을 모르니 그렇게 부르는 걸 이해하시오. 보다시피 내가 지금 막 저 끔찍한 곳에서 한 가닥 생로를 찾아 이렇게 살아 나온 터인데 금모 형을 만났으니 반갑다고 해야 할 것이냐…….."

끔벅.

금모수왕(金毛獸王)이라고 할 수밖에 없는 괴수가 붉은 눈을 끔벅거렸다. 장팔봉의 말을 알아듣는 것 같다.

헛기침을 해서 잠긴 목을 틔운 장팔봉이 다시 간곡하게 말했다.

"금모 형이 나를 처음 보았듯 나도 금모 형을 오늘 처음 본다오. 그러니 우리 사이에 전생에서 원한이 있었다면 모를까, 금생에서는 아무런 원한도 없지 않겠소? 사람이든 신령한 짐승이든 무엇이 되었든 간에 원한이 없으니 미움도 없을 터인데 서로 해치는 건 상생의 이치에도 맞지 않는 일이오. 그렇지 않소?"

금빛 털의 괴수가 머리를 갸웃거린다.

'옳거니, 이놈이 꼴은 괴기해도 신령한 영물인 게 틀림없어. 그렇지 않고서야 어찌 내 말을 알아들을 것이냐?'

그런 생각을 한 장팔봉은 한 가닥 희망을 가졌다.

말이 통한다면 저절로 살길도 열릴 거라고 믿은 것이다. 그래서 혀로 마른 입술을 핥아가며 더욱 열성을 띠고 중얼거린다.

"사람이든 영물이든 무엇이든 금생에 선한 일을 행하면 그

공덕이 내세에까지 미치는 법이라오. 오늘 금모 형이 나를 해치지 않고 살려서 보내준다면 그야말로 한 생명을 구해준 커다란 공덕을 쌓는 것이오. 이 어찌 천신께서 기뻐하지 않으시리요. 금모 형은 살아서 큰 복을 받고 죽어서는 반드시 극락왕생할 것이며, 내세에는 아주 훌륭한 사람으로 태어나게 될 게 틀림없소이다. 또 아오? 왕후장상의 몸을 입고 다시 태어나게 될지. 그러니 나를 보내주시오. 이렇게 머리 숙여 부탁하오."

정말로 금빛 털의 괴수 앞에서 꾸벅꾸벅 머리를 조아린다.

장팔봉의 긴 사설이 지루했다는 듯 금빛 털의 괴수가 푸르르, 하고 말처럼 투레질을 했다. 고약한 냄새가 나는 침이 사방으로 튄다.

보아하니 곱게 길을 비켜줄 생각이 없는 모양이었다. 장팔봉을 바라보는 눈빛이 흉흉해지고 있었던 것이다.

'제기랄, 말귀를 알아듣지 못하는 멍청한 짐승이었구나. 괜히 내 입만 아프게 떠들었다.'

그런 불만이 생긴 장팔봉이 굽실거리던 태도를 싹 바꾸었다.

허리를 쭉 펴고 가슴을 활짝 젖힌 채 늠름하게 서서 금빛 털의 괴수를 째려본다.

"정 내 말을 듣지 않는다면 할 수 없지. 내가 만만해 보이는 모양인데, 그렇지 않다는 걸 알고 후회하게 될걸?"

해보라는 듯 당당하게 버티고 섰지만 마음속에는 말할 수 없는 두려움이 자리하고 있었다.

그래도 더 이상 선택의 여지가 없으니 비굴하게 굴고 싶지는 않았다.

아무리 무지막지하고 무서운 괴수라고 해도 짐승이 아닌가.

'내 자존심이 이까짓 짐승보다 못하다면 내가 어찌 나를 사람이라고 할 수 있을 것인가.'

죽을 때는 죽더라도 끝까지 자존심을 지키자는 거룩한 생각과 각오로 임하게 된다.

그가 품에 안고 있던 봉명도를 천천히 뽑아내기 시작했다.

'제기랄, 목숨과 바꿔서 이 칼을 겨우 얻었는데, 첫 싸움의 상대가 사람이 아니라 흉측하게 생긴 짐승이라니. 쯧쯧……'

스스로도 한심하다는 생각이 들지만 마음껏 한번 휘둘러보고나 죽어야 할 것 아닌가.

第二章
도살부부의 최후

鳳鳴刀
봉명도

도살부부의 최후

번쩍이는 칼빛이 뿜어져 나오자 금빛 털의 괴수가 움찔 놀라는 것 같았다. 물러서더니 붉은 입을 쩍 벌리고 날카로운 이빨을 드러낸다.

낮게 으르렁거리며 잔뜩 몸을 웅크리는 것이 경계하는 기색이 완연했다.

두 마리의 괴수도 송곳니를 드러내고 크르릉거리며 한껏 몸을 낮추었다.

즉시라도 달려들 것만 같은 위협적인 모습에 장팔봉이 서둘러 봉명도를 뽑았다.

드디어 무림의 제일보로 꼽히는 칼이 세상에 완전한 제 모습을 드러낸 것이다.

눈부시게 번쩍이는 빛이 사방을 비추는데, 저물어가는 석양빛을 받아 더욱 황홀하게 빛났다.

장팔봉은 그것을 손에 쥔 순간 부쩍 힘이 솟는 것을 느꼈다. 청량한 기운 한줄기가 시원하게 몸을 관통하는 것 같은 느낌이었다.

이것만 있으면 아무리 사납고 흉포한 괴수라고 해도 두려울 게 없다는 자신감이 든다.

그가 허공에 봉명도를 크게 한 번 휘둘렀다.

그러자 구름 속에서 봉황이 우는 것 같은 소리가 천둥소리처럼 쏟아져 나왔다.

칼 몸에 뚫려 있는 다섯 구멍들이 일제히 바람 소리를 토해낸 것이다.

끼이이이―

날카롭고 괴이하며 웅장한 소리가 허공을 뒤덮는다.

쇠로 된 칼에서 나는 소리라고는 믿을 수 없는 음향이었다.

그 소리를 듣자 금빛 털의 괴수가 어쩔 줄 모르고 쩔쩔맸다. 다른 두 마리의 괴수는 두려움에 질려서 납작 엎드려 벌벌 떤다.

그걸 본 장팔봉은 용기백배했다.

"이놈들이 영물인지라 과연 보도를 알아보는구나. 으하하하― 이것이 바로 봉명도라는 것이다. 자, 덤벼봐! 단칼에 대갈통을 썽둥썽둥 잘라 버릴 테다!"

호기를 크게 부리며 다시 한 번 허공에 칼을 휘둘렀다.

그러자 이번에는 끼이이이— 하는 그 울림이 더욱 크고 날카롭게 터져 나왔다.

그 소리에 완전히 굴복한 듯 드디어 금빛 털의 괴수도 천천히 땅에 엎드린다.

마치 절하는 듯한 모습이 되어 장팔봉의 발아래 납작 엎드려서 꼼짝도 하지 않았다.

털이 무성한 꼬리를 말아 넣은 채 고개조차 들지 못하고 있는 것이 완전한 복종을 의미하는 것 같았다.

장팔봉은 의아하게 생각했다.

"이것들이 봉명도를 알아본단 말인가?"

지금의 태도로 보아서는 오직 봉명도에 굴복하고 복종하는 것 같았다. 그래서 의아해진다.

하지만 곧 그 사정을 이해할 수 있게 되었다.

"그렇군. 이놈들은 바로 이 칼을 지키기 위해서 존재하는 괴수들인 거야. 그러하기에 풍화곡 밖으로는 한 발짝도 나가지 않았던 거다."

그렇지 않고 이놈들이 세상에 나왔다면 한바탕 난리가 벌어졌을 게 뻔했다.

오직 봉명도를 지니고 있는 사람의 명령만을 듣도록 단단히 교육되어 있었던 게 틀림없다.

그러니 무사히 풍화곡 안에 들어가려면 봉명도가 곧 열쇠가 되는 셈이다.

처음으로 이것들을 길들인 누군가가 괴수들에게 신교의 비역을 지키라는 명령을 내렸던 게 틀림없었다.

그것들이 지키고 있는 한 그 누구도, 무엇도 풍화곡 안으로 들어가지 못할 것이다.

그 명령에 의해 괴수들은 풍화곡 안에서만 살고 있을 뿐이었다. 지금 이렇게 바위 봉우리에 올라온 것 자체가 극히 이례적인 일인 것이다.

장팔봉은 그렇다면 이놈들이 유일한 탈출로인 동굴 통로를 알고 있는 모양이라고 생각했다.

그래서 그곳으로 빠져나오는 자를 죽이기 위해 기다리고 있었던 것이다.

풍화곡으로 침입한 자는 한 명도 살려두지 않겠다는 것이다.

장팔봉은 잠시 이 흉악한 괴수들을 훈련시킨 사람이 누구일까? 하고 궁금해했다.

답은 바로 나온다.

"구천수라신교의 교주와 수석 호법이 그렇게 했을 것이다. 그들만이 이곳을 알고 있으니 달리 이 괴수들을 길들이고 훈련시켰을 만한 사람이 없지."

괴수들이 바로 구천수라신교의 비동을 지키는 호법사자들

이라고 생각하자 일말의 친근감도 든다.

그때 저 아래쪽에서 날카로운 외침 소리가 들려왔다.

"이 녀석, 거기 꼼짝 말고 있어라!"

돌아보니 도살부부가 백발을 휘날리며 바람처럼 바위 봉우리를 달려 올라오고 있지 않은가.

그들의 경공신법이 마치 원숭이가 나무를 타고 오르는 것처럼 가볍고 민첩했다.

"저 늙은 마귀들이 기어이 본색을 드러내는구나."

여전히 봉명도를 쥐고 선 채 장팔봉이 중얼거렸다.

"이제는 봉명도를 빼앗고 나를 잡아서 한 점의 망설임도 없이 만두소로 만들어 버리겠지. 흥, 하지만 내가 누구냐? 천하의 장팔봉이야. 게다가 봉명도가 내 손에 있다. 그렇게 호락호락 당하지만은 않을걸?"

그렇게 중얼거리는 동안 휙, 하는 바람 소리와 함께 도살부부가 바위 봉우리 위로 뛰어올라 왔다.

"우허허허— 네놈이 기어이 봉명도를 찾았구나. 장하다. 잘했다. 우허허허—"

망노로 불리는 도살괴망 주수겸이 너털웃음을 터뜨렸다. 흰 수염이 마구 바람에 날리고 낡은 베 옷자락이 찢어질 듯 펄럭인다.

장팔봉의 발아래 꿇어 엎드려 있는 괴수들은 안중에도 없는 모양이다.

하지만 숙파파로 불리는 노파, 도살괴숙 조약빙은 그렇지 않았다.

"영감, 저기 좀 봐."

노파가 망노의 옷소매를 마구 잡아당기며 괴수들을 가리켰다.

그제야 그것들을 돌아본 망노가 의아한 얼굴을 한다.

"저것들이 뭐, 어쨌다고 그러는 거야? 그냥 조금 큰 원숭이 새끼들이로구먼. 저것들도 만두소를 만들려고? 아서. 노린내가 심해서 맛이 없을 거야."

"그게 아니고, 영감, 나 무섭다."

숙파파가 정말로 무섭다는 얼굴을 한 채 망노의 등 뒤로 숨었다.

그들의 눈에는 장팔봉의 발아래 엎드려 있는 괴수들의 등 짝만 보일 뿐이었다. 생김새를 자세히 볼 수 없었던 것이다.

그래서 망노는 대수롭지 않게 여기지만 숙파파는 그렇지 않았다. 그녀는 무언가 꺼림칙한 생각을 떠올린 게 틀림없었다.

망노가 노구를 쭉 펴며 짐짓 호기를 부린다.

"할망구, 겁낼 것 없어. 내가 여기 있잖아. 저까짓 원숭이 새끼들쯤이야 백 마리가 덤벼도 할망구의 털끝 하나 건드리지 못하게 할 수 있다. 커흠."

"그게 아니라니까. 혹시, 혹시 저것들이 그거 아닌지 몰라.

잘 봐."

"그거라니?"

"아이, 왜 그거 있잖아. 이름이 잘 생각나지 않네."

"쯧쯧, 할망구의 건망증이 자꾸만 심해지니 이거 큰일이군. 조금만 기다려. 우선 봉명도부터 차지하고 보자. 그런 다음에 저 기특한 녀석은 만두소를 만들고 저 원숭이새끼들은 그냥 찢어 죽여 버리지 뭐."

장팔봉은 궁금증이 생겼다.

'과연 도살부부가 이 괴수들과 싸운다면 어떻게 될까? 그들의 무공이 대단하니 이 괴수들을 죽일 수 있을지도 모른다. 그렇다면 나야 손 안 대고 코 푸는 격이니 좋지 뭐.'

그런 생각을 했다가 머리를 갸웃거렸다.

'그런데 이놈들이 과연 내 말을 들어줄까?'

그런 의문이 든 것이다.

하지만 시도도 해보지 않는 것보다 한번 해보는 게 나을 것이다. 밑질 것도 없지 않은가.

그렇게 생각한 장팔봉이 슬쩍 물러서면서 근엄한 얼굴을 하고 마치 수하에게 명령하듯이 금빛 털의 괴수에게 명령했다.

"저 두 늙은 마귀가 봉명도를 빼앗으려고 한다. 너희들이 가만히 보고만 있지는 않겠지? 저 늙은 마귀들을 죽여라."

장팔봉의 말을 들은 망노가 배를 잡고 웃었다.

"우혜혜혜— 이 어린놈도 드디어 우리처럼 정신줄을 놓았나 보다. 짐승에게 말을 다 하네. 이놈아, 그 원숭이 새끼들이 네 형제라도 되는 줄 아느냐? 우혜혜혜— 응?"

눈이 보이지 않을 정도로 웃어대던 망노가 웃음을 뚝, 그쳤다.

금빛 털의 괴수가 천천히 몸을 일으켰던 것이다.

장팔봉의 명령에 충실한 수하가 된 것 같다.

돌아서서 망노와 숙파파에게로 향하자 두 노인은 비로소 그놈의 생김을 똑바로 볼 수 있었다.

숙파파가 망노의 옷자락을 잡아 흔들며 떨리는 음성으로 말했다.

"그, 그, 그놈이 맞아. 바로 그놈이야."

"그놈이라니?"

"그, 그, 뭐라더라…… 맞아. 금황수!"

"금황수?"

망노도 비로소 무엇을 떠올린 듯했다. 안색이 급격히 창백해진다.

숙파파가 다시 말했다.

"곤륜산에는 육오라는 동물이 있다잖아. 기련산에는 금황수가 있다는 말을 들었어."

그것들은 모두 도가의 전설 속에나 나오는 신령한 짐승들이었다.

육오(陸吾)는 곤륜산을 수호하는 짐승인데, 달리 개명수(開明獸)라고도 한다. 머리가 아홉이고, 호랑이 몸을 지닌 괴수로 묘사된다.

천 년을 살며, 하룻밤 사이에 곤륜산 일천 리를 오간다고 한다.

그와 같이 기련산에는 금황수(金凰獸)라는 수호령이 산다는 말이 있었다.

지금 금빛 털 괴수의 생김이 강호의 전설 속에 전해져 오는 그 금황수와 흡사했다.

도검불침이고 수화불침의 몸을 가지고 있으며, 목숨이 여덟 개나 있어서 죽여도 다시 살아난다는 신비의 짐승.

그것이 금황수의 정체였다.

숙파파의 말에 망노는 겁에 질렸고, 장팔봉은 어리둥절해졌다.

그런 짐승이 현세에 있을 리가 없기 때문이다. 전설 속에서나 상상이 가능한 영수이며 괴수 아니던가.

하지만 그것이 지금 이렇게 눈앞에 있으니 혼란스럽다.

신령한 산으로 이름난 곳마다 그곳을 지키는 수호괴수가 있다.

하지만 누구도 그것들을 보았다는 사람이 없으니 역시 전설 속에나 등장하는 상상력의 산물인 것이다.

그러나 기련산의 풍화곡에는 과연 기이한 짐승이 있는 게 사실이었다.

그것이 금황수라는 것인지 아니면 그와 비슷하게 생긴 괴수인지는 모르나 그 능력만큼은 가히 강호의 고수를 우습게 여길 만하지 않았던가.

금황수가 노여움을 드러내자 즉시 두 마리의 검은 털 괴수들이 이를 드러내고 낮게 으르렁거렸다.

좌우에서 망노와 숙파파를 노리며 금방이라도 들이칠 듯이 몸을 웅크린다.

"큰일 났어, 큰일 났어. 영감, 이걸 어떻게 해."

숙파파가 온몸을 덜덜 떨며 호들갑을 떨었다.

제 침침한 눈을 한번 비비고 난 망노는 그래도 사내답게 용기를 냈다.

"그래 봐야 이것들은 죄다 가짜가 틀림없어. 금황수라니? 세상에 그런 짐승이 있을 리가 없잖아? 그건 전설 속에나 나오는 괴수라고. 또 있다고 하면 어때? 한낱 짐승 주제에 할망구와 나를 당할 수 있겠어?"

망노의 의젓한 말에 숙파파도 어느 정도 진정을 했다. 머리를 끄덕인다.

"그렇지. 싸워보기 전에는 아무도 누가 이길지 알 수 없는 거야. 겉으로 보기에는 무섭게 생겼지만 속은 맹탕인 놈들을 어디 한두 번 겪어봤어?"

"그래그래, 할망구가 이제 정신을 차렸구나. 우리 힘을 합

쳐서 얼른 저 못생긴 것들을 해치워 버리자고. 봉명도를 빼앗
아야 할 거 아냐?"

그래서 두 노인은 잠시 저희들이 두려워했다는 걸 까맣게
잊었다.

옷소매를 둥둥 걷어붙이고 나선다.

끼악!

금황수가 봉황의 울음 같은 소리를 냈다.

그러자 검은 털의 원숭이같이 생긴 두 마리의 괴수가 즉시
망노와 숙파파에게 달려든다.

휙, 휙—

허공에 그것들이 뿌리는 바람 소리가 가득해졌다.

움직임이 어찌나 빠른지 미처 눈이 따르지 못할 정도였다.

그것들의 협공에 망노와 숙파파는 서로 등을 붙이고 서서
잔뜩 긴장하고 있었다.

온몸의 공력을 아낌없이 끌어올려 자신들의 독특한 병장
기에 실었다.

망노는 접어서 품에 넣고 다니던 한철척(寒鐵尺)을 꺼내 활
짝 폈는데, 한 자 남짓하던 거무튀튀한 쇠자의 길이가 석 자
가까이로 늘어났다.

날이 없는 검을 쥔 것 같다.

숙파파의 병장기는 그녀를 나타내는 것과 진배없는 황동
의 용두괴장이었다.

두 손으로 그것을 단단히 움켜쥐고 괴수들의 움직임을 살펴보는 숙파파의 눈매가 서릿발처럼 날카로워져 있다.

드디어 그들의 주위를 정신없이 맴돌던 두 괴수가 '끽!' 하는 낮은 소리를 내며 달려들기 시작했다.

두어 뼘이나 되는 날카로운 발톱을 죄다 펴서 허공을 이리저리 긋고 찍어대자 열 자루의 비수가 쏟아져 나오는 것 같았다.

"이얏!"

망노와 숙파파가 동시에 기합성을 터뜨리며 병장기를 무섭게 휘둘렀다.

윙윙거리는 바람 소리에 살기가 가득하다.

그것이 괴수들의 머리통이며 몸뚱이를 노리고 어지럽게 떨어지는데, 그 수법의 신속함과 현란함이 과연 다시 보기 어려운 절기요, 절초들이었다.

그들 두 노인은 비록 정신이 오락가락하지만 그래도 강호의 이름난 마두임이 틀림없었다.

쏟아내는 무공의 험악하고 신비함이 마도의 절정고수를 뛰어넘는 바가 있다.

두 마리의 괴수는 그런 망노와 숙파파를 단번에 제압하지 못했다.

타고난 민첩성과 포악성, 야수의 감각만으로 강호의 절정고수를 상대하는 데에는 역시 한계가 있는 것이다.

"이놈!"

부웅—

망노의 한철척이 매서운 바람 소리를 내며 허공을 갈랐다.

그 즉시 망노의 가슴을 갈기갈기 찢어놓을 것같이 바짝 달려들었던 괴수가 처절한 비명을 터뜨렸다.

끼아악—

그놈의 머리통에 망노의 한철척이 푹 박혀 버렸던 것이다.

바위보다 단단한 머리뼈를 일격에 박살 냈으니 한철척에 실려 있는 망노의 힘이 얼마나 무시무시한 것이었는지 알 수 있다.

끼아악—

비명은 거의 동시에 숙파파를 공격하던 괴수에게서도 터져 나왔다.

그녀의 용두괴장이 인정사정없이 또 한 마리의 머리통을 박살 내버렸던 것이다.

괴수의 골편과 피가 사방으로 터져 나가는 끔찍한 광경에 장팔봉이 눈을 질끈 감아버렸다.

두 괴수만으로는 망노와 숙파파를 상대할 수 없었다는 걸 비로소 안 금황수가 낮게 으르렁거리며 성큼 나섰다.

크르르르—

뱃속 깊은 곳에서 끓어 나오는 으르렁거림이 분노로 가득차 있고, 시뻘건 두 눈에서 증오와 노여움의 불길이 활활 타오르고 있다.

＊　　　＊　　　＊

"도살부부다!"

멀리서 들려오는 괴성을 들은 도적성의 낯빛이 싹 변했다.

도살부부가 장팔봉이 있는 암봉으로 뛰어올라 와 터뜨린 웃음소리를 들은 것이다.

그 소리는 염라화 백무향도 들었고, 진소소도 들었다.

"아!"

그들이 놀람의 탄성을 터뜨렸다.

"봉명도가 나타난 게 틀림없다!"

"어디를 가려고?"

염라화 백무향이 서둘러 그곳을 뜨려고 하자 도적성이 몸을 날려 그녀를 가로막았다.

눈앞에 그의 흰 수염이 펄럭였다 싶은 순간에 이미 십여 장을 건너뛰어 백무향을 가로막았으니 그의 신법 조예가 화신경에 들었다고 하기에 충분했다.

백무향의 눈매가 날카로워졌다.

"네가 나를 막을 수 있을 것 같으냐?"

"하하, 내가 감히 당신을 어떻게 할 수는 없겠으나, 백 아가씨가 이곳을 떠나자면 나의 허락 없이는 안 될 것이오."

"흥, 오래전부터 무심적괴 도적성의 솜씨가 악랄하고 수단이 무정하다는 소문이 강호에 우레처럼 울렸지. 그동안 얼마나 더 지독해졌는지 궁금하군."

그렇게 말하면서도 백무향은 내심 초조해하고 있었다.

아직 무극전과의 싸움에서 입은 내상으로부터 완전히 회복되지 못했기 때문이다.

그녀가 그때 입은 내상은 목숨이 오락가락할 만큼 심한 것이었는데, 지난 몇 달 동안의 운기조식으로 그 칠팔 할을 회복하고 있었다.

그러나 그것만으로는 눈앞의 이 대마두를 상대하기에 꺼림칙하기만 하다.

그런 사정을 짐작하지 못하는 도적성도 껄끄럽기는 마찬가지였다.

'내가 한창일 때도 이 마녀의 적수는 되지 못했다. 그로부터 오랜 세월이 지났지만 여전히 이 마녀의 상대가 되기에는 부족하겠지.'

그런 걱정이 드는 건 백무향의 외모 때문이었다.

무슨 수를 썼는지 모르나 중년 미부의 모습을 여전히 간직하고 있는 걸로 보아 내공이 이미 입신지경에 이른 모양이라고 짐작한 것이다.

젊었을 때도 그녀가 무시무시했는데, 이제는 그때보다 더욱 완벽해졌을 것 아닌가.

그런 생각 때문에 두려워하면서도 도적성은 물러설 수 없었다.

그가 암중에 형세를 판단해 보았다.

제가 백무향을 붙잡고 있으면 진소소 일행은 제 수하들이 충분히 잡아둘 수 있을 것이라고 믿는다.

그동안 도살부부가 봉명도를 탈취해서 산을 내려간다면 일은 끝난 것과 다름없다.

'일각만 붙잡아놓고 있으면 된다. 설마 내가 이 마녀를 상대로 그 정도도 버티지 못할까.'

그렇게 생각하자 느긋한 심정이 되었다.

백무향은 마음이 급했다.

"비켜!"

날카롭게 외치며 즉시 들이쳤는데, 인정사정 봐주지 않겠다는 듯 첫 수부터 세상을 놀라게 했던 절기를 펼쳐 냈다.

언뜻 그녀의 손가락이 얼음처럼 투명해지는 걸 본 순간, 도적성이 경계의 외침을 터뜨리며 급히 맴돌았다.

쉬잇—

한줄기 얼음장처럼 차갑고 막강한 잠력이 아슬아슬하게 스쳐 간다.

도적성의 등줄기에 소름이 돋았다.

그것이 백무향의 절기인 빙옥마장(氷玉魔掌)이라는 것을 알아보았기 때문이다.

도적성이 머리끝이 쭈뼛 서는 가운데 자신도 태음마력(太陰魔力)을 십이성 끌어올려 일장을 마주 뻗어냈다.

우르릉거리는 파공성이 고막을 먹먹하게 하는 중에 한줄기 두텁고 위맹한 음한지기가 백무향의 빙옥마장과 부딪쳤다.

쿠앙—

그 즉시 천번지복의 굉음이 터져 나오고 맹렬한 기파가 해일처럼 사방으로 밀려 나갔다.

도적성과 백무향을 중심으로 한 방원 십여 장 안이 기파의 소용돌이로 뒤덮인다.

회오리치는 바람을 따라 흙과 먼지가 날아올라 눈을 뜰 수가 없다.

도적성을 따라온 마환천의 고수들도 옷소매로 얼굴을 가리며 분분히 물러서기에 바빴다.

"이때다!"

그 틈을 본 불건자 풍곡양이 즉시 채찍을 휘둘러 허공을 후려치며 마환천의 마귀들 속으로 돌진해 들어갔고, 그 뒤를 가중악이 검을 휘둘러 삼엄한 검막을 치며 따랐다.

           *   *   *

"으아악!"

숙파파의 발악하듯 하는 비명 소리가 날카롭게 허공을 가르고 울려 퍼졌다.

쫘악—

그녀의 몸뚱이는 금빛 털의 괴수, 금황수에 의해 둘로 찢어지고 있었다.

금황수의 손아귀 힘은 족쇄처럼 강한 것이어서 한 번 그것에 붙잡히자 숙파파는 자신의 모든 내공을 쏟아내도 벗어날 수가 없었다.

날카로운 금황수의 손톱이 열 개의 비수처럼 숙파파의 몸 속으로 파고들었고, 그것을 좌우로 벌려 찢어버렸다.

그 끔찍한 모습에 장팔봉이 '으악!' 하고 비명을 터뜨렸다.

"악! 할멈!"

망노의 애처로운 외침이 귓전을 두드리지만 꼼짝할 수가 없다.

"으악!"

기어이 망노의 처참한 비명 소리마저 터져 나왔다.

제 수하 괴수 두 마리가 그들 도살부부의 손에 의해 참혹하게 죽는 걸 본 금황수의 분노와 살기는 극에 달해 있었다.

무지막지하게 들이쳤는데, 제 몸뚱이를 때리는 숙파파의 용두괴장은 물론, 망노의 한철척마저 조금도 두려워하지 않는 움직임이었다.

쾅! 쾅!

그 두 개의 무지막지한 무기를 그대로 몸으로 받아낸다.

과연 금빛 털에 뒤덮인 금황수의 몸뚱이는 단단하기 짝이 없었다.

금강불괴라고 해도 그만할까, 싶을 만큼 대단한 것이어서 두 노인의 중병이 바위를 친 것처럼 튕겨 나가고 만다.

그리고 휘두르는 손에 숙파파가 그만 붙잡히고 만 것이다.

금황수의 움직임이 바람보다 빠르고 맹렬하기도 했거니와, 그것의 힘과 기세는 단번에 숙파파를 압도해 버렸다.

마두 중의 마두로 불리는 노괴물, 숙파파가 반항다운 반항 한 번 해보지 못하고 처참한 주검이 되어 내던져졌고, 망노 또한 그런 신세를 면치 못했다.

그는 그래도 서너 차례 금황수의 공격을 피하고 막았으나 그때마다 심각한 타격을 받아야 했다.

한철척을 있는 힘껏 휘둘러 금황수의 손을 쳐낼 때마다 벼락치는 소리가 났다.

금강불괴지신을 이룬 고수라고 해도 망노의 그 한철척에 맞는다면 충격을 받았을 텐데, 금황수는 조금도 그런 기색이 없었다.

거친 숨을 으르렁거리며 맹렬하게 달려드는데, 호랑이가 멧돼지를 노리는 형상이었다.

그리고 기어이 그것의 손에 망노 또한 붙잡혔다.

금황수는 망노의 한철척에 대여섯 차례나 얻어맞은 것이

분했던지 숙파파를 죽일 때보다 더욱 끔찍하고 잔혹하게 그를 죽였다.

신경질적으로 그의 몸뚱이를 갈기갈기 찢어발겼던 것이다.

마치 종이 인형을 잡아 찢듯이 해버린다.

그 끔찍한 광경에 장팔봉은 넋이 나가 버렸다.

눈을 저절로 부릅뜨게 되고 입이 딱 벌어진다.

도살부부로 불리며 사람의 몸뚱이를 다져댔던 두 노마귀가 제 눈앞에서 갈가리 찢기는 걸 보았으니 속이 후련하기도 하지만 그 끔찍한 광경은 감당하기 힘든 충격이 아닐 수 없었다.

땅거미가 깔려오는 바위 봉우리에 숨 막히는 적막이 밀려들었다.

피 비린내가 진동하고, 여기저기 육편들이 바위에 달라붙어 있다.

낮게 으르렁거리는 금황수의 숨소리가 저승사자의 그것처럼 들린다.

피를 보고 살육의 통쾌함을 맛보자 금황수는 흥분이 고조되어 미친 것 같았다.

살기로 번들거리는 붉은 눈을 끔벅이지도 않고 빤히 장팔봉을 바라보고 있었다.

장팔봉마저 찢어버릴지 말지 고민하는 것 같기도 하다.

하지만 금황수는 장팔봉이 제 가슴을 가리고 있는 봉명도 때문에 망설이는 것 같았다.

뚫어지게 그것을 바라보는데 제 영혼 속에 새겨진 복종의 명령과 살육의 본능 사이에서 처절하게 갈등하는 기색이 역력하다.

그때 장팔봉의 눈에 언뜻 바위 봉우리를 향해 미친 듯 달려 올라오고 있는 한 사람이 보였다.

풀어진 머리가 거센 바람에 마구 펄럭이고, 여기저기 찢어진 옷자락 사이로 흰 살이 드러나고 있는 걸로 보아 여자였다.

부끄러운 줄도 모르고 마구 달려 올라오는 것이 마치 무서운 짐승에게 쫓기기라도 하는 것 같았다.

"소소?"

비록 흩날리는 머리카락 때문에 얼굴을 확인할 수 없었지만 장팔봉은 그것이 진소소라는 걸 금방 알아보았다.

"오면 안 돼!"

장팔봉이 놀라서 소리쳤다.

그 외침을 들었는지 그녀가 멈칫하더니 머리카락을 걷어냈다. 진소소가 틀림없었다.

장팔봉이 바위 봉우리 위에 금빛이 도는 어떤 사람과 마주 서 있는 걸 본 그녀가 손을 흔들었다.

그녀의 눈에는 뒷모습만 보이는 금황수가 언뜻 금색 옷을 입은 사람인 것처럼 보였던 것이다.

그녀의 얼굴에 웃음꽃이 활짝 피었다.

'역시 그가 봉명도를 차지했구나. 잘됐어. 정말 잘된 일이야. 하늘은 나의 편이었다는 증거지 뭐야.'

그런 생각으로 기뻐서 미칠 것 같았다.

그런데 금빛 옷을 입은 사람이 장팔봉과 함께 있으니 마음이 더 급해졌다.

그가 혹시 적이라면 장팔봉을 도와서 함께 싸워야 할 것 아닌가.

"장 가가! 조금만 기다리세요! 소녀가 도와드리겠어요!"

목청껏 소리치고 더욱 힘을 내서 바위 봉우리를 타고 날 듯이 올라간다.

그 모습을 본 장팔봉이 안타까움에 발을 동동 굴렀다.

그녀가 이곳에 도착하면 저 금황수에게 도살부부처럼 갈가리 찢겨 죽을 것이기 때문이다.

살기가 충만해져서 거친 숨을 으르렁거리고 있는 금황수가 그녀를 그대로 둘 리가 없지 않은가.

그런 초조함 중에도, '그녀가 어떻게?' 하는 의문이 들었다.

'풍화곡으로 들어가지 않았단 말인가?'

그랬기에 저와 같이 살아 있을 것이니 그건 천만다행이다.

하지만 제가 여기 있는 걸 어떻게 알고 저렇게 미친 듯이 달려오고 있는지는 알 수 없었다.

진소소는 가중악과 풍곡양의 희생을 딛고 무사히 몸을 뺄 수 있었는데, 장팔봉으로서는 전혀 알 수 없는 일이었다.

*　　　　*　　　　*

그때, 가중악과 풍곡양은 죽음을 각오하고 마환천의 마두들 속으로 뛰어들었고, 진소소는 그들의 뒤를 따랐다.

도적성과 함께 온 마환천의 고수들은 모두 열 명이었다.

마환십성이라고 불리는 무적의 고수들이다.

패천마련에 속해 있는 수많은 마두들 중에서도 단연 수위에 드는 자들인 것이다.

그건 마환천이 패천마련의 전위부대와 같은 역할을 했기에 가능한 일이었다.

패천마련의 깃발을 들고 가장 앞서서 강호의 무리와 싸우는 곳이기에 다른 곳보다 고수가 많았던 것이다.

가중악의 검은 오래전부터 강호의 일절로 꼽히던 것이었다. 달리 별호에 검호(劍豪)라는 글자가 붙었을 것인가.

그가 비록 강호를 떠나 풍우주가에 숨어 지낸 지 십 년이 넘었지만 그의 검법은 조금도 녹슬지 않았다.

"합! 합!"

짧게 끊어내는 기합성과 함께 일검일검을 침착하게 쳐내며 뚫어나가는데, 그의 앞을 가로막는 건 사람이든 병장기든 무사하지 못했다.

한번 크게 살기를 일으키자 그의 검이 청동으로 만든 것처럼 푸르게 변했다.

검기가 실리면 푸르게 변하는 보기 드문 보검이었다.

그 보검 한 자루를 저의 분신처럼 여기고 강호를 주유했으므로 그의 별호가 청명검호(靑明劍豪)였던 것이다.

청명검이라고 불리는 그의 검이 휩쓸어가는 곳에는 한 가닥 푸른 검기의 흔적이 허공에 궤적을 그리고 잔상으로 남았다.

그 앞에서 마환천의 고수 중 고수라고 할 수 있는 마환십성들은 감히 경동하지 못했다.

그가 한 발을 쳐들어오면 한 발짝 물러서며 잔뜩 몸을 사린다.

第三章
배신의 여심(女心)

鳳鳴刀
봉명도

배신의 여심(女心)

풍곡양의 교룡편(蛟龍鞭)도 가중악의 검에 못지않았다.

가중악이 십여 년 만에 자신의 모든 솜씨를 다 발휘하듯이 풍곡양도 그렇게 하고 있었다.

이 싸움이 저의 마지막 싸움이 될 것이라는 불길한 예감에 떨면서, 그렇기에 최후의 한 가닥 진기마저 아낌없이 끌어내 마두들을 후려치는 것이다.

그의 고절한 편법(鞭法) 절기는 이미 강호의 일절로 정평이 나 있는 것이었다.

달리 그를 불견자라고 부르는 게 아니다.

윙윙거리며 허공을 휩쓸고, 일 장의 거리를 격한 채 상대를 쳐가는 채찍이 마치 살아 있는 생물 같았다.

용 한 마리가 홀연히 나타나 물어뜯고 할퀴어대는 것 같다.

그 두 사람의 고절한 절기 앞에서 십여 명의 마두는 당황했다.

처음에는 그들을 얕보고 앞다투어 달려들다가 순식간에 네 명이 죽어 넘겨졌다.

그러자 그들 두 사람이 자신들 못지않은 고수라는 걸 인정한 마두들이 이리저리 흩어지고 모이기를 거듭하는 동안 하나의 진을 형성했다.

원래는 열 명이 펼치는 십면연환합격진(十面連環合擊陳)인데 지금은 여섯 명으로 소연환진을 펼친 것이다.

그러자 그들 사이의 싸움의 양상이 눈에 띄게 달라졌다.

주춤거리는 동안 풍곡양과 가중악은 그들의 진에 갇혀 점점 위축되어 갔던 것이다.

진소소가 입술을 잘근잘근 깨물었다. 마음 같아서는 그들을 도와주고 싶었지만 선뜻 검격을 날릴 수 없었기 때문이다.

눈앞의 무리가 패천마련의 마두들이면서 곧 제 사부의 수하들이자 충복들이기 때문이다.

가중악과 풍곡양도 그동안 자신을 떠받들어 왔고, 지금 저렇게 죽음마저 불사한 채 자신을 위해 싸우고 있으나 여전히 그들을 도와줄 것인지 말 것인지 망설이게 된다.

마두들의 무공에 진법의 위력까지 더해지니 꼼짝없이 그

안에서 죽거나 붙잡힐 수밖에 없는 처지가 된 것 같았다.

"우리가 길을 뚫겠으니 소저는 앞만 보고 달려가시오!"

풍곡양이 그렇게 소리쳤다. 가중악의 애처로운 눈길이 잠깐 동안 진소소의 얼굴에 머물렀다.

진소소는 가슴이 아팠으나 아무 말도 할 수 없었다.

"간다!"

풍곡양의 씩씩한 외침이 터져 나왔고, 가중악이 그녀에게 눈인사를 건네고 돌아섰다.

그것이 그의 마지막 인사라는 걸 느낀 진소소의 가슴은 찢어지는 것 같았다. 하지만 그녀는 입술을 악문 채 그런 제 마음을 감추었다.

두 사람이 몸을 던지다시피 하며 오직 남쪽 방향을 노리고 부딪쳐 갔다.

그들의 편영과 검영이 허공에 먹구름처럼 드리우자 남쪽 방위를 맡고 있던 마두가 급히 물러섰다.

그 자리를 삼면의 마두들이 밀물처럼 밀려들어 메운다.

하지만 죽기를 각오한 풍곡양과 가중악의 공세는 조금 전까지와는 사뭇 다른 것이었다.

"이얏!"

그들이 이구동성으로 우렁찬 기합성을 터뜨렸다.

씨이잉—

뻗어나가는 검기와 편영이 쇠뇌처럼 내리꽂히고 폭풍처럼

들이닥친다.

세 명의 마두가 동시에 병장기를 내밀어 그것을 가로막았으나 그들 두 사람의 전력을 다한 일격을 당하기에는 역부족이었다.

'으악!' 하는 처절한 단말마와 함께 한 명의 몸뚱이가 쩍 벌어지고 찢겨 나갔으며, 두 명은 풍곡양의 채찍을 가까스로 피하기에 급급했다.

그러자 아주 잠깐 동안이지만 활로가 뚫렸다.

"어서!"

풍곡양이 재촉했고, 입술을 악문 진소소가 그 유일한 활로 속으로 뛰어들었다.

가중악의 곁을 스쳐 지나가며 잠깐 그와 눈이 마주쳤다.

웃고 있었다. 가중악의 두 눈에는 따뜻한 웃음뿐이었다.

"미안해요."

진소소가 그런 그에게 해줄 수 있는 말은 그게 전부였다.

그리고 그녀는 쏜살같이 소연환진 밖으로 달려나갔고, 풍곡양과 가중악은 다시 진법 안에 갇히고 말았다.

그들과 멀찍이 떨어진 곳에서 백무향을 맞아 싸우고 있던 도적성이 그 광경을 보았다.

"놓치지 마라!"

그가 필사적으로 백무향의 장력을 뿌리치며 버럭 소리치

지만 마환천의 마두들은 몸을 빼서 진소소를 추격해 갈 수가 없었다.

풍곡양과 가중악의 검과 채찍이 이제는 그들을 핍박해 오고 있었던 것이다.

아직 위세가 흉흉했지만 풍곡양과 가중악은 제 몸을 가누기 힘들 정도로 지쳐 가고 있었다.

뜨거운 차 한 잔 마시는 동안의 진기가 고갈되었던 것이다.

그건 그만큼 그 짧은 동안의 싸움에 자신들의 모든 것을 쏟아 부었다는 얘기였다.

그야말로 이곳에서 죽기를 각오한 행위가 아닐 수 없다.

그 결과가 빠르게 그들의 목전에 죽음의 음산한 그늘을 드리웠다.

땅!

낭랑한 소리와 함께 기어이 청명검이 가중악의 손을 떠나 허공으로 솟구쳤다.

그는 손에 검을 쥐고 있기도 힘들 만큼 지쳐 있었던 것이다.

그래서 쳐오는 마두의 칼을 가까스로 막았을 뿐, 그 대가로 검을 놓쳐 버렸다.

그리고 가중악은 제 머리 위에 떨어지는 시퍼런 칼을 절망적으로 바라볼 수밖에 없었다.

퍽!

그것이 가중악의 머리통을 두 개로 나누어 버렸다.

마지막 숨을 내뱉으며 가중악은 고통보다 먼저 진소소의 그림 같은 얼굴을, 그 미소를 떠올렸다.

이루어질 수 없는 사랑에 모든 것을 걸었고, 내버린 덧없는 삶이 그렇게 그를 떠났다.

그리고 풍곡양도 그와 같았다.

퍽!

그의 옆구리에 한 자루의 동곤(銅棍)이 쑤셔 박혔다.

갈빗대가 박살나면서 파편이 폐를 갈가리 찢어놓는다.

풍곡양은 그 지독한 고통 때문에 비명을 터뜨리지도 못했다.

헛바람 빠지는 것 같은 숨을 내뱉으며 몸을 웅크릴 뿐이다.

그의 채찍이 손에서 떠나 딸그랑, 하고 땅에 떨어졌다.

'여기가 끝인가?'

불쑥 밀려드는 허탈감.

제 인생이 고작 여기까지라는 게 믿어지지 않았다.

고작 이렇게 끝날 인생을 두고 그처럼 아등바등하며 살아왔다는 게 갑자기 부끄러워진다.

그리고 그런 생각들마저 하얗게 부서져 버렸다.

쾅!

뒤이어 떨어진 동곤이 그의 머리통을 박살 내버렸던 것이다.

"죽엇!"

백무향의 마음이 더욱 급해졌다.

진소소가 마환천의 포위를 뚫고 나가는 걸 보았기 때문이다.

그녀가 향하는 곳이 어디일지 잘 알기에 더욱 조급해진다.

하지만 앞을 가로막고 있는 도적성은 끈질겼다. 좀처럼 물러서려고 하지 않는다.

백무향이 이를 빠드득 갈았다.

평소의 무위를 지니고 있었다면 벌써 끝장을 냈을 텐데, 아직도 이렇게 도적성을 상대하고 있으니 분하기 짝이 없다.

도적성은 한편으로 안심하고 있었다.

"하하하— 백 아가씨의 무위가 그동안 조금도 늘지 않았구려! 오히려 줄어든 것 같으니 역시 나이 때문인가?"

이제는 느긋한 비웃음마저 날릴 정도로 여유있게 백무향을 상대한다.

늙은 그가 비슷한 연배인 백무향을 아가씨라고 호칭하는 것은 옛날의 버릇 때문이었다.

그렇다고 해도 백무향에게 그 호칭은 가당치 않은 것이지만 지금 그녀의 외모만으로 본다면 또한 어울리지 않는 것도 아니니 묘했다.

모르는 사람이 보았다면 늙은이가 젊은 아낙을 희롱한다고 생각했을 일이다.

백무향이 표독스런 눈으로 잡아먹을 듯이 도적성을 노려보며 기어이 자신의 평생 신공절학인 파천일기공(破天一氣功)을 쏟아냈다.

이 시대 최강의 무인으로 꼽히는 거령신마 무극전을 곤경으로 몰아넣었던 신공이다.

그것은 또한 구천수라신교에 비밀리에 전해져 온 세 개의 절세신공 중 하나이기도 했다.

그 파천일기공이 장력에 실려 뻗어 나오자 도적성은 감히 더 이상 그녀를 희롱하지 못했다.

그가 침중한 낯빛으로 두 손을 가슴 앞에 모았다가 천천히 밀어냈다.

우르릉거리는 소리가 은은히 울리고, 허공이 그들 두 사람이 내뿜는 잠력으로 후끈 달구어졌다.

진공상태에 든 것처럼 그들을 중심으로 한 방원 십여 장의 공간에 무력감이 밀려든다.

그 속에서 두 사람은 신중한 모습으로 천천히 쌍장을 마주 뻗어내고 있었다.

백무향이 입술을 악물었다.

자칫 기혈이 끓어올라 주화입마에 빠지고 말 것 같은 상황이었던 것이다.

그건 도적성도 다르지 않았다.

그가 자신의 신공인 태음마력을 극성으로 끌어올려 장력에 실었다.

우르릉거리는 소리가 두 사람 주위에서 끊이지 않고 터져 나왔다.

그리고 그들의 푸르고 창백한 두 가닥 장력이 충돌했다.

쿠아앙—

그 즉시 천번지복의 굉음과 함께 쏟아져 나온 기파의 소용돌이가 무섭게 사방을 휩쓸어갔다.

"우욱!"

자욱한 흙먼지 속에서 백무향의 답답한 신음성이 흘러나왔다.

도적성 또한 창백하게 질린 얼굴을 한 채 주춤거리고 물러서더니 기어이 털썩 주저앉아 버리고 말았다.

울컥, 울컥. 붉은 핏덩이를 토해낸다.

그들 두 사람은 한 번의 격돌로 심각한 내상을 입은 것이다. 더 싸울 수 없을 정도였다.

백무향이 억지로 역류하는 기혈을 억누른 채 마지막 한 가닥의 기운을 끌어올려 몸을 날렸다.

이제는 아무도 그녀를 막는 자가 없다.

'여기서 주저앉으면 안 된다. 그동안의 내 모든 노력이 물거품이 되고 마는 거야.'

백무향은 자꾸만 흐려지는 정신을 다잡으며 자기 자신에게 그렇게 소리쳤다.

비틀거리면서도 바위 봉우리를 향해 필사적으로 달려간다.

하지만 그녀는 깎아지른 그 가파른 바위 봉우리를 타고 올라갈 수가 없었다.

이미 기력이 쇠진한 것이다.

백무향의 얼굴에 절망이 어렸다.

"봉명도, 봉명도…… 아, 그것을 이렇게 눈앞에서 빼앗기고 말아야 하는가. 하늘은 정녕 나를 버리시는가. 구천수라신교는? 신교의 정화가 담겨 있는 수라신경을 끝내 찾을 수 없게 된단 말인가?"

백무향의 창백한 볼을 타고 뜨거운 눈물이 흘러내렸다.

봉명도가 없으면 풍화곡 안으로 들어갈 수가 없고, 그곳에 들어가지 못하면 수라비동을 열 수가 없다.

그러면 거기 감추어져 있을 수라신경을 찾을 수가 없으니 더 이상 구천수라신교의 부활을 꿈꿀 수 없게 되는 것이다.

백무향의 원통함은 거기에 있었다.

그것을 손에 넣기 위해서 지난 오십여 년간 죽을 고생을 하면서도 악착같이 살아온 세월 아니었던가.

이제 그 모든 세월이 물거품이 되어버린다고 생각하자 허무함이 밀려들었다.

다만 봉명도를 가지고 저 위에 나타난 자가 장팔봉이기를 바라는 한 가닥 기대를 가질 수 있을 뿐이다.

하지만 그것도 소용없다는 생각이 들었다.

만약 장팔봉이 봉명도를 손에 넣었다고 해도 도살부부를 만났으니 반드시 죽고 말 것이기 때문이다.

그렇다면 봉명도는 도살부부의 손에 넘어간다고 봐야 한다.

그렇게 생각하자 눈앞이 깜깜해졌다.

도살부부를 거쳐서 그것이 거령신마 무극전에게로 전해질 게 뻔하기 때문이다.

그렇다면 사문의 배신자가 결국 그렇게 원하던 수라신경을 찾게 될 것 아닌가.

그래서 백무향은 한 가닥 소망을 바꾸었다.

제발 진소소가 봉명도를 차지하기를 빈다.

그러나 진소소라고 해도 결코 도살부부의 적수가 될 수 없을 테니 그 소망은 품으나 마나다.

그런 생각이 백무향을 한없는 절망의 나락으로 떨어뜨렸다.

*   *   *

"가가, 정말 당신이 해냈군요!"

바위 봉우리 위로 달려 올라온 진소소의 눈에는 오직 장팔봉이 보일 뿐이었다.

금황수도 안중에 없고, 여기저기 처참하게 찢겨 널려 있는 도살부부의 육편들도 눈에 들어오지 않는다.

지금 그녀의 눈에는 오직 장팔봉이 있고, 그가 들고 있는 봉명도가 있을 뿐이다.

그것이 세상의 전부인 것처럼 여겨진다.

자신의 존재마저도 그것 앞에서는 없어져도 좋다고 생각

한다.

"그게, 그게 봉명도인가요?"

진소소가 한 손을 뻗은 채 홀린 듯이 한 걸음 한 걸음 장팔봉에게로 다가갔다.

크르르르—

금황수의 낮은 으르렁거림에 비로소 그것을 돌아보는데, 그녀의 눈빛은 몽롱하기만 했다.

무엇에 단단히 홀린 사람 같다.

장팔봉은 그런 진소소가 제가 여태까지 알고 있었던 그 진소소인가? 하고 의아하게 여겼다.

전혀 다른 사람인 것 같았던 것이다.

"조심해. 사나운 짐승이다."

주의를 주지만 진소소는 아랑곳하지 않았다.

그게 금황수라는 걸 모르려니와, 금황수가 아니라 지옥의 나찰, 야차가 눈앞에 있다고 해도 의식하지 못할 만큼 오직 봉명도에만 정신이 팔려 있는 것이다.

"그 안에 정말 봉명삼절도법이 들어 있나요?"

"그런 것 같군."

다행히 금황수는 발작을 하지 않았다. 힐끔힐끔 장팔봉의 눈치를 보고 진소소를 보는 것이 그의 명령을 기다리는 것 같았다.

그런 금황수의 앞을 아무 두려움 없이 지나온 진소소가 손을 내밀었다.

"어디, 보여주세요."

"……."

"잊었나요? 당신은 그것을 나에게 주기로 약속했잖아요."

장팔봉의 얼굴에 망설임이 가득해진다.

봉명도를 보고 진소소를 보더니 한숨을 쉬었다.

'하긴, 이까짓 칼이 아무리 절세의 보도라고 해도 나에게는 그저 잘 다듬은 쇠붙이에 지나지 않다.'

그에게 필요한 건 봉명도에 새겨져 있다는 봉명심법일 뿐이다.

하지만 까막눈이니 눈앞에 그 심법이 있건만 그림의 떡이나 다름없지 않은가.

잠시 망설였던 장팔봉이 고개를 끄덕였다.

"한 가지 조건이 있다."

"뭔가요? 무엇이든 말해보세요. 다 들어드리지요."

"이 칼에 봉명심법이라는 게 새겨져 있다고 하는데 나는 읽을 수가 없어."

"아!"

진소소가 놀란 눈으로 장팔봉을 바라보았다.

장팔봉은 말할 수 없이 부끄러웠다.

제가 까막눈이라는 걸 고백하는 일이 제 몸이 벌거벗겨지는 것보다 더 수치스럽다.

입술을 질근질근 깨물던 그가 탄식을 섞어 말했다.

"나에게는 오직 그 심법만이 필요하거든. 그러니 네가 그것을 읽어준다면 이 칼은 그 즉시 너의 것이 되는 거다."

"그거야 쉬운 일이지요. 어디 봐요."

진소소가 장팔봉이 내미는 봉명도를 뚫어지게 바라보았다.

과연 그 칼 몸에 깨알 같은 글자로 봉명삼절도법의 구결이 새겨져 있고, 그 아래에는 다시 한 개의 심법 구결이 새겨져 있었다.

진소소가 배시시 웃었다.

"당신이 칼을 가졌으면서도 그것에 새겨져 있는 절세 구결을 읽을 수 없다니 안타깝군요. 내가 크게 선심을 써서 그것들을 모두 읽어드릴 테니 잘 들으세요."

"……."

"먼저 봉명삼절도법의 구결이에요."

진소소가 중얼중얼 구결을 읽어 내려가기 시작했다.

정신을 집중해서 그것을 듣던 장팔봉의 얼굴이 점점 일그러졌다.

그리고 그녀가 세 초식의 도법 구결 중 첫 번째 구결 읽기를 마쳤을 때 장팔봉이 버럭 소리쳤다.

"제기랄, 그만둬! 이제 보니 이게 다 사기였잖아!"

"예?"

장팔봉의 외침에 진소소가 어리둥절해서 그를 바라본다.

장팔봉이 분한 듯 씩씩거렸다.

"나머지 두 개의 구결은 내가 읽어주지. 잘 들어봐라."

그러더니 줄줄 제이초와 삼초의 구결을 읽어대는 것 아닌가.

진소소가 깜짝 놀랐다.

"아니? 당신은 원래 글을 읽을 줄 아는군요? 그러면서 왜 까막눈이라고 저를 속였나요?"

"알기는 뭘 알아? 원래 이 세 초식의 구결은 내 사문인 삼절문의 삼절도법 구결이다. 사부에게 종아리를 맞아가며 귀가 닳도록 듣고 또 외워서 잠꼬대도 그 구결로 할 지경이 된지 오래전이란 말이다."

"아, 그런 일이……."

"제기랄, 그게 무슨 절세적인 도법 구결이야? 겨우 삼류를 면할까 말까 한 삼절도법인데 말이다. 그러니 이 모든 게 다 사기였던 거야."

"어디, 어디. 그렇다면 이것도 당신이 아는 건지 다시 들어보세요. 이번에는 봉명심법 구결을 읽을 테니까요."

"흥! 들어보나 마나 그것도 사기일걸?"

코웃음을 치면서도 장팔봉이 귀를 기울여 진소소가 중얼중얼 읽어주는 구결을 머릿속에 새긴다.

음정식구혈(陰精息九穴), 좌우수중금(左右手中擒), 합화위월주(合和爲月珠), 흡음흡정혼(吸陰吸精鬼), 면북배남(面北背南),

오심조천(五心朝天), 좌(坐). 의수단전편각(意守丹田片刻), 의수
자신전후유구좌결(意守自身前后有九座結)…….

한동안 진소소의 웅얼거림이 적막한 바위 봉우리 위에 맴
돌았다.

그러는 동안 어느덧 땅거미가 짙어져 사방에 어둠이 깔리
기 시작했다.

무려 일백여 자, 열다섯 구절 읽기를 마친 진소소가 장팔봉
을 바라보았다.

그의 눈은 멍하니 허공을 바라보고 있었는데, 무엇인가 깊
이 생각하는 모습이었다.

진소소가 급한 마음에 서둘러 묻는다.

"어때요? 이것도 이미 알고 있던 구결인가요? 당신 사문의
구결이에요?"

장팔봉이 머리를 가로젓는다. 여전히 멍한 얼굴이요, 초점
없는 눈길이었다.

"아니, 그건 처음 듣는 것이군. 봉명심법이 맞는 것 같아."

"그럼 이제 약속대로 그 칼을 저에게 주세요."

"한 번만 더 읽어줘. 나는 그게 무슨 뜻인지 이해하지 못할
곳이 많군."

그래서 진소소는 다시 한 번 봉명심법의 구결을 읽어주고
이번에는 매 구절마다 뜻의 풀이까지 해주었다.

그러나 심오한 의미가 담겨 있는 것인데다가, 자구와 자구 사이의 해석이 애매모호한 데가 많아서 진소소 역시 제가 들려주는 풀이가 옳은 것인지, 틀린 것인지 장담할 수 없었다.

오직 장팔봉 본인이 깨달아가야 할 부분인 것이다.

"됐어."

장팔봉이 머리를 설레설레 흔들고 말했다.

"아무리 읽어줘도 지금으로서는 아는 것보다 모르는 게 더 많으니 소용이 없군."

천천히 궁리해 볼 요량으로 우선 구결만 머릿속에 각인해 두었다.

한 번 그렇게 기억하면 절대로 잊어버리지 않는 기특한 능력이 저에게 있으니 두고두고 시간 날 때마다 궁리해 볼 작정인 것이다.

장팔봉이 금황수에게 말했다.

"금 형, 이제 형의 소임은 다 한 것 같으니 이곳에 더 있어봐야 무엇 하겠소?"

금황수가 얌전히 장팔봉의 말에 귀를 기울인다.

한숨을 쉰 장팔봉이 타이르듯 말했다.

"여기 이 소저는 나의 안사람이라오. 금 형에게 정식으로 인사를 시켜 드리기에는 지금 상황이 별로 아름답지 못하구려."

다시 한숨을 쉰 그가 천천히 다가가 금황수의 몸을 쓰다듬었다.

금황수가 빳빳한 털을 눕히자 매끄럽게 흘러내리는 감촉이 부드럽고 따뜻하다.

"금 형의 본래 임무는 풍화곡을 지키는 것 아니었소? 그곳은 매우 소중한 곳이니 금 형이 전력을 다해 지켜야 할 것이오. 구천수라신교의 비밀이 밖으로 새어나가지 못하게 해야 할 것 아니오?"

금황수가 낮게 그르렁거리는 것이 동의한다는 듯했다.

"봉명도는 언제든 밖으로 나가야 할 물건이었으니 이제 내가 이것을 가졌다고 해서 금 형이 서운해할 건 없소."

그르르—

"나는 나쁜 놈이 아니고, 이 진 소저 또한 그러니 금 형은 안심하고 이제 그만 풍화곡으로 돌아가시오. 금 형의 수하들이 목이 빠지게 기다리고 있지 않겠소?"

금황수가 허리를 쭉, 펴더니 장팔봉을 보고 진소소를 보았다.

머뭇거리는 듯하던 괴수가 마음을 정한 듯 돌아섰다. 그대로 몸을 던져 천 길 절벽 아래로 뛰어내린다.

장팔봉의 말대로 풍화곡으로 돌아가는 것이다.

그가 다시 괴수들을 거느리고 그곳을 지키는 이상 어느 누구도 풍화곡에 함부로 들어갈 수 없게 될 것이다.

그러면 그 차갑고 뜨거운 비동도 여전히 비밀 속에 묻혀 있게 될 터이니 구천수라신교의 비밀이 외부에 알려질 리 없다.

그곳에 들어갔던 자들 중 한 명도 밖으로 나오지 않은 걸로 보아 모두 죽은 게 틀림없으니 더욱 그렇다.

진소소가 외부에서 이 바위 봉우리로 달려 올라온 것으로 보아 그녀는 풍화곡 안의 비동에 들어가지 않고 중간에 돌아서 나온 게 틀림없다.

현명한 판단이었던 것이다.

그러니 그녀도 비동의 비밀에 대해서는 영원히 알 수 없을 것이다.

그렇게 생각한 장팔봉이 이제 제 할 일이 모두 끝났다는 듯 봉명도를 진소소에게 내밀었다.

약속을 지키려는 것이다.

그에게는 무림의 첫 번째 보물보다도 제가 한 약속 한마디가 더 중요했다.

봉명도를 건네받는 진소소의 손이 사뭇 떨렸다.

'드디어 봉명도를 손에 넣었다. 무림일보로 꼽히는 이것을 기어이 내가 차지하게 된 것이다.'

진소소의 눈에서 감격과 기쁨의 눈물이 뚝뚝 떨어져 칼 몸을 적셨다.

이제 이것을 제 사부인 거령신마 무극전에게 가져다주기만 하면 된다.

그러면 거령신마는 고금제일의 고수가 될 것이고, 자신은 그의 그늘에 거하면서 천하제일의 부자가 될 수 있다.

그런 생각에 취해 기뻐 어쩔 줄 모르는 진소소의 머릿속에 불같이 한 생각이 떠올랐다.

'내가 그렇게 될 때 장팔봉은?'

그가 갑자기 초라하고 볼품없어 보인다.

저는 황제가 부럽지 않은 부귀영화를 누리게 될 것인데, 세상 사람들은 죄다 그런 진소소의 남편이 장팔봉이라고 수군댈 것 아닌가.

제 인생에 있어서 유일한 흠이 생긴 것이다.

그와 살을 섞고, 보름 동안이나 부부로 산 것도 사실은 바로 이와 같은 순간을 위해서 어쩔 수 없이 택한 수단이었을 뿐, 장팔봉에 대한 애정이나 미련 따위가 있을 리 없다고 애써 생각했다.

그러자 그렇게 믿어진다.

이곳에 함께 왔던 자들은 모두 죽었다.

가중악도 죽었고 풍곡양도 죽었으며 종자허도 죽었을 것이다.

우문한도 그렇고, 풍화곡에 들어갔던 다른 모든 자가 죽었다.

그렇다면 장팔봉만 제거하면 저의 비밀은 완벽하게 지켜질 것 아닌가.

'백무향은……'

그녀가 마음에 걸렸지만 한 가지 생각에 배시시 웃는다.

진소소는 백무향이 정상적인 몸이 아니라는 걸 눈치채고 있었던 것이다. 아마도 중한 내상을 입고 있을 것이 틀림없다.

그렇다면 도적성과 마환천의 고수들 속에서 무사할 리가 없지 않은가.

그렇게 생각한 진소소는 드디어 마음을 굳혔다.

여자의 독한 심성을 회복한 것이다.

"이제 여기를 내려가야지요?"

그녀의 말에 장팔봉이 건성으로 '응' 하고 대답했다.

그는 여전히 멍한 눈길을 어두워진 하늘에 던지고 있었다.

봉명심법의 구결에 푹 빠져서 그것을 되새기고 있는 것이다.

무엇이든 '이걸 알고야 말 테다' 하고 작정하면 알게 될 때까지 죽어라고 몰두하는 장팔봉이었다.

그 지독한 집중력은 지금 제가 어디에 있는지, 어떤 상황인지도 까맣게 잊도록 했다.

"그럼 당신 먼저 내려가도록 하세요. 나도 곧 뒤따라 내려갈 테니까요."

"응."

다가간 진소소가 불쑥 손을 들어 올렸다.

얼굴에 싸늘한 한 겹 서리가 덮이고, 입가에 잔혹한 미소가 걸리지만 등 뒤에 그녀를 두고 있는 장팔봉으로서는 알 수가 없는 일이다.

진소소의 얼굴에 잠깐 망설이는 기색이 떠올랐다. 장팔봉의 넓은 등을 바라보는 눈길이 흔들린다.

하지만 그녀는 끝내 마음을 독하게 먹었다.

"에잇!"

날카롭게 외치며 그대로 일장을 날린다.

펑!

그것이 장팔봉의 등줄기에 부딪쳤다.

"으악!"

그리고 장팔봉의 처절한 비명이 뒤따른다.

그의 몸이 꺼지듯 그 자리에서 사라져 버렸다.

진소소의 장력에 맞아 천야만야한 바위 봉우리 아래로 떨어져 버린 것이다.

"호호호호—"

검은 하늘로 진소소의 미친 듯한 웃음소리가 퍼져 나갔다.

아직도 도살부부가 흘린 피 냄새가 남아 있고, 그들의 참혹한 주검이 여기저기 흩어져 있는 황량한 바위 봉우리다.

그 위에 우뚝 서서 하늘을 보며 광소를 터뜨리는 진소소의 모습은 요악하기 짝이 없었다.

미친 것 같기도 하다.

바람이 그녀의 머리카락이며 옷자락을 마구 펄럭이게 하니 더욱 괴기하게 보인다.

第四章

해심산(海心山)의 두 사람

鳳鳴刀
봉명도

해심산(海心山)의 두 사람

휙, 휙—

귓전에 스치는 매서운 바람 소리와 함께 장팔봉은 흐려지는 의식으로 그녀의 그 광소를 들었다.

'설마 소소가 정말 나를?'

아직도 제 처지를 믿지 못한다. 받아들이기 힘들다.

폐부를 짓누르는 장력의 고통보다도 추락하는 공포가 장팔봉을 질리게 했다.

가물가물 의식이 자꾸만 멀어진다.

그때였다.

휙—

어둠 속에서 금빛 번쩍이는 물체 하나가 장팔봉에게로 날아들었다.

금황수다.

괴수 중의 왕이라는 그것은 장팔봉의 명령대로 풍화곡으로 돌아가기 위해 절벽을 타고 내려가는 중이었다.

급할 게 없기도 하려니와, 왠지 이대로 돌아가려니 마음에 자꾸만 꺼려지는 게 있어서 미적거리며 가는 둥 마는 둥 하고 있는 중이었다.

풍화곡을 지키는 기련산의 수호영물답게 하늘과 통하는 예지력이 있었던 건지도 모른다.

그러던 중에 절벽에서 떨어져 내리는 장팔봉을 보았고, 그 즉시 몸을 날린 것이다.

금황수의 굳센 팔이 장팔봉을 단단히 붙잡았다.

함께 떨어져 내린다.

장팔봉은 저를 꽉 움켜쥔 것이 금황수의 금빛 털이 숭숭한 팔이라는 걸 겨우 알아보았다.

그리고 의식을 완전히 잃어버렸다.

그때 백무향은 바위 봉우리 아래의 깊은 숲 속에 넋을 잃고 앉아 있었다.

가슴이 그 속에 불을 담아둔 것처럼 뜨겁고 기혈이 자꾸 역류하려는 통에 진땀을 흘리고 있다.

한 가닥 미약한 기운을 놓치지 않기 위하여 온 정신을 모아 운기행공에 집중하고 있는 중이었던 것이다.

하지만 또다시 입은 내상은 쉽게 진정되지 않았다.

그렇게 겨우 역류하는 기혈을 다스리고 있을 때 머리 위에서 비명 소리가 들려왔다.

백무향이 불길한 생각에 급히 운기행공을 멈추고 바라보더니 놀라서 저도 모르게 '악!' 하고 비명을 터뜨렸다.

바위 봉우리 꼭대기에서 한 사람이 떨어지는 걸 본 것이다.

한눈에 그게 장팔봉이라는 걸 알아본 백무향이 자리를 박차고 일어섰다.

백무향은 제가 지금 중상을 입은 몸이라는 것도 잊은 채 그곳으로 마구 달려가기 시작했다.

나뭇가지에 걸려 옷이 찢어지는 것도 모르고 그렇게 정신 없이 달려가면서 백무향은 모든 일이 다 틀렸다는 생각에 마음이 참담해졌다.

정말 장팔봉이 살아서 봉명도를 찾아 가지고 나왔다는 걸 알았으니 절망이 더 크다.

'그럴 줄 알았으면 내가 미쳤다고 도적성 따위와 양패구상하는 걸 무릅쓰고 싸움질이나 하고 있었겠어?'

그런 후회 때문에 제 가슴을 두드리고 싶어진다.

장팔봉이 그렇게 할 줄 알았다면 일찌감치 몸을 숨기고 있다가 결정적일 때 도살부부보다 앞서 저 바위 봉우리로 달려

올라 갔을 것 아닌가.

그랬다면 모든 일이 제 생각대로 한 치의 어긋남 없이 풀어졌을 것이니 좋아 죽었을 것이다.

그러나 하늘의 뜻은 그녀의 생각이 미치지 못하는 곳에 있었다.

'그런데 내가 왜 이렇게 미친년처럼 정신없이 달려가야 해?'

불쑥 그런 생각이 든다.

백무향이 걸음을 뚝, 멈추고 가쁜 숨을 몰아쉬었다.

아직 기운을 회복하기도 전에 무리해서 달렸더니 다시 내상이 도지는 것 같았다.

나무를 붙잡고 서서 가슴을 다 쏟아낼 듯이 심하게 기침을 하면서 백무향은 저의 어리석음을 조소했다.

'그까짓 쥐꼬리만 한 정이 남아 있었단 말이지? 나에게? 정말 웃기고 자빠져 있는 일이구나.'

장팔봉에 대한 한 가닥 정 때문에 제가 왜 그래야 하는지도 모르고 이렇게 무작정 달려가고 있었다는 데에 어이가 없다.

잠시 헐떡이는 숨을 달래고 난 백무향이 씁쓸한 웃음을 지었다.

자기 자신에 대한 자조적인 웃음이기도 하다.

모든 꿈이 물거품이 되어 사라져 버린 데 대한 체념이기도 한 그런 것이었다.

그렇게 포기하고 나자 몸은 천근만근 무거워졌지만 마음은 오히려 홀가분했다.

그래서 백무향은 장팔봉의 시체라도 거두어주자는 생각으로 다시 천천히 숲을 헤치고 나아가기 시작했다.

그래도 패천마련의 지옥 속에서 함께 생활했던 추억이 있고, 세상에 나와서도 계속 인연을 유지해 갔던 추억이 있기 때문이다.

"그 녀석이 하는 짓이 얄밉긴 해도 밉상은 아니었지."

하나하나 장팔봉과의 일을 떠올리다가 불쑥 그렇게 중얼거렸다.

장팔봉의 히히, 웃는 천연덕스런 얼굴이, 잔뜩 화가 나서 투덜대던 모습이, 징징거리며 성가시게 졸라대던 모습이 새록새록 떠오른다.

"그나저나 아직도 지옥 속에서 장팔봉이의 소식만 학수고대하고 있을 그 다섯 오라버니가 참 안됐군. 쯧쯧—"

그들 다섯 늙은 괴물들의 유일한 희망은 장팔봉이 세상에 나가서 모든 일을 이루고 다시 돌아와 저희들을 꺼내주는 것이었다.

하지만 이제는 모두 소용없게 되지 않았는가.

백무향은 제 신세뿐만 아니라 그들 다섯 명의 괴물 신세도 참 더럽다는 한탄을 했다.

그렇게 이런저런 생각들에 사로잡혀 천천히 걷는 동안 바위 봉우리 아래에 이르렀다.

위를 쳐다본다.

깎아지른 벼랑의 끝이 까마득하게 보이고, 그 위로 검은 밤하늘이 떠 있었다.

남쪽에 있는 달이 아직 밝아서 주위의 경물이 어슴푸레하게 보인다.

이런 날 한가로이 깊은 숲 속을 천천히 걸으면서 달빛을 감상하고 상쾌한 바람의 냄새에 취한다면 얼마나 운치있을 것인가.

하지만 저는 지금 시체 한 구를 찾기 위해 어슬렁거리고 있는 처지 아닌가.

그것도 온몸이 산산이 부서지고, 뼈가 산지사방으로 흩어져 참혹하고 끔찍한 몰골로 변했을 그런 주검이다.

"에휴― 내 팔자가 정말 기구하고 더럽구나."

그런 한탄을 하면서 주위를 한 바퀴 더듬어 돌았지만 장팔봉의 시체는 보이지 않았다.

"어라?"

백무향이 머리를 갸웃거리고 다시 위를 쳐다보았다.

장팔봉이 떨어져 내리던 곳이 틀림없다.

그렇다면 여기 어딘가에 그의 몸 일부라도 떨어져 있어야 정상이다.

그런데 핏자국 하나 없으니 기이하면서 은근히 무서운 생각이 들기도 했다.

"내가 귀신에게 홀려 헛것을 보았던 걸까?"

기운이 공허해졌으니 심령에 빈틈이 생긴 건지도 모른다.

잠시 마음을 가라앉힌 백무향은 다시 천천히 숲을 뒤져 나아가기 시작했다.

그리고 그것을 보았다.

금빛 털의 괴이하게 생긴 괴수.

금황수가 불쑥 어둠 속에서 나타났을 때, 백무향은 기절할 듯이 놀랐다.

금황수가 붉은 눈으로 그녀를 바라보고, 그녀도 찢어질 듯 부릅뜬 눈을 그것에서 떼지 못했다.

"그, 금황……수……."

백무향은 그것을 알아보았다.

"세상에…… 정말 금황수가 존재했단 말인가? 어떻게 이럴 수가……."

제가 본 것을 믿지 못한다.

그건 금황수가 전설 속의 동물일 뿐 아니라, 구천수라신교의 호법신이라고 오래전부터 알려져 왔을 뿐, 한 번도 본 적이 없으니 그렇다.

사부에게서 그것의 존재에 대해 들었을 때도 백무향은 코웃음을 쳤었다.

세상에 그런 괴수가 존재할 리 없을뿐더러, 있다고 해도 어떻게 붙잡아서 길들일 수 있을 것인가, 하는 생각 때문이었다.

하지만 이렇게 금황수와 얼굴을 맞대자 그런 생각은 간데없이 사라져 버렸다.

대신 지독한 놀람과 두려움이 그녀의 몸을 마비시키고 정신을 혼미하게 했다.

쿵, 하고 한 번 그녀의 냄새를 맡아본 금황수가 고개를 갸웃거렸다.

그녀를 어떻게 해야 할지 생각하는 모양이다.

서너 번 그렇게 하더니 마음을 정한 듯 슬며시 돌아선다. 그리고 훌쩍 몸을 날려 다시 어둠 속으로 사라졌는데, 그 재빠름이 번갯불 같아서 백무향은 제 눈을 마구 비벼댔다.

제가 그것을 본 것인지, 아니면 잠시 정신이 어지러워져서 헛것을 본 것인지 모호해졌다.

"아, 내가 정말 심한 부상을 입은 모양이구나. 일 년은 꼼짝하지 말고 정양해야 할 거야."

탄식을 뱉어낸 백무향이 부르르 몸을 떨고 그곳을 떠나려 할 때였다.

"끄응—"

어디에서인가 미약한 신음 소리가 들려오지 않는가.

"응?"

백무향이 귀를 기울였다. 얼마나 죽음처럼 고요한 시간이 흘러갔을까.

"끄응—"

다시 신음 소리가 들려왔는데, 처음보다 더 희미해져 있는 것이어서 자칫 듣지 못할 뻔했다.

"누가 있다."

백무향이 서둘러 그곳으로 향했다. 숲을 뚫고 마구 달려들어 가기를 서른 걸음쯤 했을 때 그곳에서 한 사람을 발견했다.

"장팔봉!"

백무향이 금황수와 마주쳤을 때보다 더 크게 놀라 저도 모르게 소리쳤다.

거기 과연 장팔봉이 쓰러져 있었던 것이다.

심한 부상을 입은 게 틀림없어 보인다.

엎어진 채 끙끙대고 있었는데, 금방이라도 숨이 끊어질 것처럼 보였다.

백무향은 비로소 모든 것을 알아챘다.

"아! 금황수가 그를 살렸구나. 그런데 봉명도는?"

아무리 두리번거려 보아도 봉명도는 보이지 않았다.

금황수가 가져간 것도 아니다.

"역시 빼앗기고 말았구나."

제 짐작이 틀렸기를 바라고 또 바랐는데, 이렇게 눈으로 확인하고 나자 허탈감이 사라지고 분노가 솟구친다.

믿었던 장팔봉에 대한 배신감마저 드는 것이어서 백무향은 치를 떨었다.

창백한 얼굴에 살기가 어린다.

"바보 같은 놈. 남 좋은 일만 시키고 저는 이렇게 돼지는 신세가 되다니. 쓸모없는 놈 같으니."

죽어가는 장팔봉을 노려보며 분한 숨을 씩씩거리던 백무향이 무정하게 그대로 돌아섰다.

처음에는 장팔봉의 육편이라도 거두어서 양지바른 곳에 묻어주자는 한 가닥 연민이 있었는데, 이제 장팔봉이 아직 살아 있는 걸 보자 연민이 노여움으로 바뀌었던 것이다.

변화무쌍한 마음이다.

"네 녀석의 가치는 바로 봉명도에 있었는데, 이제 그것이 사라졌으니 아무 소용이 없는 존재일 뿐이다. 네까짓 놈이 이런 곳에서 돼졌다고 슬퍼해 줄 사람도 없을 거야. 홍."

코웃음을 쳐주고 매정하게 돌아선다.

끙끙거리는 장팔봉의 미약한 신음 소리가 애처롭게 들리지만 여전히 싸늘한 얼굴로 비틀거리며 숲 속으로 걸어 들어갈 뿐이다.

*   *   *

―진소소가 봉명도를 차지했다.

—그러면 뭐 해? 패천마련의 고수들에게 납치되었다더라.

—연해평에서 한바탕 전쟁이 벌어졌다더군.

—멍청한 짓이었지. 무림맹이 무너지고 나서 사분오열된 정파의 무리가 패천마련을 당할 수 있겠어?

—이보삼장의 무리도 오랜 은둔 생활을 깨고 일제히 강호로 쏟아져 나와 그 싸움에 가담했다더라.

—하지만 별거 아니었다던데? 연해평의 일전에서 아주 박살이 났다잖아. 역시 소문은 믿을 게 못 돼.

—천검보가 참 안됐어. 자식 잃었지, 보 무너졌지.

—결국 거령신마 무극전이 봉명도를 차지하게 되었구나.

—그가 그 안의 절세신공을 대성하고 나면 천하에 누가 그를 막을 수 있겠어? 이제는 그저 패천마련의 그늘에서 목숨이나 부지하고 살 수 있기를 바랄 수밖에.

—거령신마 무극전이 패천마련을 앞세우고 봉기하여 황제가 될지도 모른다더라.

강호에 온갖 소문들이 들끓어 시끄러웠다.

조용할 날이 없다.

진소소는 그 바위 봉우리를 내려올 수밖에 없었는데, 봉명도를 지니고 있다지만 산 아래에 천라지망을 펼치고 기다리던 마환천의 고수들을 따돌리고 달아날 수가 없었다.

낚싯바늘을 겨우 피한 물고기가 그물에 걸린 꼴이다.

그 안에는 말 못할 내막이 숨겨져 있으나 그것을 아는 자가 아무도 없으니 단지 진소소를 불쌍하게 여길 뿐이었다.

백무향과의 싸움으로 양패구상하여 중상을 입었지만 도적성은 의기양양했다.

진소소와 봉명도를 한꺼번에 손에 넣었으니 하늘의 별이라도 딴 것 같지 않겠는가.

그래서 마환천의 고수들을 앞세우고 기세도 당당하게 돌아가는 중에 마중 나온 마검천(魔劍天)의 무리를 만나 합류했다.

마계오천(魔界五天)으로 불리는 패천마련의 오천 중 두 곳. 이천(二天)의 정예고수 이천여 명이 모였으니 강호에서는 유례가 없던 일이었다.

그들 이천의 고수가 의기양양하게 중원으로 돌아가는 중인데 각처에서 소식을 들은 고수들이 구름처럼 몰려왔다.

그들은 장성 밖. 옛적 서하의 수도였던 은천에서 오백여 리 떨어진 광활한 초원에서 딱 마주쳤다.

연해평이라고 불리는 바로 그곳이다.

강호의 고수들은 구름처럼 많았다.

백도 제 문파의 고수들은 물론 뒤늦게 소식을 듣고 달려온 각지의 내로라하는 고수 명숙들이 망라되어 있는 연합 세력이었던 것이다.

하지만 그들에게는 명령권을 가진 지도자가 없었다.

이보삼장을 추종하는 무리와 백도 문파의 무리, 그리고 각지의 독보적인 군웅들로 나뉘었으니 세 개의 잡다한 무리가 된 것이다.

그들과 패천마련의 이천 고수들이 정면으로 충돌했다.

무려 열흘 가까이 계속되는 지겨운 싸움이 벌어진 것이다.

훗날 강호에서는 그 대결전을 두고 연해평의 변이라고 불렀는데, 머릿수에 있어서 열 배나 되는 군웅의 무리가 패천마련의 정예 이천여 명에게 처참하게 도륙당했기 때문이다.

살아서 돌아간 자가 열에 한두 명이었다고 하니 그 참상을 짐작할 수 있다.

아무리 머릿수가 많고 고수가 많아도 이와 같이 전쟁이나 다름없는 집단전에서는 일사불란한 명령 체계가 반드시 필요한 법이었다.

강호의 군웅들은 그런 체계를 세울 시간도 없이 마계오천 중 이천의 고수와 부딪쳤다.

결과는 뻔했다.

오직 봉명도가 패천마련의 수중에 들어가지 못하게 하기 위해 급히 달려왔을 뿐, 서로 연합할 시간을 갖지 못한 게 그들에게는 천추의 한이 되었다.

그렇게 연해평에서 정파 무림의 힘은 또 한 번 꺾이고 말았는데, 무림맹이 무너졌을 때보다 심리적으로 더 큰 타격을 입을 수밖에 없었다.

상대적으로 패천마련의 기는 더욱 양양해졌고, 코가 더욱 높아졌다.

이 넓은 천하에서 이제 패천마련에 대항할 자는 아무도 없으니 그렇다.

곧 련주인 거령신마 무극전의 말 한마디가 법이 되고, 패천마련의 행보가 강호의 질서가 될 것이다.

그때는 무극전이 굳이 황제의 위에 오르지 않는다고 해도 천하가 그의 것이나 다름없게 된다.

백성의 천하는 황제에게 있고 강호의 천하는 무극전에게 있으니 세상에 두 명의 황제가 존재하는 셈이 되는 것이다.

연해평의 일전에서 대승을 거둔 마환천과 검환천의 무리들은 의기양양하게 대신의가산의 패천마련 총단으로 돌아갔고, 강호에는 숨 막히는 적막이 깔렸다.

*   *   *

연해평의 참극이 있은 지 일 년이 되어가고 있을 무렵이다.

세상의 인심이란 얍삽하고, 사람의 기억이란 쉬 잊도록 되어 있는 것이어서 어느덧 연해평의 전쟁에 대한 말들도 사라지고 있었다.

곳곳에 패천마련의 지부가 세워지지 않은 곳이 없고, 거리마다 활개치고 다니는 자들 중 패천마련의 마졸 아닌 자가 없었다.

시리도록 푸른 하늘이 머리 위에 있다.

사시사철 서늘한 바람이 불어가는 건 맑고 건조한 기후 때문이다.

그 맑고 푸른 하늘 아래 그만큼이나 맑고 푸른 호수가 끝없이 펼쳐져 있었다.

청해호(靑海湖)인데, 사방에 수평선이 보일 만큼 거대했으므로 바다 해(海) 자가 붙은 것이다.

청해호 복판에는 해심산(海心山)이라는 높은 산 하나가 우뚝 솟아 있어서 더욱 기이하고 신비롭다.

쪽빛 하늘을 담아놓은 것처럼 푸른 호수 위로 무려 구천 팔백여 척(尺)이나 솟아올라 있는 산은 청해호 아니면 천하 어디에서도 볼 수 없으리라.

그 해심산 기슭은 무성한 낙엽, 활엽수림이 밀림처럼 빽곡하게 펼쳐져 있었다.

그 위로 흰 눈을 이고 우뚝 솟아 있는 단 하나의 봉우리는 그래서 더욱 신비하게 보인다.

호수 서남쪽으로는 청해남산으로 불리는 거대한 산맥이 동서로 길게 뻗어 있고, 동북쪽으로는 기련산맥이 역시 동서로 숨가쁘게 치달리고 있다.

그러니 청해호는 그 두 개의 산맥 사이에 끼어 있는 것 같은 형상이었다.

두 산맥 사이의 크고 깊고 넓은 골짜기를 호수가 독차지하고 있는 셈이기도 하다.

그곳에 이르기 위해서는 기련산을 넘거나 청해남산을 넘어야 했으므로 특별한 볼일이 없는 한 사람들의 발길은 청해호까지 미치지 못했다.

그래서 언제나 자연과 짐승들의 차지가 되게 마련인 고요하고 평화로운 곳. 그게 바로 청해호의 모습이기도 하다.

한낮.

적막한 청해호에 흰 양떼구름만 둥실둥실 떠 있는데, 서늘한 바람이 푸른 호수 위에 내려앉았다가 느릿느릿 흘러가는 그런 시간이다.

떡갈나무 숲이 부스럭거리는 소리가 그 적막을 깨뜨렸다.

물을 마시기 위해 짐승이 내려오는 것인지도 모른다.

"제기랄."

투덜거리는 소리가 들리는 걸로 보아 사람이다.

이내 텁석부리 한 명이 커다란 가죽 부대를 흔들며 물가로 내려왔다.

봉두난발한 머리에 얼굴을 온통 뒤덮은 뻣뻣한 수염 하며, 다 찢어지고 낡아서 너덜거리는 옷에 털이 숭숭한 맨발이었다.

바짓단을 찢어버렸는지, 낡아서 절로 그렇게 되었는지, 정강이가 훤히 드러났으므로 반바지나 다름없다.

무얼 하다 온 건지 몸뚱이가 온통 흙 범벅이라 더럽기 짝이 없었다.

거지 중에도 그런 상거지는 없을 것이다.

한심하도록 불량한 차림이지만 인적이라고는 없는 산중이니 어찌 보면 지극히 자유로운 복장이기도 하다.

"도대체 언제까지 이 짓을 하고 있어야 하는 거냐? 내 신세는 어떻게 된 게 꽃필 날이 없구먼."

투덜거리며 물가에 내려오더니 옷을 입은 채 풍덩, 뛰어든다.

맑고 푸른 물이 그의 몸에서 씻겨 내리는 흙과 오물들로 금방 시커멓게 물들었다.

그렇게 옷을 빠는 동시에 목욕을 하고 머리를 감은 사내가 가죽 부대 가득 물을 담아 들고 다시 어슬렁거리며 숲 속으로 사라졌다.

물가에서 한 마장쯤 떨어진 곳.

울창한 원시림이 끝나고 비탈진 초원이 펼쳐져 있는 시원한 곳에 한 채의 나무 집이 있었다.

집이라고 말하는 게 부끄러울 만큼 엉성하고 볼품없이 지어진 그런 것이다.

대충 나무를 잘라 푹푹 꽂아놓고 잔가지로 얼기설기 벽을 엮었으며 지붕도 대충 나뭇가지와 갈대를 엮어 올려놓은 그런 것이었다.

해가 뜨면 햇빛이 그대로 내리쬐고, 비가 오면 비가 폭포처럼 쏟아져 들어올 것이다.

만든 사람의 솜씨는 둘째 치고, 성의라고는 조금도 보이지 않는 것이, 거지들이 사는 움막이라고 해도 그것보다는 나을 것 같았다.

"콜록, 콜록."

그 집 안에서 가냘픈 기침 소리가 흘러나왔다.

숲에서 나온 거지꼴의 사내가 어슬렁거리며 풀밭을 걸어 그 볼품없는 집으로 향한다.

진흙을 개서 대충 만들어놓은 일그러진 항아리에 가죽 부대의 물을 콸콸 부어넣더니 그 곁의 화덕에 쪼그리고 앉아 불을 지피기 시작했다.

시커멓게 그슬린 무쇠 솥단지가 걸려 있었는데, 오래지 않아 그 안에서 구수한 냄새가 풍기기 시작했다. 고기라도 삶고 있는 모양이었다.

"이 녀석, 아직 먼 게냐? 내가 미워서 굶겨 죽일 작정이지?"

나무집 안에서 앙칼진, 그러나 기력이 없는 꾸짖음이 흘러나왔다.

　열심히 입김을 후후, 불어가며 불을 키우고 있던 사내가 신경질적으로 머리카락을 쓸어 넘겼다.

　때가 잔뜩 끼어 꼬질꼬질한 얼굴이 비로소 드러난다.

　장팔봉이었다.

　"아, 그렇게 배고픈 걸 못 참는 분이 그 지옥에서는 그래 어떻게 살았단 말입니까?"

　"그때는 그때고 지금은 지금이지. 콜록, 콜록."

　"끄응—"

　쉬지 않고 뭐라고 구시렁거리면서도 장팔봉은 손을 부지런히 놀렸다.

　돌 위에 김이 무럭무럭 나는 고기를 올려놓고 기름때가 반질반질하게 묻은 비수를 꺼내 잘랐다.

　그러는 한편 이것저것 양념 준비를 하고 한쪽의 밥솥을 열어 밥을 퍼 담는 등 두 사람이 해야 할 일을 혼자서 민첩하게 해내는데, 이골이 난 솜씨였다.

　드디어 한 끼의 식사가 준비되었다.

　네 귀퉁이에 툭툭 바윗돌을 박고 그 위에 커다랗고 넓적한 돌판을 올려놓은 식탁에 두 사람이 마주 앉았다.

　얼굴에 병색이 깃들어 파리한 안색의 중년 미부 백무향과 장팔봉이다.

그녀가 몇 젓가락의 밥을 떠먹고 고기를 집어먹더니 한숨을 쉰다.

"왜? 배고프다면서요?"

젓가락을 내려놓는 백무향을 보며 장팔봉이 보이지 않을 정도로 움직이던 젓가락질을 멈추었다.

"많이 먹었다."

슬며시 외면하는 그녀의 얼굴에 어두운 그늘이 져 있었다.

장팔봉이 젓가락을 내려놓고 걱정스럽게 바라보자 백무향이 다시 한숨을 쉬었다.

"또 왜 그러세요? 언제는 행복하다더니."

"그래, 행복하지. 이렇게 강호를 잊고 한가하게 살아본 적이 없었으니까."

"그럼 됐어요. 어서 밥이나 더 드세요."

"너는 행복하냐?"

"예?"

"네 얼굴에 근심이란 게 없으니 묻는 말이다."

장팔봉이 피식 웃었다.

"행복하고 말고가 어디 있어요? 지금 이 상황에서 달리 행복을 찾을 건수라도 있나요?"

"너는 포기한 것이냐?"

"적응이라고 하는 겁니다. 싸움에 임해서는 먼저 상대를 본 자가 이기는 거고, 제가 처한 상황에 빨리 적응하는 자가 살아남는 겁니다."

"너는 적응이 빨라서 좋겠구나."

백무향이 실쭉하니 눈을 흘긴다. 토라진 얼굴인데 그게 그렇게 요염할 수가 없다.

장팔봉의 심장이 쿵쾅거리고 뛴다.

그가 급히 고개를 숙이고 마구 고기를 뜯어댔다. 신경질적으로 으적으적 씹는다.

그런 장팔봉을 물끄러미 바라보던 백무향이 피식 웃었다.

"아직도 내가 무서우냐?"

"아니요."

"그런데 왜 내 눈을 피해?"

"그냥 배가 고파서요."

"휴—"

땅이 꺼질 듯 한숨을 내쉰 백무향이 어린아이를 달래듯 조곤조곤 말했다.

"네가 나를 걱정해서 그런다는 걸 잘 안다. 하지만 걱정만으로 될 일이 아니라는 건 네가 더 잘 알겠지?"

"……"

"네가 완전해지는 게 곧 나 또한 그렇게 되는 것임을 잊지 마라."

"하지만 저는, 저는……."

장팔봉이 울상을 했다.

백무향을 똑바로 바라보지 못하고 어쩔 줄 모르는 게 마치 죄지은 아이가 제 양심에 찔려서 두려워하고 괴로워하는 모습 같았다.

백무향이 파리한 손을 뻗어 그런 장팔봉의 뺨을 어루만졌다.

"너는 착한 아이다. 거칠고 막돼먹은 것처럼 굴지만 실은 그 속이 더없이 순박하고 정직한 아이라는 걸 나처럼 잘 아는 사람은 또 없을 것이다."

"그래도 저는……."

백무향이 곱게 웃는다.

"네 잘못은 없다. 그러니 그렇게 자책할 것 없느니라. 그때는 어쩔 수 없는 상황이었다는 걸 너도 잘 알지 않느냐?"

"그래도 소질은 사고를 뷀 낯이 없습니다."

"네가 그렇게 하지 않았더라면 너도 죽고 나도 죽었을 것이다. 그러니 그 일은 우리 두 사람의 목숨을 살게 한 아주 좋은 일이었어."

장팔봉은 그때의 상황을 잊을 수 없었다.

백무향의 말이 모두 옳다는 것도 잘 안다.

하지만 여전히 죄지은 것처럼 마음이 무거운 건 부끄럽고 낯 뜨거운 그 행위 때문이었다.

상황이 어떻다고 해도 그것만은 용서받을 수 없는 짓이었다고 생각한다.

아니, 세상 사람 모두가 이해하고 용서한다고 해도 제 자신이 저를 용서하기 힘들다.

백무향이 측은하다는 눈길로 장팔봉을 바라보며 그 뺨을 어루만졌고, 장팔봉은 눈을 내리깐 채 얌전한 고양이처럼 앉아 그때를 생각하고 있었다.

다시 가슴이 벌렁거리고 뛰면서 얼굴에 열이 올라 홧홧해진다.

작년 이맘때의 일이니 벌써 그 일 이후로 일 년이 지난 것이다.

바로 장팔봉이 진소소에게 암수를 당해 천 길 절벽 아래로 떨어졌던 그때의 일이고, 백무향이 숲 속에서 죽어가는 장팔봉을 찾아냈을 때의 일이다.

장팔봉이 봉명도를 빼앗겼다는 미움이 앞서서 그녀는 숨이 곧 끊어질 것 같은 그를 못 본 체하고 그대로 돌아서지 않았던가.

하지만 그때 그녀는 서른 걸음을 채 떠나가지 못했다.

삐익— 하고 허공에 날카롭게 울려 퍼지는 호각 소리 때문이었다.

비록 먼 곳에서 들려온 소리지만 백무향은 그것이 마환천의 고수들끼리 주고받는 신호라는 걸 알고 있었다.

그건 수색을 지시하는 신호였다.

만약 그들에게 발각되기라도 한다면 꼼짝없이 사로잡히거
나 죽는 신세가 될 것이다.

그래서 백무향은 더욱 서두를 수밖에 없었다.

第五章
원초적 본능

鳳鳴刀
봉명도

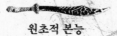

원초적 본능

'저 녀석을 이대로 놓아두고 간다면 반드시 발견되고 말 테지.'

문득 그런 생각이 들어 급히 떠나던 걸음을 멈춘 백무향이 잔뜩 낯을 찌푸렸다.

아무래도 장팔봉이 마음에 걸렸던 것이다.

아직 그가 살아 있으니 마음껏 희롱하다가 잔인하게 죽여 버릴지도 모른다.

그거야 상관없다고 생각하지만 백무향의 마음 한구석에는 장팔봉에 대한 연민의 감정이 여전히 남아 있었다.

'더 나쁜 상황은 그들이 저놈을 살려서 패천마련으로 끌고

가는 일이야.'

백무향은 그들이 장팔봉을 지하 뇌옥 속으로 다시 떨어뜨릴 것이라고 생각했다.

그건 그 안에 아직 살아 있을 다섯 늙은 괴물에게 죽음보다 더 무서운 절망을 가져다줄 것이다.

"무극전, 그 나쁜 놈은 능히 그렇게 할 것이다. 그래서 다섯 늙은이를 한껏 조롱하고 비웃어주겠지."

그렇게 중얼거리자, 만일 그런 상황이 생긴다면 그건 무극전의 완전한 승리가 아닌가? 하는 생각이 들었다.

그 꼴은 봐줄 수 없다.

그래서 백무향은 억지로 몸을 돌려 다시 장팔봉이 있는 곳으로 돌아갔다.

제 몸 가누기도 힘든 처지에 축 늘어져 있는 장정 하나를 업고 가는 일이 쉬울 리가 없다.

하지만 백무향은 필사적으로 그를 업은 채 골짜기 하나를 지났다.

다행히 마환천의 고수들은 들이닥치지 않았다.

이미 모든 상황이 끝났으니 대충 수색하는 시늉만 내고 돌아간 건지도 모른다.

그래서 백무향은 잠시 숨 돌릴 여유를 가질 수 있었고, 그렇게 몇 번씩이나 운기조식하여 기력을 조금씩 되찾으며 기어이 장팔봉을 업고 화염봉으로부터 오십여 리나 떨어진 인적없는 골짜기에 이를 수 있었다.

하루 밤과 낮을 꼬박 수고한 것이다.

영약과 기연으로 범벅이 된 장팔봉의 목숨은 쇠심줄처럼 질긴 것이어서 그때까지도 한 가닥 숨이 붙어 있었다.

그리고 그곳의 한 동굴 안에서 백무향은 이제는 제가 어떤 방법을 쓰던지, 어떤 희생을 치르는 한이 있어도 반드시 장팔봉을 살려내야만 한다는 사명감에 불타올랐다.

그의 전신을 안마해 주다가 품속에 들어 있는 옥함 한 개를 발견했기 때문이다.

그것은 장팔봉이 풍화곡 속의 증동(蒸洞)에서 가지고 나온 옥함이었다.

바로 그곳에서 좌화한 수라신교의 마지막 교주 목극탑(木極塔)이 손에 들고 있던 그것이다.

그리고 또 한 가지. 백무향이 전혀 생각하지 못했던 수라신교의 보물이 그의 품에서 나왔다.

그가 빙동(氷洞)에 들어갔을 때 취했던 양피지 두루마리였다.

극빙지정(極氷之精) 속에 들어 있던 그것을 취하려다가 사자성은 한 팔을 잃지 않았던가.

그리고 기어이 장팔봉의 손에 들어왔던 것이다.

먼저 두루마리를 펼쳐 본 백무향은 저도 모르게 입을 딱 벌리고 눈물을 줄줄 흘려댔다.

그것을 들고 있는 두 손이 학질에 걸린 것처럼 와들와들 떨린다.

"파천일기공의 모든 것이다!"

그것은 구천수라신교의 삼대신공 중 하나이자, 백무향이 익히고 있는 파천일기공(破天一氣功)의 완전한 구결이었다.

백무향은 그것으로 강호에서 이름을 얻었고, 적수를 찾아볼 수 없었다.

하지만 그녀가 익히고 있던 파천일기공은 마지막 구결이 없는 것이었다.

완전한 신공이 아니었던 것이다.

장팔봉의 사문인 삼절문에 완전한 삼절도법이 전해지고 있지 않았던 것과 같다.

그런데 그것이 장팔봉의 품에서 나왔으니 기가 막히면서 미칠 듯이 기쁘기도 하다.

백무향이 지나친 기쁨으로 인해 덜덜 떨리는 손으로 옥함을 열었다.

급한 마음과 두려움과 기대감 때문에 침이 마른다.

"아! 이건 정말……!"

그리고 백무향은 할 말을 잃었다.

입을 딱 벌린 채 넋이 나가서 옥함 속을 바라보고 있을 뿐이다.

그 안에는 한 권의 작고 얇은 책자가 들어 있었다.

얼마나 오래된 것인지 표지가 누렇게 바래 있다.

하지만 백무향은 그것에 적혀 있는 여섯 글자를 알아볼 수 있었다.

구천수라신경(九天修羅神經).

무극전이 그토록 찾기 원하던 바로 그 신경이었다.

구천수라신교의 정화라고 할 수 있는 경전이자 절세적인 비급인 것이다.

안에는 우주의 생성 원리와 함께 구천수라신교의 교리가 나오게 된 상생상극의 이치, 그리고 창교조사(創敎祖師)의 가르침이 기록되어 있었다.

그러니 도교 서적이나 불경들처럼 구천수라신교의 경전인 셈이다.

하지만 그 안에는 무학에 대한 무궁한 원리가 포함되어 있었다.

경문 속에 깃들어 있는 의미를 잘 이해하면 세상을 놀라게 했던 구천수라신교의 무공 원리에 대해서 알 수 있게 되는 것이다.

그 안에서 세 가지 절세무공이 탄생되었으니, 바로 봉명도법과 파천일기공, 그리고 거령신마 무극전이 배운 무상수라신공(無上修羅神功)이었다.

그러니 수라신경은 세상에 둘도 없는 보물이라고 할 것이다.

그러나 수라신경이 그토록 중요한 건 그것 때문만이 아니다.

누군가 무학에 밝은 자가 그 안의 경문들을 연구한다면 또 다른 개세적인 무학을 얼마든지 창안해 낼 수 있다는 것이다.

바로 그러한 가능성 때문에 무극전이 그토록 수라신경을 찾으려고 했던 것이다.

"이놈이 사부님을 만났구나!"

백무향이 저도 모르게 펄쩍 뛰며 소리쳤다.

풍화곡 안에서 제 사부를 만나지 않았다면 어떻게 이것을 얻었겠는가, 하고 생각했다.

하루가 지났다.

장팔봉의 상태는 여전했는데, 달라진 게 있다면 가끔씩 의식이 돌아온다는 것이었다.

그럴 때면 그는 고통을 견디지 못하고 끙끙거렸다.

"아직 죽지는 않아."

백무향은 눈을 흘기며 매번 그렇게 차갑게 꾸짖어주었다.

아직도 그녀가 장팔봉을 위해 아무런 조치를 취하지 않는 건 두 가지 이유 때문이었다.

하나는 자신의 몸 상태가 지금 누구를 치료해 줄 만큼 되지 못한다는 것이다.

장팔봉의 내상을 치료해 주려면 먼저 자신의 내상부터 치료해야 하니 시간이 걸릴 수밖에 없다.

두 번째는 탐욕 때문이었다.

장팔봉이 풍화곡에서 가지고 나온 두 개의 보물을 이렇게 차지했으니 그에게서는 정말 더 이상 건질 게 없다고 생각한 것이다.

비록 봉명도는 빼앗겼지만 수라신교의 두 가지 보물을 얻었으니 충분히 만족할 수 있다.

게다가 수라신경이 있으니 앞으로 몇 년만 깊은 산속에 숨어서 연구를 한다면 무극전을 뛰어넘을 수 있는 초절한 무공을 만들어낼 수도 있지 않은가.

그런 생각 때문에 백무향은 그를 죽여야 할지, 살려야 할지 선뜻 결정을 하지 못하고 있었다.

'이놈이 죽어버린다면 풍화곡의 비밀에 대해서 알 수가 없지 않은가. 더구나 그 안에서 내 사부님을 만난 게 틀림없으니 그분의 소식도 들어야 하는데 죽어버리면 말짱 헛일이지.'

결국 그 생각 때문에 백무향은 장팔봉을 살리기로 마음먹었다.

닷새 후, 백무향은 밤낮을 가리지 않고 운기조식에 힘쓴 탓에 어느 정도 자신의 내상을 치료하고 흩어졌던 공력을 반쯤 모을 수 있게 되었다.

자신의 오성 내공 정도면 장팔봉의 내상을 치료해 주기에 충분하다고 생각한 그녀는 우선 그의 옷을 모두 벗겼다.

건장한 사내의 알몸을 앞에 두고 있으니 절로 낯이 뜨거워진다.

이미 남자의 맛을 충분하고도 넘치도록 아는 백무향 아닌가.

사내의 정기를 빨아들여 자신의 주안술을 유지하기 위한 일이었지만 그렇다고 해서 음양교접의 행위가 주는 쾌락이 사라지는 건 아니다.

지독한 마녀이면서 지독한 색녀이기도 한 게 그녀가 젊음을 유지하는 비결이었던 것이다.

그런 그녀가 무극전과의 일전 이후 벌써 넉 달 가까이 사내 맛을 보지 못하고 지냈다.

그러던 차에 장팔봉의 건장한 나신을 눈앞에 두고 있으니 환장할 일이었다.

절로 입에 침이 고이고 숨이 가빠지면서 온몸이 후끈 달아오른다.

그래서 백무향은 서둘러 자신의 옷을 모두 벗어 던져 버렸다.

"좀 이르고 늦고의 차이가 있을 뿐이지 뭐. 처음부터 이럴 계획으로 이놈을 살려두고 있었던 거니까 망설일 것 없어."

스스로 그렇게 핑곗거리를 만드는 건 그래도 한 가닥 양심 때문이었다.

그녀의 원래 계획은 장팔봉이 패천마련의 지하 뇌옥 안에서 얻은 영물의 효능을 흡수해서 내공을 대성할 때까지 기다린다는 것이었다.

그런 다음에 그를 안고 누워서 환희마령의 사악한 수법으로 채양보음의 행위를 할 작정이다.

감이 익어 홍시가 될 때를 기다렸다가 널름 먹어치우는 것
이다. 그러면 장팔봉의 그 엄청난 내공을 남김없이 빨아들여
서 반로환동을 이룰 수 있게 된다.

지금처럼 중년 미부의 모습을 지키기 위해 안간힘을 쏠 필
요도 없이 그냥 이팔청춘의 꽃다운 소녀로 돌아갈 수 있을뿐
더러, 평생 그 용모를 간직하고 살 수 있게 되는 것이다.

그것이야말로 백무향이 꿈에서도 그리는 저의 상태였다.

그것을 이룰 수 있다면 세상의 비난이 아무리 거세도 다 감
수할 수 있다.

하지만 지금 장팔봉은 내공이 아직 없는 상태이니 빨아들
일 것도 없다.

그럼에도 자신의 은밀한 수법을 행하려는 건 오직 제 욕망
을 푸는 한편 그를 살려내기 위해서였다.

살려내야 풍화곡 안에서의 일을 들을 수 있고, 속성으로 그
의 내공이 이루어지게 할 수 있지 않겠는가.

제 손에 구천수라신경과 파천일기공의 비급이 들어 있으
니 충분히 속성대법을 만들어낼 수 있다는 자신감도 있다.

그런 다음에 다시 한 번 은밀한 환희마령의 수법을 발휘하
면 된다. 그러면 지독한 쾌락과 반로환동을 동시에 이룰 수
있게 되니 그거야말로 꿩 먹고 알도 먹는다는 것 아니겠는가.

그런 생각으로 백무향은 천천히 장팔봉의 몸을 어루만지

기 시작했다.

우선 꽉꽉 막혀서 정체되어 있는 그의 기혈을 풀어주려는 것이다.

그녀의 비단결처럼 매끄러운 손이 단단한 사내의 몸 위에서 춤추듯 움직였다.

때로는 문지르고 때로는 쓰다듬으며 지그시 누르기도 하고 살짝살짝 간질이기도 한다. 그러다가 안마를 하듯이 장팔봉의 전신을 빠르게, 강약을 조절해서 두드리기도 했다.

그리고 과연 그녀의 그런 수법은 효과를 보았다.

"끄응—"

죽은 듯 늘어져 있던 장팔봉이 반응하기 시작한 것이다.

몸이 조금씩 뜨거워지면서 경직되어 있던 근육이 먼저 부드럽게 풀어진다.

피의 순환이 활발해지기 시작했으며, 진원지기가 소생하여 혈도를 따라 운행하기 시작했다.

그러자 가장 먼저 반응하는 건 역시 그의 양물이었다.

한 손을 장팔봉의 가슴에 붙이고 한 손으로 그의 양물을 가만히 감싸 쥔 채 그것의 뜨거움을 느껴보던 백무향이 배시시 요염한 미소를 지었다.

이제 때가 무르익은 것이다.

진원지기가 활동하기 시작했으니 다음으로는 그의 양기를 끌어올려야 한다. 그러기 위해서는 자신의 음기를 장팔봉의 몸에 흘려 넣어줄 필요가 있다.

음양의 조화는 무궁무진하지 않던가. 음기가 동하면 자연히 양기가 살아나게 마련이다.

백무향은 환희마령의 수법으로 자신의 음기를 장팔봉에게 불어넣고 그의 양기가 준동하면 자신의 내력으로 그것을 이끌어 행공을 인도해 줄 계획이었다.

그러면 장팔봉은 거뜬히 내상을 회복하고 기력을 되찾게 될 것이다.

그런 생각으로 백무향이 장팔봉의 배 위에 올라앉았다.

백옥 같은 두 다리를 활짝 벌리고 그 사이에 거봉처럼 일어선 장팔봉의 양물을 끼운 백무향이 천천히 몸을 낮추었다.

완전한 결합이 이루어진 때에 장팔봉의 가슴에 제 가슴을 붙이고 엎드려 그의 몸을 단단히 감싸 안는다.

듬직한 그의 양물이 자신의 몸 안 깊숙이 꽉 들어차는 쾌감에 등줄기가 짜릿해졌다.

"으음—"

백무향이 저도 모르게 탄식 같기도 한 신음성을 흘렸다. 열에 들떠서 얼굴마저 도홧빛으로 물든 채 쌕쌕 숨을 몰아쉰다.

'내가 미쳤지. 벌써 이렇게 흥분하면 운기행공을 어떻게 하려고 그러느냐? 정신 차려라, 이것아.'

자기 자신에게 그렇게 타박을 주고 나서야 가까스로 정신을 차린 백무향이 깊게 심호흡을 하고 나서 환희마령의 심법에 따라 운기하기 시작했다.

천천히, 깊은 강물이 느릿느릿 흐르듯이, 무더운 여름날 달구어진 벌판으로 바람 한줄기가 불어가듯이 그렇게 꿈틀거린다.

몸이 뜨거워질수록 운기의 비법을 잃어버리지 않기 위해 애쓰는 일은 고통이었다.

백무향은 이를 악물고 신음을 삼키며 천천히 물결을 탔다.

그렇게 이체전공(異體傳功)의 신묘한 수법으로 자신의 음기를 장팔봉의 몸 안에 흘려 넣어주기 시작한 것이다.

가장 빠르고 확실한 방법은 그것밖에 없다.

백무향의 음기가 장팔봉의 기혈 안으로 느릿느릿 흘러들어 가자 그의 몸이 꿈틀, 하고 움직였다.

죽은 듯 가라앉아 있던 본신의 양기가 낯선 음기에 반응하기 시작한 것이다.

백무향은 파도가 밀려오고 밀려가듯이 장팔봉의 가슴 위에 엎드려 규칙적이고 부드럽게 움직이면서 그것을 느끼고 있었다.

머리끝이 쭈뼛해질 정도로 지독한 쾌락과 함께 그것을 억제해야만 하는 행위가 그녀에게 참기 힘든 고통으로 밀려든다.

하지만 백무향은 금방이라도 무너져 버릴 것 같은 자신의 몸을, 그것의 격정을 이를 악물고 참아냈다.

장팔봉의 축 늘어졌던 몸에 조금씩 힘이 들어가고, 잠잠했던 그의 기혈이 조금씩 혈맥을 따라 움직여 가기 시작했다.

그의 활기가 살아났다는 걸 안 백무향은 더욱 스스로를 억제하면서 운기도인(運氣導引)의 수법으로 조심스럽게 장팔봉의 양기를 이끌어 기경팔맥으로 순환시키기 시작했다.

그러자 백무향의 진원지기가 마치 장팔봉의 것인 양 그의 혈도를 따라 때로는 격하게, 때로는 부드럽게 운행해 나아갔다.

막혀 있는 기문이 있으면 그것을 뚫고 정체되어 있던 장팔봉 본연의 원기를 두드려 깨운다.

그러자 장팔봉의 진원지기가 자신의 그것과 섞이기 시작하는 게 느껴졌다.

그의 심장이 빠르게 뛰고, 모공이 확대되어 천천히 열기와 함께 탁한 기운을 온몸으로 배출해 내기 시작했던 것이다.

어느 순간부터인가 장팔봉의 몸이 본능적인 반응을 보였다.

백무향의 부드럽게 꿈틀거리듯 하는 움직임에 맞추어 허리를 틀고 엉덩이를 움찔거리기 시작한 것이다.

"아!"

백무향은 그런 그의 움직임에 깜짝 놀랐다.

쾌감이 배로 증폭되면서 정신이 아득해진다.

'이건 위험해!'

그녀의 한 가닥 이성이 그렇게 경고성을 발했다.

백무향은 미칠 것 같은 제 몸의 쾌락을 끊어야 한다고 생각했다.

입술을 악문다.

하지만 그 고통마저 어느새 쾌락에 흡수되고 마는 것 아닌가.

쾌락을 더 크게 해주는 짜릿한 아픔이 되어버리는 것이다.

백무향이 최대한의 자제력으로 움직임을 멈추고 몸을 떼어내려고 하자 축 늘어졌던 장팔봉의 두 손이 와락 그녀의 엉덩이를 움켜쥐었다.

무지막지한 힘이다.

백무향이 놀란 외침을 터뜨렸다. 눈을 크게 뜬다.

장팔봉의 두 손이 자신의 엉덩이 속으로 파고들 것처럼 짓눌러오는데, 그 힘은 그녀로서도 감당하기 힘든 것이었다.

장팔봉의 입에서 뜨겁고 격한 숨이 터져 나오기 시작했다. 미친 듯이 움직인다.

본능적인 행동이고, 절로 그렇게 되는 일이니 통제할 수 있는 아무런 방법이 없다.

그의 의식은 아직 혼미해 있는데, 몸은 백무향의 환희마령대법(歡喜魔靈大法)에 반응하고 있었던 것이다.

'이놈이?'

백무향의 놀람으로 커졌던 눈에 살기가 떠올랐다.

환희마령을 펼치면 언제나 상대를 자신의 의도대로 지배할 수가 있었다.

그것에 걸린 자는 저의 정혈이 다 빨려 껍데기만 남을 때까지 죽어라고 봉사했던 것이다.

그런데 장팔봉의 경우에는 그게 통하지 않았다. 오히려 그의 본능적인 움직임이 자신을 지배하려고 하지 않는가.

백무향은 장팔봉의 의식이 없다는 사실을 깜빡하고 있었던 것이다.

의식이 없으니 환희마령에 걸려들 리가 없다.

그저 본능의 충실한 종복이 되었을 뿐이다.

그리고 장팔봉의 그러한 본능은 또 한 가지 놀라운 일을 행하고 있었다.

순수한 욕망뿐이던 그것에 생존의 본능이 합쳐지고 있었던 것이다.

"억!"

백무향이 놀란 외침을 터뜨렸다.

살기가 떠올랐던 두 눈 가득 경악하고 당황한 기색이 어린다.

쏴아아—

귓가에 소나기 퍼붓는 소리가 들리는 것 같았다. 그런 환청이 들릴 만큼 무지막지하게 자신의 진원지기가 빠져나가고 있었던 것이다.

자신의 내력으로 장팔봉의 기력을 충분히 통제할 수 있다고 자신했기에 환희마령을 펼칠 생각을 하지 않았던가.

그런데 지금 이 상황은 그것과 정반대였다.

오히려 장팔봉이 백무향의 진원지기를 무지막지하게 빨아들이고 있었던 것이다.

이제는 그에게서 몸을 떼려고 해도 뗄 수가 없었다.

음문을 통해서 빠져나가는 제 기운을 통제할 수도 없거니와, 그것을 가득 메우고 꿈틀거리는 장팔봉의 양물이 그녀를 놓아주지도 않았다.

그의 두 손이 더욱 억세게 백무향의 엉덩이를 잡아 누른다.

"끄ㅇㅇㅇ—"

장팔봉의 입에서 환희와는 또 다른 느낌이 섞인 신음성이 흘러나왔다.

그의 혈맥 속에 잠재하고 있던 거대한 양기는 용암보다 뜨거운 것이었다.

패천마련의 지하 뇌옥 안에서 섭취했던 귀양태원지령(歸陽胎元芝靈)의 순양한 기운에, 풍화곡의 증동(蒸洞)에서 극양지석(極陽之石)인 용정(鎔精)의 화기를 흡수해 더했으니 이 세상에서 가장 극양한 기운을 한 몸에 지닌 그가 아닌가.

고여 있던 그것이 백무향의 음기를 만나자 미친 듯 요동을 쳤던 것이다.

그 힘을 백무향으로서는 감당할 수가 없었다.

그녀가 내공을 완전히 회복했다면 그 힘으로 장팔봉의 진원지기가 발동하는 걸 억제할 수 있었을지 모르지만 겨우 반 정도를 회복했을 뿐인 지금의 상태였으니 더욱 그렇다.

그렇게 백무향의 음기를 흡수해 들이자 이번에는 장팔봉의 몸 안에서 또 다른 음기가 요동을 치며 꿈틀거렸다.

극음복령지수(極陰復靈之水)의 음기와 빙동(氷洞)에서 빨아

들였던 극빙지정(極氷之精)의 한기가 동하기 시작한 것이다.

음양의 조화와 균형을 유지하려는 자연스런 현상인데, 그 것이 백무향에게는 돌이킬 수 없는 한이 되었다.

"이놈! 놓지 못해!"

놀란 백무향에게 더 이상 쾌락은 없다.

그녀가 주먹을 들어 올렸다.

단번에 장팔봉의 머리통을 깨뜨릴 작정이다.

하지만 그녀는 '악!' 하는 짧은 비명을 터뜨리고 다시 장팔 봉의 가슴 위로 엎어지고 말았다.

내력을 끌어올릴 수 없었던 것이다.

무리해서 주먹에 내력을 실으려 하자 온몸이 찢어지는 것 같은 고통이 엄습했다. 진원지기가 이미 고갈되어 가고 있었 던 탓이다.

게다가 그녀가 상체를 일으키는 걸 느꼈는지, 장팔봉이 한 손으로 그녀의 목을 휘감아 사정없이 끌어당겼다.

이제 백무향의 엉덩이와 목은 장팔봉에게 단단히 붙잡힌 꼴이 되었다.

빠져나갈 수가 없다.

급한 마음에 내력을 끌어올리려고 하면 그럴수록 자신의 진원지기가 요동을 치면서 더욱 빠르게 빠져나간다.

"아, 안 돼, 안 돼. 제발……."

그래서 백무향은 저항하는 걸 포기하고 애원했다.

죽음이 목전에 다가왔으니 그 절박한 마음이야 무엇과도 비교할 수 없을 정도다.

눈물마저 뚝뚝 떨어뜨리며 장팔봉의 움직임에 그대로 몸을 내맡기고 있는 처지가 된 것이다.

백무향은 저에게 이와 같이 당하며 죽어갔던 사람들의 마음을 비로소 알 수 있게 되었다.

제가 그런 처지에 놓이자 그들의 마음이 얼마나 두렵고 절망적이었을지 절로 이해가 되는 것이다.

처음으로 지나온 저의 삶을 후회하게 된다.

환희마령이라는 절세의 색공을 우연히 얻었을 때, 그것의 무한한 효능에 얼마나 기뻐했던가.

그 무공 덕분에 절세적인 마녀가 되어 명성을 떨치고 주안술을 유지할 수 있었지만 이제는 그것 때문에 제 목숨이 사라질 지경에 처한 것이다.

"제발, 그만둬. 제발……."

능욕하려고 달려들었다가 오히려 능욕을 당하는 처지가 된 백무향이지만 장팔봉은 아무것도 알지 못하고 있었다.

그는 꿈을 꾸고 있는 건지도 모른다.

한바탕 요란하고 달콤하며 뼈가 저릿저릿할 만큼 쾌락에 충만한 그런 꿈을 꾸는 것이다.

그리하여 그 꿈속에서 미친 듯이 움직이고 있는데, 그럴수록 백무향의 음기는 더욱 맹렬하게 장팔봉의 몸 안으로 빨려

들어 가고 있었다.

이제 그녀는 빈 껍질만 남겨지기 직전이었다.

그녀에게 당한 사내들이 모두 그렇게 되어서 죽었듯이, 그녀
도 목내이(木乃伊:미라)처럼 끔찍한 몰골이 되어 죽을 것이다.

그런 두려움 속에서도 육체의 쾌락은 염치없이 정점을 향
해 치닫고 있었다.

제 의지와는 상관없이 그렇게 된다.

"아—"

백무향이 절망적인 탄성을 터뜨리며 부들부들 몸을 떨었다.

장팔봉의 몸 안으로 녹아들어 갈 것처럼 축 늘어져 버린다.

비로소 장팔봉이 눈을 떴다.

아직 초점이 잡히지 않은 흐리멍덩한 시선을 동굴 천장에
두고 있다.

의식이 돌아오자 제일 먼저 생소한 제 육체의 감각에 어리
둥절해졌다.

'이게 뭐지?'

마치 사춘기 무렵 처음 몽정이라는 걸 하고 났을 때의 그
어리둥절함과 어색함, 그리고 아쉬움 같은 것이다.

비로소 제 몸 위에 알몸의 여인이 엎어져 있다는 걸 느꼈
다. 품에 안겨 있다.

'소소?'

불쑥 그녀가 떠올랐다.

하지만 다른 느낌이다.

"누구……?"

얼굴을 옆으로 돌리지만 그의 목을 끌어안고 있는 여인이 같이 얼굴을 돌렸으므로 여전히 알아볼 수 없었다.

들썩거리는 숨에 목덜미를 간지럽게 하며 흔들리는 검은 머리카락이 보일 뿐이다.

여인이 여전히 제 목을 얼싸안고 있다는 게 장팔봉에게는 여간 어색하고 불편한 게 아니었다.

제 몸이 아직도 그녀의 몸속에 들어가 있다는 걸 느끼고 있으니 더욱 그렇다.

문득 떠오르는 한 사람.

"으악!"

장팔봉이 자지러질 듯한 비명을 터뜨렸다.

그녀의 엉덩이를 쥐고 있던 손을 떼는데, 불에 덴 것 같았다.

"백 사고!"

와락 그녀를 밀쳐 내고 벌떡 일어나 앉았다.

백무향이라는 걸 확인한다.

어이가 없었다. 그래서 장팔봉은 다시 얼이 빠져 버렸다.

그녀는 여전히 엎드린 채 흐느끼고 있었는데, 들썩이는 등줄기의 움직임이 봉긋 솟아오른 엉덩이와 허벅지에까지 퍼지고 있었다.

흐느낌이 점점 커지고 있었던 것이다.

그녀의 나신이 그대로 눈에 들어왔지만 장팔봉은 그 현실을 믿을 수 없었다.

제가 벌거벗고 있다는 것도 믿을 수 없다.

이건 꿈이라고 애써 자기 최면을 건다.

하지만 몸뚱이에 아직도 남아 있는 열락의 찌꺼기는 그게 아니라고 말해주고 있다.

"으아악!"

장팔봉이 벌거벗은 채 미친 듯이 동굴을 뛰쳐나갔다.

조금 전까지만 해도 죽은 것과 다름없는 신세였다는 걸 까맣게 잊었다.

제 몸이 멀쩡하게 움직이고, 몸 안의 기력이 하늘이라도 찌를 듯이 충만하게 솟구치고 있다는 것마저 생각하지 못할 정도로 그는 크게 놀라고 당황했던 것이다.

'내가 백 사고와 그 짓을 했단 말인가? 아니야, 그럴 리가 없어! 이건 악몽일 뿐이야!'

장팔봉의 머릿속에는 온통 벌거벗은 채 엎드려 흐느끼고 있던 백무향의 미끈한 몸뚱이뿐이었다.

의식을 차린 그가 제일 처음 본 광경이 그것이었던지라 더욱 깊이 뇌리에 새겨져 있다.

떨쳐 버릴 수가 없다.

그래서 장팔봉은 미친 듯이 골짜기를 달려 내려갔다.

벌거벗은 채 물을 향해 달려가는 여름날의 천둥벌거숭이처럼 되었지만 그것도 모른다.

그의 움직임은 그대로 한줄기 질풍이었다.

집채만 한 바위가 앞을 가로막으면 그것을 새처럼 가볍게 날아 넘고, 이 골짜기에서 저 골짜기로 건너뛰는 것을 마치 날랜 원숭이가 이 나무에서 저 나무로 건너뛰듯이 한다.

넘쳐 나는 기운 때문에 이제는 가슴이 터져 버릴 지경이었다.

도대체 제 몸이 왜 이렇게 되었는지 알 수 없으니 더욱 답답하다.

몸 안에서 뜨거운 기운과 차가운 기운이 번갈아 솟구쳐 오르고 가라앉기를 거듭하고 있었다.

백무향의 막중한 음기가 그의 몸 안에 잠재되어 있던 무지막지한 양기를 남김없이 이끌어냈던 것이다.

그러자 역시 그의 몸 안에 잠재되어 있던 무지막지한 음기가 함께 동했다.

이제 장팔봉은 패천마련의 지하 뇌옥에서 얻었던 음양의 기운과 풍화곡 안의 두 동굴에서 얻었던 얼음과 불의 기운을 남김없이 끌어내어 하나로 합쳐지게 하는 대공을 이루게 된 것이다.

그동안은 그 두 기운이 서로를 견제하면서 겉돌았기에 잠잠했는데, 이제 그것들이 합해지자 가히 지상 최강의 음양지기가 되었다고 해도 과언이 아니었다.

정수리가 뜨거워졌다가 얼음덩이를 올려놓은 것처럼 싸늘해진다.

장팔봉의 진원지기는 난마처럼 제멋대로 그의 기경팔맥을 타고 치달렸다. 점점 거칠어지는 것이어서 걷잡을 수가 없다.

그래서 그는 더욱 미친 듯이 치달렸다. 그렇게라도 해서 뻗쳐오르는 이 기운을 밖으로 쏟아내지 않으면 온몸이 터져 버릴 것 같았기 때문이다.

그렇게 순식간에 두 개의 산봉우리를 넘고 여덟 개의 골짜기와 능선을 타 넘었다.

온몸이 땀에 젖어 물에 빠졌다 나온 사람처럼 되었고, 헐떡이는 숨이 턱에 닿아 단내가 푹푹 뿜어질 지경이 되었을 때에야 비로소 들끓어 오르던 기운이 잠잠해졌다.

이름도 알 수 없는 산꼭대기에 벌거벗은 채 주저앉아서 살을 에이는 듯한 찬바람을 맞자 정신이 맑아진다.

"내가 왜 이러지? 왜? 왜?"

비로소 제 몸의 상태에 대해서 의문이 들었다.

지난 일들이 하나씩 주마등처럼 떠오르고 사라져 갔다.

진소소에게 등짝을 얻어맞고 천야만야한 절벽으로 떨어지던 일과 절벽 중간쯤에서 불쑥 금황수가 튀어나와 저를 낚아채던 일이 떠올랐다.

거기까지가 그나마 그가 기억하는 부분이었다.

그 이후로는 어떻게 되었는지 알 수가 없다.

장팔봉은 제가 동굴 속에 있었던 걸 떠올렸다.

그가 잠깐잠깐 의식을 차렸을 때인데, 어렴풋이 떠오르는 단편적인 광경들이다.

누군가가 제 곁에 있었다고 생각했다. 여자였다.

이제는 그게 백무향이라는 걸 확실히 안다.

'백 사고가 나를 구했구나.'

그녀가 저를 그 동굴까지 끌고 왔을 것이고, 돌보았을 것이다.

그리고 오늘의 그 기가 막히는 일이 벌어졌다.

'나를 살리기 위해서? 환희마령을 시전했단 말인가? 자기 자신에게?'

비로소 그런 생각을 하게 된다.

그렇지 않다면 제가 이렇게, 그것도 전혀 다른 사람이 된 것처럼 변한 채 아직 살아 있을 리가 없지 않은가.

"백 사고!"

장팔봉이 벌떡 뛰어 일어났다.

"백 사고가 나를 살리기 위해서 스스로를 희생했구나!"

그렇게 믿자 마음이 급해졌다.

어쩌면 그녀가 수치심을 견디지 못하고 자결해 버릴지도 모른다는 엉뚱한 생각이 들었던 것이다.

그럴 것이라고 믿어버린다.

第六章
드러난 것과 감추어진 것

鳳鳴刀
봉명도

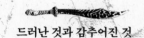

드러난 것과 감추어진 것

장팔봉은 다시 산꼭대기에서 미친 듯이 뛰어내려 왔다.

제가 왔던 길을 더듬어 한줄기의 질풍이 되어 달려간다.

그건 내공과는 또 다른 힘이었는데, 극대화된 진원지기의 위력이라고 해야 할 것이다.

한 번 불끈, 힘을 끌어올리자 장팔봉의 몸 안에서 경쟁하듯 거대한 음양의 기운이 용솟음쳤던 것이다.

그 힘은 밖으로 쏟아내지 않고서는 견딜 수 없을 만큼 무지막지한 것이었다.

육체가 담아놓을 수 없도록 거대한 기운이면서 세상의 그 무엇보다 강렬한 기운이다.

그래서 장팔봉은 저의 의지와 상관없이 미친 듯이 몸을 날려야 했다. 그렇게 하지 않으면 터져 버릴 것 같았기 때문이다.

그의 경공신법은 이미 몸에 익숙해질 대로 익숙해져 있는 무영혈마 양괴철의 그것이었다.

환영마보(幻影魔步).

강호의 절세신법으로 꼽혔으면서 이미 전설이 되어버린 그것이 장팔봉을 통해 펼쳐지자 오히려 양괴철 본인이 펼친 것보다 더 위력적이었다.

쿠아앙—

장팔봉이 달려나간 뒤에서 그런 요란한 파공성이 터져 나올 정도로 그의 경공신법은 초절했다.

양괴철이 보았다면 거품을 물고 쓰러졌을 일이지만 장팔봉은 지금 그런 걸 생각하고 기뻐할 여유가 없었다.

쿠아앙—

미친 듯이 제가 왔던 길을 더듬어 달려간다.

번갯불이 번쩍이는 것 같았고, 유성이 떨어지는 것 같은 기세였다.

정신없이 동굴로 돌아온 장팔봉은 감히 고개를 들고 백무향을 똑바로 바라볼 수가 없었다.

백무향은 화를 내거나 자해를 하지도 않았다.

차분하게 가라앉은 모습으로 옷차림을 단정히 하고 앉아서 장팔봉이 돌아오기를 기다리고 있었던 것이다.

"옷부터 입어라."

첫마디가 그것이었다.

그때에야 장팔봉은 제가 아직도 벌거벗은 몸이라는 걸 깨닫고 급히 누더기 같은 옷을 걸쳤다.

묵묵히 기다리고 있던 백무향이 두 번째로 말했다.

"오늘 일은 없었던 거다. 한바탕 악몽을 꾸었던 것이야. 그러니 다 잊어라."

"사고!"

멍하니 그녀를 바라보던 장팔봉이 울듯이 부르짖으며 털썩 꿇어 엎드렸다.

기어서 다가가 그녀의 무릎을 안고 엉엉 통곡을 한다.

백무향이 파리한 손으로 그런 장팔봉의 머리를 쓰다듬어 주었다. 가늘게 떨린다.

"오늘 나는 커다란 교훈을 얻었다. 내 욕심이 결국에는 나를 해친다는 것이지. 네 탓이 아니니 자책할 것 없다."

"하지만 저는, 저는……."

"내가 너의 모든 것을 빼앗으려고 했던 거야. 그래서 이런 결과를 맞았으니 내 탓이지."

이제는 백무향이 울 듯한 얼굴을 했다. 입술을 악물고 가까스로 참는다.

"너의 몸 안에 깃들어 있는 영약의 기운이 너무 크고, 너의 절맥증 또한 일반의 그것과 크게 다르다는 사실을 깜빡 잊고 있었다. 그것 또한 욕심이 내 눈을 가리고, 내 판단력을 흐리게 한 결과였으니 더 말해 무엇 하랴."

잠시 회한의 눈길을 멍하니 허공에 던졌던 백무향이 다시 말했다.

"만약, 네가 내공을 대성하고 내 계획대로 나의 환희마령에 걸려서 내가 너를, 너를⋯⋯."

더 말을 잇지 못하고 고개를 푹, 떨군다. 얼굴이 빨갛게 달아올랐다.

"그래서⋯⋯ 그렇게 했더라면 오히려 더 큰 화를 입을 뻔했지 뭐냐. 그러니 이렇게 목숨을 건진 걸 오히려 다행이라고 해야 하겠지."

지옥의 다섯 대마종이 장팔봉의 알 수 없는 절맥증에 붙여준 이름이 여토광한절맥(如土狂恨絶脈)이었다.

그 절맥증은 역천지혈(逆天之穴)이다.

음양을 거꾸로 세우고 오행을 뒤로 돌리는 것이었으니 백무향의 환희마령대법이 제대로 위력을 발휘할 수 있을 리가 없다.

만약 그녀가 장팔봉의 내력을 흡수하려고 했더라면 오히려 자신의 내력을 몽땅 빨려 버리고 말았을 것이다.

생각만 해도 끔찍한 일이라는 듯 부르르 몸을 떤 백무향이 처연한 얼굴이 되어 쓰게 웃었다.

"이제는 너에게 얹혀사는 수밖에 없는데, 네가 과연 나를 책임질 수 있을까?"

"예?"

장팔봉이 비로소 얼굴을 들었다.

그녀를 의아하게 올려다본다.

백무향이 피식 웃었다. 장팔봉의 볼을 꼬집는다.

"걱정 마라. 내가 아무리 염치가 없기로서니 너에게 시집을 가겠다고 하겠느냐?"

그건 생각만 해도 아찔한 일이다. 장팔봉이 부르르 진저리를 친다.

그걸 본 백무향의 얼굴이 더욱 쓸쓸해졌다.

"나는 이제 모든 걸 잃고 껍데기만 남았으니 이대로 강호에 나간다면 온갖 놈들이 달려들어 갈가리 찢어 죽이려고 할 것이다. 그러니 네가 보호해 줄 수 있겠느냐는 말이다."

"아니, 누가 감히 사고님을 그렇게 할 수 있단 말입니까? 사고님의 무위가 이미 하늘을 덮고 땅을 갈아엎을 만한데 말입니다."

"이제 다 잃었다고 하지 않았느냐."

"예? 아니, 왜……."

백무향이 곱게 눈을 흘기고 외면했다. 부끄러움으로 목덜미까지 빨개진다.

"이미 너에게, 너에게…… 조금 전에……."

"……."

"나의 진원지기를 모두 빨려 버리고 말았단 말이다. 가까스로 한 줌의 원기를 보존할 수 있게 된 것만 해도 천만다행이지. 네가 조금만 늦게 의식을 회복했더라면 너는 네 몸뚱이 위에서 목내이가 되어 죽어 있는 나를 보았을 것이다."

그 말을 하는 동안 백무향의 안색은 부끄러움을 극복하고 담담해져 있었다.

사실을 사실로 받아들이고 체념한 것이다.

장팔봉이 물었다.

"사고는 그 누구보다 강한 내공을 지니고 있지 않습니까? 그것이면 진원지기를 대신할 수 있지 않나요?"

"진원지기는 선천적인 것이고, 내공은 후천적인 것이다. 말하자면 진원지기는 자연의 힘이고 내공은 인위적인 것이지. 인위적인 것이 어찌 자연의 힘을 이기겠느냐?"

알 듯 모를 듯하다.

"진원지기의 바탕이 있어야 그 위에 내공을 쌓을 수 있는 것이다. 이제 나의 진원지기가 바닥을 드러냈으니 내공 또한 점점 흩어져 끝내는 사라져 버리고 말 것이야. 그때가 나의 최후가 되겠지."

"아!"

장팔봉은 그녀가 자신을 소생시키기 위하여 그토록 큰 희생을 했다는 데에 벅찬 감동을 느꼈다.

더 이상 백무향이 징그럽고 끔찍한 마녀로 보이지 않는다.

"사고!"

그가 와락 백무향을 끌어안았다.

으스러질 듯이 가슴에 품는다.

그녀는 후리후리한 키에 늘씬한 몸을 갖고 있는 여걸이었지만 지금은 작고 연약한 토끼 같았다.

장팔봉의 가슴에 숨 막히도록 안긴 채 할딱거린다.

"책임지겠습니다. 제가 사고를 지켜 드리지 않으면 누가 그렇게 한단 말입니까? 어떤 놈도 감히 사고의 털끝 하나 건들이지 못하도록 하겠습니다. 만약 그러는 놈이 있다면 제 손으로 갈가리 찢어 죽여 버리겠습니다."

백무향이 장팔봉의 가슴을 밀고 몸을 바로 했다.

배시시 웃는다.

그 웃음이 처연해 보이는 것이어서 장팔봉은 마음이 찢어지는 것 같았다.

그녀는 요악한 색녀에서 이제는 정숙한 여인으로 돌아온 것 같았다.

모든 걸 포기하고 나자 욕망과 야심이 떠났고, 그것을 버리자 제 본연의 모습으로 돌아왔던 것이다.

스스로를 찾는 일이 이처럼 빠르니 백무향의 근기가 남다른 탓이리라. 뛰어나다고 해야 하리라.

그러한 근기를 지니고 있었기에 무공의 성취 또한 누구보다 빨리 높아졌던 것인데 이제는 다 소용없게 되었다.

흘러내린 머리카락을 쓸어 넘긴 백무향이 근엄한 모습으로 말했다.

"보물에는 임자가 따로 있다더니 과연 그런 모양이다. 너에게서 이 두 가지 물건을 찾아냈을 때만 해도 나는 이것이 내 것이라고 믿었다. 하지만 결국 너의 것이 되는구나."

백무향이 파천일기공의 완전한 구결이 수록되어 있는 양피지와 수라신경을 장팔봉의 앞에 밀어놓았다.

장팔봉이 머리를 설레설레 흔든다.

"저는 까막눈이라 보물이 있어도 아무 소용이 없습니다. 그냥 사고가 챙기세요."

"나는 글을 읽을 줄 알뿐더러 원래 구천수라신교의 호법사자였으니 본 교의 무공에 대해서도 잘 알지."

"……."

"그리고 이렇게 너와 항상 붙어 있어야 하니 네가 지니고 있어도 내가 지닌 것과 다름없지 않겠느냐?"

"아!"

비로소 무엇을 생각했는지 장팔봉이 무릎을 쳤다.

"사고가 가르쳐 주려는 거로군요?"

백무향이 아무 말 없이 미소 짓고 외면한다.

                    *   *   *

　그렇게 해서 장팔봉이 백무향을 업고 기련산을 떠나 청해
호 한복판의 해심산으로 들어온 게 일 년 전이었다.
　그동안 강호에 어떤 바람이 불었고, 어떤 변화가 있었는지
까맣게 잊고 낙원 속의 거주민으로 살았다.
　강호를 떠나 있으니 분란이 없고, 속상할 일이 없다.
　그 속에서 장팔봉은 백무향과 둘이 지내는 시간에 익숙해
져 갔다.
　평화롭기 그지없는 생활이었으나 늘 행복하지는 않았는
데, 시시때때로 꿈틀거리고 일어서는 육체의 욕망 때문이었
다.
　그것을 참고 견디는 게 지금의 장팔봉에게는 그 어떤 일보
다 어려운 난관이었다.
　그때는 의식이 없는 중에 백무향에 의해서 그런 일이 벌어
졌지만 그걸 빌미로 해서 다시 그녀를 안고 뒹굴 수는 없지
않은가.
　그건 제 사문을 욕되게 하는 일이고 백무향의 인격에 모욕
을 주는 일이다.
　장팔봉은 그녀를 보고 욕망이 일어날 때마다 제가 그런 짐
승이 될 수 없다는 생각에 극한의 인내심을 발휘하여 참곤 했
다.

그러는 동안 점차 제 욕망을 통제하고 마음을 다스릴 수 있게 되었다.

그녀와 함께하는 생활을 통해 절로 마음의 수양 공부가 되고 있었던 것이다.

자신의 진원지기를 장팔봉에게 모두 전해준 다음부터 백무향은 그의 앞에서 되도록 조신하게 행동하려고 애쓰는 기색이 역력했다.

이제 믿고 의지할 사람은 이 넓은 천하에서 장팔봉뿐이니 그를 더욱 아끼고 소중하게 여긴다.

안색이 늘 초췌해져 있는 그녀에 대한 미안함과 안타까움 때문에 장팔봉은 백무향의 말이라면 무엇이든지 순종하려고 노력했다.

그런 변화가 두 사람을 모두 정신적으로 한층 더 성숙하게 해주었으니, 일 년이라는 시간이 그들에게는 더없이 값진 시간이 된 것이다.

저녁 식사를 마치고 밖에 나와 탁 트인 초원을 바라보며 차를 마신다.

바람이 상쾌하고 달빛이 은은하니 더없이 부드러운 정취가 절로 우러나는 저녁 무렵이었다.

되도록 백무향을 마주 보지 않으려고 비스듬히 앉아서 침묵하던 장팔봉이 불쑥 물었다.

"그런데 정말 내공이 없어도 되는 걸까요?"

백무향이 초췌해진 얼굴로 그를 멍하니 바라보다가 미소 지었다.

"너에게는 그 어떤 내공보다 더 막강한 진원지기가 있고, 이제 그것을 쓸 줄 알게 되었는데 굳이 많은 시간을 들여 고생해 가면서 내공을 익힐 게 뭐냐?"

"그래도 불안합니다. 지옥의 다섯 노사부님 말씀으로는 제가 봉명심법을 익혀서 역천지공을 대성해야만 극강한 내력을 지닐 수 있게 된다고 하셨거든요."

"흥, 그 쓸모없는 늙은 퇴물들이 지금의 네 상태를 몰라서 하는 소리지. 너는 풍화곡의 그 빙동과 증동을 무사히 통과했을 때 이미 세상에서 가장 극강한 음양지기를 흡수했느니라. 그리고 이제는 그것을 다스려서 조화를 이룰 수 있게 되었으니 그까짓 봉명심법 따위는 잊어도 좋은 거야."

"그럴까요?"

"게다가 너의 혈맥은 아직 완전하지 않아서 무지막지한 내공을 감당할 만하지 않아. 그러나 너의 진원지기는 온몸에 흩어져서 자유롭게 운행하는 것이니 아무 상관이 없지. 그게 더 잘된 일 아니냐?"

"그럼 제가 거령신마 무극전을 이길 수 있을까요?"

"그의 무상수라신공은 본 교의 삼대신공 중 하나이니 막강한 위력이 있지. 게다가 그자는 이미 그것을 극성에 이르도록 익혔다. 지금으로서는 누구도 그의 적수가 될 수 없어."

백무향은 신의봉 정상에서 그와 싸우던 일을 떠올렸다.

그때 무극전은 무상수라신공만으로 거뜬히 자신의 삼 장을 받아내지 않았던가.

파천일기공도, 빙옥마장도 그를 어쩔 수가 없었다.

그 일을 생각하자 새삼 무극전의 무서움에 가슴이 떨린다.

백무향이 애써 두려움을 감추고 그윽한 눈으로 장팔봉을 바라보았다.

"지금의 너로서는 아직 그를 상대할 수 없다. 하지만 여기 이렇게 수라신경이 있으니 머지않아 그를 이길 수 있게 될 것이야."

"봉명도법만으로 말이지요?"

"너에게는 다섯 늙은 괴물 사부의 절세적인 무공이 있지 않으냐? 그것에 봉명삼절도법을 대성한다면 충분히 가능하지."

"그런데 한 가지 알 수 없는 게 있습니다. 어째서 봉명도법을 펼칠 때마다 마지막 초식 뒤에 항상 허전함이 남는 걸까요?"

백무향이 눈살을 찌푸렸다.

"그건 네가 배운 봉명도법이 완전한 것이 아니니 그럴 수 있겠지."

그 말은 사부인 왕 노인에게서도 들은 적이 있다.

왕 노인은 구천수라신교의 수석 장로의 신분으로서 삼대 절기 중 하나인 봉명도법을 익힌 사람이었다.

그런 그가 말하지 않았던가.

"봉명삼절도법은 완전한 게 아니다."

장팔봉은 사부가 했던 그 말의 의미를 생각해 보았다.

그렇다면 봉명도에 기록되어 있던 구결이 완전한 것일까? 하는 생각이 들지만 이내 머리를 가로저어 부정한다.

암봉 위에서 진소소가 봉명도에 새겨져 있던 구결을 읽어 주었을 때 그것이 제가 알고 있던 구결과 조금도 다르지 않다는 걸 확인하지 않았던가.

그것 역시 세 가지 도법에 대한 구결을 담고 있을 뿐이었다. 이미 제가 익히 알고 있는 그 구결에 지나지 않았다.

'그렇다면 무엇이 문제란 말인가? 왜 그전에는 몰랐던 것이 요즈음 나를 괴롭힌단 말인가?'

그런 의문이 들지 않을 수 없다.

삼절문으로 돌아오기 전까지는 삼절도법을 막힘없이 펼칠 수 있었는데, 사문으로 돌아온 뒤부터 이렇게 여운이 남게 되었으니 그것도 이상하다.

무언가를 골똘히 생각하던 백무향이 말했다.

"구결을 다시 한 번 읊어보런?"

장팔봉이 즉시 봉명삼절도법의 구결을 암송한다. 가만히 들으면서 수라신경 속의 무학 원리와 비교하던 백무향이 한숨을 쉬었다.

"그 구결에는 흠이 없다. 삼절도법의 세 가지 초식은 완벽한 것이야."

장팔봉이 불만 어린 소리를 냈다.

"그래도 예전과 같지 않다니까요? 무언가 아쉬움이 남아요."

"한번 시전해 보아라."

장팔봉이 즉시 자리에서 일어나 작대기 하나를 주워 들더니 봉명삼절도법을 시연하기 시작했다.

은은한 달빛 아래에서 긴 머리카락이 너울거리고 옷자락이 펄럭인다.

장팔봉은 온 정신을 집중해서 삼절도법 세 초식을 펼쳤다.

제일초인 춘풍래천(春風來天) 팔식에서 시작하여 제이초인 풍우생지(風雨生地) 팔식과 제삼초인 자연양인(自然養人) 팔식에 이르기까지 제 사문의 도법 삼초 이십사식을 거침없이 풀어낸다.

한 군데 막힘이 없고 어색함이 없이 물 흐르듯이 펼쳐지는 그 도법은 힘차고 역동적인 춤과도 같았다.

허공에 쉭쉭거리는 바람 소리가 가득해지고 충만한 진기

의 너울이 두텁게 주위를 내리누른다.

신선이 하강하여 흥에 겨워 칼춤을 추는 것 같았고, 천계의 무장이 마귀들을 무찌르는 것 같다.

그 기세의 웅장함과 초식의 절묘함과 그것을 풀어내고 있는 장팔봉의 능수능란함은 백무향의 눈과 마음을 황홀하게 했다.

절로 손에 땀이 쥐어지면서 가슴이 흥분으로 뛴다.

장팔봉이 모든 초식을 마쳤다.

그의 몽둥이는 허공의 한 점을 가리킨 채 멎어 있었다.

삼초 자연양인의 마지막 팔식인 선인귀복(仙人歸福)으로 삼절도법 이십사식을 모두 끝낸 것이다.

백무향은 그것에서 조금도 이상한 점을 찾아내지 못했지만 장팔봉은 그렇지 않았다.

매번 봉명도법을 연습할 때마다 느끼는 그 막연하고 허전한 느낌이 무엇 때문인지를 알지 못해 답답하다.

지난 일 년 동안 그는 백무향의 가르침대로 충실하게 봉명도법을 연마했다.

사문에서 이미 배웠던 것이지만 그것에 자신만의 진원지기를 실을 수 있게 되자 그 위력은 제가 알고 있던 삼절도법과 확연히 달랐다.

정교한 초식도 초식이려니와, 원래가 봉명도법은 막중한 내력을 바탕으로 한 중수법이었던 것이다.

그것을 그저 초식의 수련에만 그칠 수밖에 없었으니 장팔봉이 그동안 익히고 있던 봉명도법은 수박 겉핥기에 지나지 않았던 것이다.

비로소 그것의 진실한 위력을 느끼게 되자 이제는 자신감이 온몸에 흘러넘쳤다.

백무향은 다른 신공절학은 소용없다고 했다.

그의 힘의 원천이 내공이 아니라 자신의 진원지기이니 그렇다.

구천수라신교의 절세신공인 파천일기공(破天一氣功)은 물론 봉명심법도 필요가 없고, 무극전의 무상수라신공을 익힌다고 해도 아무 소용이 없는 것이다.

그것들이 모두 내공에 바탕을 두고 있는 것이기 때문이다.

그래서 장팔봉은 오직 봉명도법에만 매달렸다.

봉명심법은 구결만 알고 있을 뿐 익히지 않았으나 도법을 펼치는 데에는 아무런 지장이 되지 않았다.

봉명심법이라는 것이 기혈을 역류하게 하는 역천심법이었던 만큼 그것을 익혔다면 자신의 절맥증에 최상의 방법이었을 것이나 이제 절맥증을 극복할 다른 방법을 찾았으니 굳이 그럴 필요가 없었다.

또한 신공을 위한 내공을 연마하자면 일이 년 가지고는 어림도 없는 일이었다.

장팔봉의 체내에 아무리 극강한 힘이 깃들어 있다고 해도 그것을 내공으로 녹여내자면 짧아도 십여 년은 수련이 필요할 것이다.

때문에 백무향은 장팔봉에게 내공의 수련을 금지시켰고, 장팔봉 또한 굳이 그럴 필요를 느끼지 못했다.

다만 구천수라신교의 절기가 유실되지 않도록 그 구결들을 머릿속에 새겨 넣고 있을 뿐이다.

그런 일들을 장팔봉과 함께 더듬어 생각하던 백무향이 고개를 갸웃거리며 말했다.

"어쩌면 봉명도법은 삼초식이 아닌 건지도 몰라."

"예?"

"다음 네 번째 초식이 있는 게 아닐까? 하는 생각이 들었다. 그저 짐작일 뿐이야."

"아!"

백무향의 그 한마디 말에 장팔봉의 머리가 뻥 뚫렸다.

"맞습니다! 사고의 말이 맞을 겁니다! 틀림없어요!"

"그렇다면 정말 네 번째 초식이 있단 말이냐?"

"그렇지 않고서야 삼 초식을 모두 전개했는데도 자꾸 미진함이 남을 이유가 없지 않겠어요? 게다가 사부님께서도 삼절도법은 완전한 게 아니라고 말씀하신 적도 있고요."

"그랬어?"

"그런데 이상하군요. 그분이 수석 장로이고 그래서 봉명삼절도법을 물려받았다면 어째서 완전한 걸 물려받지 못했을까요?"

"적전제자가 아니었기 때문이지."

"그렇군요."

"나와 무극전은 교주님의 적전제자였다. 때문에 무극전의 경우에는 무상수라신공을 완벽하게 물려받을 수 있었던 것 아니겠느냐? 하지만 나는 신공의 마지막 단계를 배우지 못했지. 그전에 사부님께서 변을 당했으니까 말이다."

"그런 사정이 있어서 제 사부님은 수석 장로라는 신분이었지만 봉명삼절도법을 완벽하게 물려받지 못했던 것이로군요. 그런데 마지막 초식이 하나 더 있다면 봉명사절도법이라고 해야 하지 않나요?"

"세상에 전해진 게 그 세 초식의 도법이니 그렇게 이름 붙인 건지도 모르고, 네 번째 초식은 감추어진 것이라 드러내지 않으려고 일부러 그런 이름을 붙인 것인지도 모르지 않느냐?"

"그런데 사부님의 무공은 왜 그 모양이지요? 구천수라신교의 수석 장로였다는 양반이 형편없는 삼류의 무공을 지녔다면 웃기지 않습니까? 삼절도법이 그분의 손에서 그야말로 별볼일 없는 삼류의 도법으로 전락하고 말았어요."

장팔봉의 말에 백무향이 한숨부터 쉬었다.

"너는 다른 세 장로를 만나보았지?"

만고사의 노주지스님 만성과 거렁뱅이 도사 건풍, 그리고 불알친구인 당가휘가 있다.

그들이 자신의 사부님과 함께 아직 살아남아 있는 구천수라신교의 장로들이라고 하지 않았던가.

다 이해하지만 당가휘가 그런 노인들과 함께 어깨를 나란히 하는 장로의 신분이라는 건 지금도 인정할 수 없다.

당가휘가 그렇게 된 데에도 어떤 내막이 있는 모양인데, 그건 백무향도 알지 못하고 있었다.

"그들의 무공은 가히 절세적이라고 할 수 있다. 그들이 세상에 나와 활동하지 않고 있기 때문에 세상 사람들은 그런 사실을 모르고 있을 뿐이지."

그건 장팔봉도 짐작하고 있었다.

"네 사부님의 무공이 그들 중 가장 뛰어났다. 내가 잘 알아."

"쳇, 그러면 뭐 해요? 지금은 아무짝에도 쓸모없는 노인네에 불과한데."

"잃어버렸기 때문이다."

"잃어버리다니요?"

"무공을 잃은 것이야. 그러니 봉명삼절도법을 제대로 펼칠 수가 없지 않겠느냐?"

"왜 그분이 무공을 잃었단 말입니까?"

"바로 무극전 때문이었다."

"뭐라고요?"

"그가 교주님이자 사부님이셨던 그분을 시해하려 할 때 그렇게 된 일이었지."

"그렇다면 무극전이 내 사부님의 무공을 폐했단 말입니까?"

"그 자세한 사정은 내가 직접 보지 않았으니 뭐라고 말할 수 없다."

"으음―"

장팔봉이 잔뜩 낯을 찌푸렸다.

만약 정말 그렇다면 무극전이야말로 사부를 해친 사문의 원수 아닌가.

굳이 구천수라신교의 배신자라는 걸 들먹이지 않더라도 사문의 원수인 이상 한 하늘 아래 살 수 없다.

백무향의 말을 통해서 장팔봉은 궁금하게 여기던 것들을 대부분 알게 되었다. 하지만 아직도 부족했다.

백무향이 정확히 알고 있는 부분도 있고, 그렇지 못한 부분도 있으니 나머지는 사부님의 말을 들어보아야 확실히 알 수 있을 것이라고 생각한다.

며칠이 또 쏜살처럼 지나갔다.

호숫가를 산책하면서 장팔봉이 진소소를 욕하자 백무향이 엄숙한 얼굴을 하고 타이르듯 말했다.

"그 아이의 마음은 네가 생각하는 것처럼 그렇게 모질지 않아."

장팔봉이 즉시 실쭉해져서 눈을 흘긴다.

"사고가 모르시고 하는 말입니다. 모질지 않은 년이 그래, 약속을 어기고 제 서방님의 등짝에 그렇게 무지막지한 장력을 날린단 말입니까?"

"그 아이의 마음이 독하지 않다는 걸 너의 상태를 보고 알 수 있었지. 만약 그 상황에서 내가 그런 마음을 먹었더라면 너는 목숨이 열 개라고 해도 절대로 살 수 없었을 것이다."

"죽을 뻔했잖아요."

"너의 등을 치던 순간에 그 아이는 한 가닥 양심에 가책을 받고 장력을 흩쳤던 거야. 그렇지 않았으면 심장까지 장력이 침투하지 않았을 리가 없지. 단지 간을 건드리고 폐를 다치게 했을 뿐이니 그 아이의 마음이 여리기 때문 아니겠느냐?"

"쳇."

장팔봉이 혀를 찬다.

"절벽에서 떨어질 걸 알면서도 그랬다는 건 계산하지 않는 겁니까? 장력으로 칠 필요도 없이 그냥 밀기만 했어도 저는 꼼짝없이 죽은 목숨이란 말입니다."

"어쨌든 이렇게 살지 않았느냐? 오히려 그 일이 전화위복이 된 셈이지."

백무향이 자꾸만 진소소의 편을 들어 말하는 것 같아서 장팔봉은 노여워졌다.

차마 그녀에게 화를 낼 수 없으니 성큼성큼 앞서 가버린다.

그런 장팔봉의 뒷등을 바라보던 백무향이 소리없이 웃었다.

"인연이라는 건 언제나 마음대로 되는 게 아니란다."

그날 밤이 새도록 장팔봉은 인적없는 호숫가에서 홀로 지냈다.

찬바람이 뜨거운 가슴을 시원하게 하고 달빛 부서지는 호수가 머리를 깨끗하게 해준다.

장팔봉은 이제 이곳을 떠날 때가 되었다고 생각했다.

그러자 가슴속에 묻어두고 있던 사람들에 대한 그리움이 다시 살아난다.

제일 먼저 생각나는 사람은 제 사부인 삼절문주 왕 노인, 왕필도(王畢道)였다.

"이제 슬슬 사문으로 다시 돌아가 볼 때가 된 것 같은데 백사고는 여기서 꼼짝도 하지 않으려고 하니 곤란하구나."

그는 젊은 혈기가 왕성한 나이의 사내 아닌가.

지난 일 년 동안은 저의 무공을 완성시키고 진원지기의 조화를 이끌어내어 다스리는 법을 배우느라고 참고 지냈지만 이제 답답증이 난 것이다.

호수 저 건너의 아득하게 보이는 어둠을 바라보던 장팔봉이 한숨을 쉬었다.

제 신세가 어쩌면 목에 줄을 맨 짐승 같다고 여긴 건지도 모른다.

*   *   *

그로부터 다시 닷새가 지났다.

때는 바야흐로 여름의 문턱에 들어 후텁지근한 날이 계속되는 무렵이다.

청해호 건너편, 청해남산 기슭으로 대상(隊商)들이 지나다니는 통로가 있었다.

천산북로에 속해 있는 비단길의 한 갈래이므로 그들을 상대로 한 몇 개의 시전이 있고, 그중 제일 큰 게 태평촌이었다.

말이 촌(村)이지, 어지간한 현성 못지않게 번화한 곳이라 없는 게 없다.

시전의 번잡함이 낙양이나 장안의 거리 못지않았던 것이다.

청해호는 원래 회족(回族)의 땅에 가까이 있는 곳이다.

그래서 이국적인 용모의 사람들을 많이 볼 수 있었고, 그곳이 속해 있는 청해성 자체가 중원과는 풍토며 인종, 풍습 등에 있어서 현격하게 달랐다.

원주민들인 토족들 또한 서장 계열의 혈통을 물려받고 있어서 용모가 중원인과 다르다.

체구가 건장하고 가무잡잡한 피부에 부리부리한 눈과 우뚝 솟은 콧날이며 튀어나온 광대뼈 등은 사내다운 거친 기상이 철철 넘쳐났다.

여자들은 교태가 있고 몸매가 아리따운데다가 이국적인 분위기를 가지고 있어서 중원의 여인과는 또 다른 묘한 매력이 있다.

그 태평촌은 오늘도 수많은 사람과 짐승들로 북적거렸다.

낙타를 말처럼 흔하게 구경할 수 있고, 머리에 수건을 칭칭 감은 구레나룻의 회족들을 실컷 구경할 수 있는 거리가 바로 태평촌의 남로였다.

중원에서는 변방으로 치고, 그곳의 인종을 야만족으로 치지만 그들은 자신들이 얍삽한 중원인보다 열 배는 용감하고 순박하며 정직하다고 믿는다.

그리고 그건 전혀 거짓말이 아니었다.

그들은 용사의 피를 받고 타고난 자들인지라 호불호가 분명했다. 매사에 맺고 끊음이 확실하고 미움과 애정을 감추지 않는다.

호탕한 기질과 협객의 기질을 함께 지니고 있는 호한들인 것이다.

그런 자들 중 무공이 뛰어나고 호협한 기질이 있는 자들이 모여서 하나의 방회를 만들었다.

태평촌을 중심으로 하여 사방 오백여 리를 아우르는 넓은 영역을 지배했는데, 그 안에서는 그들의 말이 곧 법이었다.

크고 작은 분쟁이 있을 때마다 개입하지 않는 적이 없었고, 그들이 개입해서 해결되지 않는 분쟁도 없다.

태평촌의 사람들은 그들을 신뢰하고 그들의 말에 복종했다.

그들의 힘이 두렵기도 하려니와, 그들이 세우고 있는 질서가 편하기 때문이기도 하다.

그것에 순응하기만 하면 아무런 어려움 없이 장사를 할 수 있고 생활을 해나갈 수 있으니 그렇다.

창응방(蒼鷹幇).

그것이 그들이 세운 방회의 이름이다.

강호에는 알려져 있지 않으나 태평촌을 통과하는 대상들에게는 너무나 잘 알려져 있는 호협한 자들의 집단.

그 창응방의 방주는 육십 줄에 접어든 사내였는데, 전형적인 토족의 용사였다.

찰리가륵(朶悝可肋)이라는 이름을 청해는 물론 신강에서도 모르는 사람이 없다.

젊어서는 영리함과 굳은 의지로 이름을 떨쳤고, 나이 지긋해져서는 드디어 창응방의 방주로 추대되었다.

그 뒤로 어언 이십여 년 동안 무탈하게 창응방을 이끌어왔으니 그것만으로도 대단한 사람이 분명했다.

태평촌 일대의 회족은 물론 토족이며, 그곳을 오가는 중원의 대상들은 하나같이 그를 영웅으로 부르기에 주저함이 없었다.

그가 지배하는 땅을 통과하는 동안에는 아무런 어려움이 없었기 때문이다.

초원의 약탈자들도 찰리가륵이 이끄는 창응방의 영역 안으로는 한 발짝도 들여놓지 못했던 것이다.

그 찰리가륵이 요즘 들어 수심이 깃든 얼굴을 하고 있었다.

호탕한 웃음을 잃지 않았던 그인데, 이 며칠 동안은 내내 침중한 모습이 되어 방주의 거처에만 틀어박혀 있었다.

第七章
내가 거지냐?

鳳鳴刀
용명도

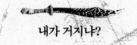

내가 거지냐?

"끄웅—"

창웅방주 찰리가륵의 한숨 소리가 문밖에까지 들린다.

그래서 그의 아들이자 수신호위대장이면서 후계자이기도 한 찰리가문(槊悧可門)은 마음이 괴롭기 짝이 없었다.

그건 찰리가륵의 외동딸인 찰리가화(槊悧可花) 역시 마찬가지였다.

늘 붉은 옷을 입는 이십대 후반의 아가씨인데, 청해의 꽃이라고 불릴 만큼 요염하고 아름다웠으며, 이곳의 여자들이 흔히 그렇듯이 남자처럼 화끈한 성격을 지닌 여걸이었다.

그들은 당연히 아버지로부터 찰리(槊悧) 성을 물려받은 외에 이름자 중 하나인 가(可) 자를 받아서 제 이름의 앞 자로 삼고 있었다.

아버지의 이름 중 한 자를 물려받는 건 그들 토족에게 있어서 큰 영광이자 자랑이기도 하다.

찰리가화가 찰리가문의 팔을 꼬집으면서 매섭게 눈을 흘겼다.

"오빠가 나서서 어떻게 해봐야 하는 거 아니야?"

"내가 뭘, 어떻게?"

"그럼 아버님이 저렇게 근심하시는 걸 구경만 할 셈이야?"

"내 속도 타들어간다."

"흥, 말만 그렇게 할 뿐 걱정하는 기색이 조금도 안 보여. 차라리 내가 나설까 보다."

"뭐라고? 큰일 날 소리 하지 마라. 아버님의 심기가 가뜩이나 불편하신데 네가 나서서 말썽이라도 부리면 크게 노여워하실 거다."

"오빠가 하는 게 답답해서 그렇지. 무슨 사내가 그렇게 미적미적해?"

"아버님의 명령을 잘 알면서 그러느냐?"

찰리가륵은 그의 두 자녀에게는 물론 창웅방의 모든 방도들에게 단단히 명령을 내려두고 있었다.

당분간 그 어떤 분란에도 개입하지 말고, 절대로 방을 떠나지 말라는 것이었다.

멀리 창응방 영역의 경계를 감시하고 지키기 위해 나가 있는 방도들도 예외는 아니어서 그들 또한 별도의 명령이 있을 때까지는 자신들의 근거지에서 대기하고 있어야 한다.

창응방이 관할하는 지역이 넓다 보니 각처의 요충을 지키기 위해 나가 있는 방도가 삼천여 명이었고, 태평촌 외곽의 창응방 총단에는 방주의 친위대인 호위단 이백여 명만이 남아 있었다.

그들은 일백 명씩 두 개 조로 나누어 하루씩 돌아가며 방을 지키고 방주를 호위했다.

비번인 날은 누구나 자유롭게 제 생활을 즐길 수 있었으므로 태평촌에 내려가 친구들과 어울려 술을 마시기도 하고 마작을 하기도 한다.

그러나 지금은 그들 모두 방 내에 머물면서 꼼짝도 하지 못하고 있었다.

벌써 닷새째나 그렇게 대기 상태로 긴장하고 있는 터라 다들 지쳐가고 있었다.

찰리가문이 이백 명 호위단을 총지휘하는 총령이었고, 일백 명씩 두 무리의 호위단은 두 명의 단주가 각기 통솔했다.

흑포단(黑袍團) 일백 명은 검은 겉옷을 자신들의 상징으로 삼는데, 그들을 통솔하는 단주는 삼십대의 혈기 왕성한 청년인 석뢰천천(石雷遷天)이다.

타고난 무골이면서 호탕하고 용맹하여 십대의 소년일 때

부터 이미 이 일대에 용사로 이름을 떨쳤던 자였다.

그리고 또 한 명, 붉은 겉옷을 자신들의 상징으로 삼는 홍포단(紅袍團)이 있다. 그들을 이끄는 단주는 바로 찰리가화였다.

청해홍련(靑海紅蓮)이라는 아름다운 별명으로 불리고 있다.

그녀가 아무리 방주인 찰리가륵의 여식이라고 해도 여자의 몸으로 일백여 명의 사내를 통솔하고 있는 걸 의아하게 여기는 사람들도 있었다.

하지만 그녀를 조금이라도 아는 자라면 모두 크게 머리를 끄덕였다.

찰리가화가 제 오빠이자 창응방의 후계자인 찰리가문 못지않게 당차고 용맹하며 무공이 뛰어난 여걸인 탓이다.

그녀가 잔뜩 화가 난 얼굴로 제 오빠를 한 번 매섭게 흘겨보고는 붉은 겉옷 자락을 펄럭이며 쿵쾅거리고 밖으로 나갔다.

"가뜩이나 아버님의 심기가 불편하신데 말썽 부리지 마라."

등에 와 닿는 오빠의 우려 섞인 당부의 말은 귓전으로 흘린다.

"흥, 천화상단이라고? 그까짓 것들이 뭔데? 무슨 자격으로 감히 창응방을 협박할 수 있지? 흥! 이곳에는 오직 우리가 있을 뿐이다."

앙칼진 그녀의 중얼거림이 허공에 남았다.

*   *   *

오랜만에 구경하는 사람 사는 세상이다.

그래서 장팔봉은 장터에 끌려온 촌닭이 되었다.

눈을 둥그렇게 뜨고 여기저기 두리번거리느라고 정신이
없는데, 보이는 것마다 모두 신기하게만 여겨졌다.

지난 일 년 동안의 고립된 삶이 그를 촌스럽게 만들었기도
하려니와, 세상이 그동안 놀랍게 변해 있었던 것이다.

서역에서 가져온 온갖 패물이며 장신구들을 파는 매대 앞
을 지나가면서 장팔봉은 연신 감탄성을 발했다.

영롱한 무지갯빛으로 아롱거리는 보석 장신구를 넋을 잃
고 바라본다.

'이 귀고리를 진소소에게 해주면 정말 어울릴 거야.'

저도 모르게 그런 생각이 들어서 깜짝 놀라 발을 구르며
'이런, 염병!' 하고 소리친다.

"내가 미쳤지. 그런 악독한 년을, 배신자를, 천하에 둘도
없는 간교한 년을 또 생각하다니!"

진소소에게 배신당한 일을 생각하면 부르르 치가 떨리지
않을 수 없었다.

'그렇게 애정을 쏟아 부어주었고, 그렇게 진심으로 잘 대

해주었는데 내 뒤통수를 쳐?

눈앞에 있다면 당장 패대기를 치고 질근질근 짓밟아주었을 것이다.

하지만 이처럼 아름답고 앙증맞은 장신구를 보자 저도 모르게 불쑥 그녀의 환하게 미소 짓는 얼굴이 떠올랐으니 장팔봉은 그녀에게 주었던 저의 정을 잊지 못하고 있는 게 틀림없었다.

그녀에 대한 애증이 교차하고 그리움과 미움이 범벅이 되어서 혼란해졌다.

"내가 다시 그년을 생각하면 장팔봉이 아니라 개팔봉이다."

퉤! 하고 제 발아래 침을 뱉은 장팔봉이 씩씩거리며 바쁜 걸음으로 패물 좌대가 즐비하게 들어서 있는 골목을 떠났다.

저절로 그렇게 되듯이 그의 발길은 술 냄새를 쫓았다.

상심(傷心)한 마음 아닌가.

술로 달래는 수밖에 없다.

태평촌에는 십여 개의 객잔과 대여섯 개의 주가며 기루가 있었는데, 그중에서 가장 크고 화려한 객잔은 누가 뭐라고 해도 만천객잔(滿天客棧)이었다.

대상 중에서도 거상이라고 불리기에 부족하지 않은 자들이나, 서역과의 무역에서 큰 이문을 남긴 자들이 주로 찾는 곳인만큼 규모나 질에 있어서 단연 이 일대에서는 그곳을 능가할 객잔이 없다.

장팔봉은 몇 가지 생활용품과 옷, 식량을 사가지고 돌아가야 한다는 생각을 잊은 듯 술 냄새에 이끌려 그 만천객잔으로 들어섰다.

활짝 열린 문 앞에 알록달록한 전통 복장을 갖추어 입은 네 명의 아리따운 소저가 좌우로 나뉘어 서 있었다.

은으로 장식된 모자를 썼으며, 갖가지 장신구로 요란하게 치장한 모습이 화려하기 짝이 없다.

그렇게 인형 같은 모습으로 서서 출입하는 손님들에게 최대한 애교스럽게 웃으며 인사를 했다.

그 문 안으로 장팔봉이 성큼 들어섰다.

"어서 오세……."

요, 자를 마저 하지 못한다.

네 명의 꽃보다 아리따운 아가씨들이 멍하니 장팔봉을 바라보더니 이내 낯을 잔뜩 찌푸렸다.

"왜?"

장팔봉이 의아해하다가 비로소 제 행색을 돌아보았다.

누더기나 다름없는 옷에 맨발이다.

머리는 새집처럼 헝클어졌고, 머리띠도 없어서 질끈 나무껍질로 이마를 동이고 있었다.

허리띠 대신 두른 건 커다란 뱀가죽이다.

구렁이 한 마리를 잡아서 고기는 푹푹 삶아 먹고 그 가죽으로 허리띠를 삼은 것이다.

징그럽기 짝이 없으니 그것 때문에라도 네 명의 아가씨가 기겁을 하는 건 당연한 일이리라.

"화 대가!"

한 아가씨가 찢어지는 듯한 음성으로 소리쳐 누군가를 불렀다.

"뭐야?"

안에서 대뜸 걸걸한 음성으로 대답하는 소리가 들리더니 시커먼 구레나룻의 회족 거한이 쿵쿵거리며 바삐 나왔다.

아가씨들이 일제히 손가락을 들어 장팔봉을 가리킨다.

장팔봉은 뻘쭘한 얼굴로 서 있고, 일층의 주청에 가득하던 가지각색의 사람들이 일제히 출입구를 바라보았다.

"거지냐?"

화 대가라고 불린 회족의 거한이 머리를 갸웃거렸다.

장팔봉도 그를 바라보며 머리를 갸웃거린다.

낯선 모양 때문이다.

생김새가 중원인과는 달라도 한참 달랐다.

우선 몸집이 소처럼 컸고, 눈이 컸으며 코도 크고 높다.

입술이 두툼하고 살결이 흰데, 턱은 칼로 깎아놓은 것 같으니, 장팔봉이 신기한 짐승을 구경하듯 하는 것도 무리가 아니었다.

게다가 치렁치렁 늘어지는 옷을 입고 머리에는 흰 수건을 칭칭 감고 있으니 더욱 신기해 보인다.

　"거지냐? 그것참 신기한 일이구나."

　회족의 거한이 사투리가 지독하게 섞인 한어로 어눌하게 말했다.

　태평촌에서는 거지가 황족보다 보기 힘들다. 아니, 아예 그런 종류의 인간이 존재하지 않는다.

　그래서 회족의 거한은 거지가 어떻게 생긴 별종의 인간이라는 걸 말로만 들어왔다. 그런데 제 눈앞에 딱 그렇게 생긴 자가 서 있으니 신기하지 않을 수 없다.

　그래서 특이하게 생긴 짐승 한 마리를 보듯이 한다.

　그런 거한에게 장팔봉도 물었다.

　"사람이냐? 그것참 신기하게 생겼구나."

　"뭐라고?"

　거한이 그 큰 눈을 더욱 크게 부릅떴다.

　장팔봉이 겁도 없이 그의 무성한 구레나룻에 손을 댔다.

　"털이냐? 진짜야?"

　가슴팍에 숭숭 나 있는 털도 만져본다.

　"신기하구나. 아무래도 너는 사람과 성성이 사이에서 난 잡종인가 보다. 그렇지?"

　"……!"

　거한을 만져보면서 장팔봉은 불쑥 금황수를 떠올렸다.

사람 여자가 만약 그 괴수와 합방을 해서 자식을 낳게 된다면 이런 꼴을 한 놈이 태어나지 않을까? 하는 엉뚱한 생각을 한 것이다.

그런 제 생각에 스스로 우스운지 피식피식 웃는다.

누가 보든 미친놈이고 거지 중에도 상거지가 틀림없었다.

장팔봉의 말에 어이가 없어서 멍하니 서 있던 거한이 기어이 노성을 터뜨렸다.

"꺼져 버려! 당장 꺼지지 않으면 패대기를 쳐줄 테다!"

"정말이냐?"

장팔봉이 두려워하기는커녕 오히려 반색을 하고 얼굴을 더욱 들이민다.

그도 작지 않은 키였지만 거한은 그보다 머리통 하나는 더 컸다.

장팔봉의 정수리 위에서 큰 눈을 끔벅거리며 어이없다는 듯 내려다본다.

가소롭기 짝이 없으리라.

"털이 이렇게 많은데 옷은 뭐 하러 입는 거냐? 성성이가 옷 입고 다니는 것 봤냐?"

"이런 개잡놈이!"

기어이 거한이 솥뚜껑 같은 주먹을 번쩍 들었다.

그대로 장팔봉의 머리통을 후려친다.

쾅!

벼락치는 것 같은 소리가 났다.

사람들이 일제히 '아!' 하고 놀란 외침을 터뜨렸다.

저 무지막지한 주먹에 맞았으니 바위를 깎아서 만든 머리통을 어깨 위에 얹어놓고 있는 놈이라고 해도 무사할 리가 없다고 짐작한다.

거지가 된 게 죄는 아닌데 불쌍한 인간 하나가 종말을 고하는 끔찍한 꼴을 보게 될 것이다.

그래서 질끈 눈을 감았던 사람들이 의아해한다.

아무 소리가 없지 않은가.

궁금중에 실눈을 뜨던 그들이 이번에는 찢어지게 눈을 부릅떴다.

장팔봉은 멀쩡하게 서 있고, 그의 앞을 가로막고 있어야 할 거한이 보이지 않는 것 아닌가.

두리번거리던 사람들이 다시 '어?' 하고 놀란 소리를 냈다.

저쪽, 일 장이나 떨어진 엄한 탁자 아래 구레나룻의 회족 거한이 처박혀 있었던 것이다.

'저놈이 미쳤나?' 하는 생각이 절로 드는 광경이었다.

거지를 때려놓고 왜 제가 스스로 몸뚱이를 내던지더니 저렇게 처박혀 있는 건지 의아해진다.

가장 가까이에 있었던 네 명의 아가씨만이 그 광경을 똑똑히 보았다.

거한의 주먹이 장팔봉의 머리통을 그대로 가격한 것까지는 좋았다.

정수리가 움푹 꺼져서 주저앉아야 할 장팔봉이 여전히 멀쩡하게 서 있었다. 게다가 슬쩍 한 손을 뻗어 장한의 옆구리를 움켜쥐고 정강이를 가볍게 걸어올리지 않는가.

그러자 황소 같은 거한의 몸이 지푸라기 인형처럼 떠올랐다. 그리고 장팔봉이 손짓하는 대로 저렇게 일 장이나 날려가 처박혔던 것이다.

끙끙거릴 뿐 제대로 운신하지도 못하는 걸로 보아 된통 당한 모양이었다.

장팔봉이 손을 탈탈 털고 아가씨들에게 씩 웃어주었다.

뚜벅뚜벅 걸어서 빈자리를 찾아간다.

거한은 만천객잔의 안전한 영업을 책임지고 있는 자들 중 한 명이었다.

이처럼 온갖 인간들이 들끓는 곳에서 이와 같은 객잔을 운영하자면 행패 부리는 자들을 쫓아낼 손이 필요한 법이다.

어디를 가나 똑같다.

그래서 만천객잔에서도 대여섯 명의 솜씨 좋은 무사를 고용하고 있었는데, 거한이 박살나기 무섭게 남은 자들이 우르르 몰려나왔다.

"문 닫아!"

눈매가 사납게 생긴 깡마른 중년의 사내가 이를 바드득 갈고 그렇게 소리쳤다.

멀뚱멀뚱 구경하고 있던 점소이 몇 놈이 득달같이 달려들어 객잔의 문을 걸어 잠근다.

그러거나 말거나 장팔봉은 태평이었다.

탁자를 두드리며 목청도 좋게 소리친다.

"술 가져와! 구운 오리고기도 한 접시 가져오고! 북경식으로 구운 거라야 한다! 그리고 뭐, 자랑할 만한 게 있으면 이것저것 죄다 가져와 봐! 맛이 좋으면 돈을 주겠지만 그렇지 않으면 구리 동전 한 닢 주지 않을 테다!"

마치 제 단골 술집에라도 온 것처럼 거침이 없다.

"먼저 차를 줘야 할 거 아냐? 이 집은 이따위로 영업하는 거냐? 앙!"

주청에 가득하던 귀한 손님들이 죄다 간을 졸이며 그런 장팔봉을 바라보는데, 측은하고 애처롭다는 얼굴들이었다.

다섯 명의 무사는 모두 병장기를 지녔다.

하나같이 깨끗한 옷을 입었고 의젓하게 행동하지만 눈빛만은 매섭게 번쩍이는 자들이다.

그들이 장팔봉 근처의 손님들에게 정중하게 권했다.

"잠시 여흥을 돋우어 드리려고 합니다만 그러기 위해서는 장소가 필요하군요."

"불편하시더라도 조금 양보하셔서 저쪽 구석진 자리로 옮겨주시면 안 되겠습니까?"

"아, 상은 저희가 다시 봐드릴 테니 걱정하지 마십시오. 추가 요금은 내지 않으셔도 됩니다."

지극히 공손하지만 누구도 그 말에 투덜댈 수 없을 만큼 위압적인 눈길이다.

그래서 장팔봉 주변의 다섯 탁자에 앉아 있던 손님들이 두말없이 구석 자리로 옮겨갔다.

그 즉시 점소이들이 떼거리로 달려들어 탁자를 옮기고 의자를 치워 버린다.

그래서 주변이 텅 비었는데, 오직 장팔봉 혼자서 달랑 탁자를 차지하고 복판에 앉아 있는 우스운 꼴이 되었다.

그러거나 말거나 장팔봉은 태평하기 짝이 없는 모습이었다. 이곳의 이름이 태평촌이라는 걸 제대로 인식하고 있는 유일한 사람이리라.

"늦다, 늦어. 이렇게 손님을 기다리게 하면 영업에 지장이 생기지."

지그시 눈을 감은 채 손가락으로 탁자를 톡톡 두드려 장단을 맞추며 흥얼거린다.

그런 장팔봉의 눈앞에 찻주전자가 불쑥 다가왔다.

쪼르르르—

맑고 따끈따끈하며 향기로운 차가 넘치도록 찻잔에 담긴다.

장팔봉이 게슴츠레한 눈을 들어 바라보았다.

아리땁고 고운 소저이기를 바랐는데 인상이 삭막한 매부리코의 장한 아닌가.

게다가 저를 내려다보고 있는 눈에 묘한 비웃음이 매달려 있다.

장한이 차를 따르고 나더니 두 손을 모으고 탁자 곁에 서서 기다렸다. 손님의 품평을 기다리는 모습이고 주문을 기다리는 점소이의 공손한 태도 그대로다.

차의 향기를 음미하고 한 모금 맛을 본 장팔봉이 머리를 끄덕였다.

"이 차는 괜찮군. 신선한 찻잎을 적당하게 볶았으니 좋은 솜씨야."

장팔봉이 제대로 된 차 맛을 알 리가 없었다. 그걸 어떻게 찌고 말리고 볶는 건지는 더더욱 알지 못한다.

향기로운 차나 숭늉이나 다 거기서 거기라는 평소의 신념을 가지고 있지 않던가.

그런 그가 점잖을 떨며 그렇게 말하는 건 그냥 괜히 해보는 소리에 지나지 않았다. 이런 곳에서는 그래야 있어 보인다는 걸 그럭저럭 아는 까닭이다.

하지만 그의 꼴이 워낙 상거지 꼴이니 아무리 점잖을 떨고 의젓한 양 의뭉을 떨어도 감탄할 사람은 한 명도 없었다.

오히려 그런 장팔봉의 태도가 혐오스럽기만 하다.

잔뜩 눈살을 찌푸리고 있던 장한이 공손하게, 그러나 차갑고 싸늘한 어투로 말했다.

"그 한 잔의 차는 공짜로 드립지요. 두 번째 잔부터는 돈을 받습니다."

"어라? 객잔에서 식사를 하기 전에 주는 차도 돈을 받는 거냐? 어허, 그런 법이 세상천지 어디에 있어?"

"돈이 있는 손님에게는 받지 않지만 돈이 없는 손님에게는 받습니다."

"오라, 그러니까 없는 놈은 공짜 차 한 잔 마시고 그냥 재빨리 꺼져라, 이 말이로군?"

"무전취식의 대가는 혹독하답니다. 그게 우리 만천객잔의 영업 방침입지요."

장한의 인내심은 어지간했다. 그렇게 하도록 많은 교육을 받은 것이리라. 아니면 한껏 비웃고 조롱하는 것인지도 모른다.

빌어먹는 잡종 개에게 '개새끼'라고 하는 건 정상이지만, '개님'이라고 부르는 건 그놈을 조롱하는 말 아니던가.

그러나 장팔봉은 즐긴다.

조롱이든 조소든 멸시든 상관없이 즐기는 것이다.

백무향이 아닌 다른 사람과 이렇게 말을 나누고 떠들어보는 게 일 년 만이기 때문이다.

누가 뭐라고 해도 저에게 하는 말이라면 죄다 반갑고 고맙다.

게다가 원래 이렇게 시비를 걸고 당하는 데에 익숙해져 있던 몸 아니던가.

그래야 세상 살 맛이 난다고 여기는 장팔봉이다.

"돈 준다. 그까짓 음식 값이 비싸면 얼마나 비싸겠어?"

품에서 전낭을 꺼내 흔드는데, 짤랑거리는 소리가 나는 것이 제법 두둑해 보였다.

장한이 다시 정중하게 말했다. 그러나 비웃음은 더욱 짙어진 그런 얼굴이고 음성이다.

"돈이 아무리 많아도 그에 걸맞은 행색과 품위를 갖추지 않은 손님은 개 취급을 한다는 게 또한 우리 만천객잔의 영업 방침입지요."

"그러니까 내 꼬라지가 이런 고급스런 객잔에는 어울리지 않는다. 그러니 나가 줘라. 이거냐?"

"요즘은 거지도 말을 할 줄 알고 귓구멍이 뚫려서 들을 줄 안다더니 정말이었군요. 참 좋은 세상입니다."

"그놈 참 말 어렵게 하네. 그냥 너한테는 술이고 밥이고 팔 수 없으니까 꺼져. 이렇게 한마디 하면 되는 거 아니냐?"

"정 원하신다면 그렇게 말해 드립지요. 뒈지게 얻어맞고 곡소리를 내면서 기어나가기 싫다면 지금 적당히 몇 대만 처맞고 두 발로 걸어서 나가시는 게 손님의 만수무강에 도움이 되지 않을까요?"

이제는 음흉한 미소마저 띤 채 주먹 마디를 우두둑 소리가 나도록 꺾는다. 제대로 위협을 하는 것이지만 장팔봉은 여전히 싱글벙글이었다.

"재미있네, 재미있어. 이래서 세상은 정말 아름답고 황홀하단 말이야. 너 이름이 뭐냐?"

"......!"

"터진 주둥이라고 이것저것 생각없이 떠들어대다가 처맞고 다시는 그 주둥이를 놀리지 못하게 된 놈이 얼마나 되는지 아냐? 내 인생을 돌아보면 지나온 길이 안 보여. 그런 놈들이 수도 없이 깔려 자빠져 있어서 말이다. 거기에 한 놈쯤 추가한다고 해서 뭐 크게 달라질 것도 없지. 어때? 껴주랴?"

"휴—"

지극한 인내와 오기로 장팔봉의 사설을 끝까지 들어준 장한이 길고 뜨거운 한숨을 내쉬었다.

"이만하면 내 도리는 다 했다."

한숨을 섞어 말하고 저쪽에 서서 장팔봉과 장한의 말장난을 지켜보고 있던 깡마른 중년의 사내를 돌아본다.

그자가 턱짓을 했다. 무리의 우두머리가 틀림없다. 허락이 떨어진 것이다.

그 즉시 장팔봉을 희롱하던 자가 한 발을 번쩍 들어 탁자를 걷어찼다.

꽝!

그의 생각대로라면 탁자는 그 즉시 저 구석으로 미끄러진 것처럼 밀려 나가야 한다.

그러나 현실은 그의 생각처럼 되지 않았다.

"어라?"

장한이 어리둥절한 얼굴을 하고 장팔봉을 보았다. 탁자와 그를 번갈아 바라본다.

장팔봉은 두 손을 탁자 위에 올려놓고 있었는데, 한 손으로는 턱을 괴었고, 다른 손으로는 손가락을 꼼지락거려 탁자를 두드리고 있는 중이었다.

방금 무슨 일이 있었냐는 듯 태연하다.

머리를 갸웃거린 장한이 이번에는 더욱 힘을 실어서 탁자를 걷어찼다.

다시 한 번 꽝! 하는 요란한 소리가 났다.

탁자가 밀려날 정도가 아니라 아예 박살이 날 만큼 큰 힘을 실었지만 결과는 마찬가지였다.

오히려 제 발이 아파 죽을 지경이다.

바윗덩이를 멋모르고 걷어찬 것 같았다.

"고수!"

그것을 지켜본 깡마른 중년의 사내가 그렇게 외치고 앞으로 나섰다.

"비켜서라."

장팔봉과 수작하던 장한을 매섭게 꾸짖는다.

그가 장팔봉에게 포권하고 정중하게 말했다.

"보아하니 시전 바닥에서 뒹구는 사람은 아닌 듯하오. 소생은 청리목극이라 하는 사람이외다. 이곳의 안전을 책임지고 있는 자요. 귀하의 이름을 물어도 되겠소?"

들어서 알 만한 이름이라면 그때 가서 어떻게 할지 판단하겠다는 속셈이다.

잠깐 생각한 장팔봉이 하품을 하듯이 심드렁하게 대꾸했다.

"나는 장구봉이야. 그저 배가 고프고 술이 고픈 불쌍한 거지지."

그가 잠깐 머뭇거린 건 제 이름을 솔직하게 말할까 말까 하는 것 때문이었다.

그리고 지금은 저를 밝힐 때가 아니라고 생각했다.

강호에서는 모두 제가 죽은 줄로 알고 있을 것이니 그렇다.

당분간은 저를 속이는 게 이로울 것이라고 판단한 것까지는 좋았는데, 그래서 고작 떠올린 게 장구봉이라는 이름이었으니 눈 가리고 아웅, 하는 격이다.

어쨌거나 그 이름은 아무에게도 알려지지 않은 생소한 것 아닌가. 그래서 청리목극도 고개를 갸웃거렸다.

사내, 청리목극(靑利木極)은 이 지역에서 고수로 이름이 높은 자였다.

그만한 솜씨라면 창웅방에 들어가도 충분히 두령 자리를 차지할 수 있을 텐데 굳이 만천객잔에 눌러앉아 있었다.

창웅방에서 몇 차례 그를 끌어들이려고 노력했으나 동요하지 않았다고 한다.

때문에 창웅방에서도 만천객잔의 청리목극이라면 인정하고 한 수 양보해 주는 바가 있었다. 그만큼 태평촌 일대에서는 유명인사인 것이다.

하지만 장팔봉이 그런 내막을 알 리가 없고, 안다고 해도 역시 마찬가지였을 것이다.

청리목극이 살짝 눈살을 찌푸렸다.

이름도 들어본 적이 없는 자이니 그렇고, 제 이름을 듣고도 아무런 반응이 없으니 그렇다.

적어도 이 태평촌 일대에서는 청리목극이라는 이름 앞에서 뻣뻣할 수 있는 자가 없다. 아무리 대담한 자라고 해도 긴장하고 양보하지 않던가.

장팔봉 역시 그러리라고 기대했지만 반응이 소 닭 보듯 하니 떨떠름한 기분이 된다.

하지만 청리목극은 장팔봉이 상당한 고수라는 걸 이미 눈치채고 있었다. 제 수하를 가볍게 웃음거리로 만들었다는 건 보통 일이 아니다.

잠시 장팔봉의 면면을 살펴보던 청리목극이 고개를 갸웃했다.

중원에서 온 자가 틀림없고, 그렇다면 제 이름을 듣지 못했을 수도 있다고 생각한다.

그곳의 강호라고 부르는 세계에는 이처럼 기괴한 행색을 즐겨 하는 이상한 자들이 더러 있다고 들었다.

그런 자들치고 고수 아닌 자가 없다지 않던가.

기행을 취미 삼고 남 골탕먹이는 걸 생활화하는 상종할 수 없는 부류들인 것이다.

강호에서는 그런 자를 기인이라고 부르는 모양이지만 청리목극에게는 귀찮고 성가신 존재일 뿐이었다.

하지만 눈앞의 젊은 거지가 바로 그런 자라면 조심하지 않을 수 없다.

그가 의혹의 눈길을 거두지 않은 채 제 수하에 이어서 다시 한 번 권고의 말을 했다.

"지금 순순히 나가준다면 오늘의 일은 더 이상 묻지 않겠소."

"나는 아직 음식 구경도 하지 못했다."

"뒷문으로 오시오. 며칠 먹기에 충분할 만큼 싸줄 것이오."

"내가 개냐? 내 돈 내고 음식 사 먹으러 왔는데, 뭐? 뒷문으로 가서 주는 거나 얻어 가지고 꺼지라고? 내가 거지야? 네 눈에는 그렇게 보인단 말이지?"

"정 이렇게 빡빡하게 나올 거냐? 젊은 놈이라 역시 말귀가 어둡군."

청리목극의 말투가 대번에 변했다.

아무래도 말로 해서는 안 될 놈이라고 판단한 것이다.

단단히 작정하고 시비를 걸러 온 놈이거나, 아니면 이런 일로 푼돈깨나 얻어 챙겨온 놈인지도 모른다고 나름대로 판단했다.

술집이나 기방 영업을 하다 보면 그런 떼쟁이들이 더러 찾아오는 법이었다.

소란을 피우게 하지 않으려면 적당히 줘서 돌려보내는 수밖에 없다.

그러나 청리목극에게는 이제 그럴 생각이 조금도 없었다.

제가 관리하는 영업장에서 돈을 줘 보낸다면 제 체면이 손상되는 건 물론이려니와 이런 놈들이 자꾸 꾀어들게 마련이기 때문이다.

고수일지도 모른다는 느낌이 꺼림칙하게 남지만 이렇게 된 이상 무사히 걸어나가게 할 수 없다.

무섭게 장팔봉을 노려본 청리목극이 뒤로 물러섰다.

수하들에게 턱짓으로 신호를 보낸다.

그때를 기다리며 잔뜩 벼르고 있던 네 놈이 일제히 장팔봉을 들이쳤다.

청리목극의 눈짓에 죽여도 좋다는 허락이 들어 있었으므로 더욱 사정없이 달려든다.

장팔봉의 눈이 반짝, 하고 빛났다.

이놈들이 중원의 고수들과 비교해서 어떨지는 모른다. 하지만 이놈들을 통해서 지난 일 년 동안 자신의 변화가 어느 정도 이루어졌는지는 짐작해 볼 수 있지 않겠는가, 하는 생각을 한 것이다.

우선 그동안 그렇게 저를 애먹였던 내공 부분에 대한 시험을 해보기로 했다.

백무향 말로는 지금 제가 지니고 있는 진원지기가 천하제일일 것이라고 했지만 확인할 수가 없지 않았던가.

장팔봉이 온몸에 진원지기를 불러일으켰다.

맨몸으로 그들의 주먹과 발길질을 받아볼 작정인 것이다.

잘못되면 즉시 뼈가 박살나고 오장육부가 터져 죽을 테지만 어느 정도 자신의 능력을 믿는 배짱도 생긴 터라 과감하게 시도해 본다.

第八章

또 하나의 만남

鳳鳴刀
봉명도

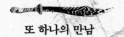
또 하나의 만남

쾅!

먼저 장팔봉의 등짝에 한 놈의 무지막지한 발길질이 떨어졌다.

번쩍 들어 올렸던 발의 뒤꿈치로 사정없이 내리찍어 버린 것인데, 바위를 부술 만한 위력이 담긴 것이었다.

거의 동시에 가슴에도 한 놈의 주먹이 떡메 치듯 처박혔다.

쾅!

옆구리와 머리통에서도 바위와 바위가 부딪칠 때나 날 법한 굉장한 소리가 난다.

네 놈의 주먹과 발길질이 일제히 장팔봉의 몸뚱이에 작렬한 것이다.

동시에 떨어진 그 정도의 강도라면 금강불괴를 이룬 몸이라고 해도 충격을 받을 만했다.

"⋯⋯!"

그러나 장팔봉은 멀쩡했다.

그를 치고 찼던 네 놈이 오히려 손발을 부둥켜안고 쩔쩔맨다.

끙끙거리는 신음을 흘리며 맴도는 것이 이만저만 고통스러운 게 아닌 듯했다.

장팔봉을 가격한 순간 그의 몸에서 여태까지 경험하지 못한 무지막지한 반탄지기가 뻗어 나왔던 것이다.

'이 정도로군.'

장팔봉이 머리를 끄덕였다.

제 몸뚱이의 단단함에 대한 감탄이고, 넘쳐 나는 저의 진원지기에 대한 믿음이 확고해지는 순간이었다.

이제는 진소소가 등 뒤에서 백번 암장(暗掌)을 때린다고 해도 전혀 겁낼 게 없다.

'못된 년. 반드시 네년 눈에서 피눈물이 나게 해주고 말 테다. 내가 누구냐? 한 번 입은 은혜와 원한을 평생 잊지 않고 간직하는 사람이야. 갚을 건 반드시 갚고, 받을 건 반드시 받아내고 만다.'

엉뚱하게 이 상황에서 다시 진소소를 생각하게 되고, 그녀에 대한 새삼스러운 증오 때문에 이를 바드득 간다.

그의 마음속에는 진소소에 대한 원망과 그리움이 여전히 공존하고 있었던 것이다.

그런 장팔봉을 바라보는 깡마른 중년인, 청리목극의 얼굴에 놀람과 당혹감이 크게 번졌다.

'저놈이 설마 금강불괴란 말인가?'

그런 생각이 들면서 덜컥 두려움도 생긴다.

하지만 이런 상황에서 마무리는 깔끔하게 해야 한다. 그것도 제 손으로 그렇게 해야 후환도 없고 뒷말도 없다.

"물러서! 그는 너희들이 상대할 자가 아니다."

청리목극이 차갑게 일갈하고 선뜻 검을 뽑아 들었다.

장팔봉을 노려보는 눈길이 스산해진다.

*   *   *

"어라?"

붉은 구름 한 덩어리가 그렇게 놀란 소리를 냈다.

"저, 저거……."

그 붉은 구름 한 덩어리를 호위하고 있던 다른 두 덩어리의 붉은 구름도 놀란 소리를 내고 입을 딱 벌린다.

막 만천객잔으로 들어선 세 덩어리의 붉은 구름은 굳은 듯 멈추어 서고 말았다.

중앙의 붉은 구름은 이십대 후반의 요염하고 아름다우며 정열적으로 생긴 아가씨였다.

창웅방주의 호위대 중 홍포단주인 청해홍련 찰리가화다.

그녀를 따라온 두 명의 호위가 제 눈을 비볐다.

그들은 지금 자신들이 보지 못할 것을 보았다고 믿었다.

주청 복판이 텅 비어 있고, 거기 젊은 거지 한 놈이 떡 버티고 서 있었던 것이다.

그것만으로 놀랄 일은 아니다.

그들은 그 거지를 중심으로 하여 사방에 흩어져 쓰러져 있는 네 명의 사내를 보았다.

하나같이 고수로 꼽히는 자들로서, 태평촌과 이 일대에서 명성이 자자한 자들 아닌가.

그들이 이 만천객잔에 호위무사로 머물러 있었으므로 그동안 누구도 이곳에 와 야료를 부릴 엄두도 내지 못했다.

그런데 지금 그자들이 하나같이 고통스럽게 끙끙거리며 몸을 뒤척이고 있는 것이다. 호되게 당한 게 틀림없었다.

그것만이라면 적당히 놀랐을 것이다. 의아하게 여기는 걸로 그뿐, 관심을 거둘 수도 있다.

그들과 찰리가화가 놀란 외침을 터뜨린 건 한 사내 때문이었다.

태평촌의 고독한 늑대. 오직 만천객잔에만 머물던 무시하지 못할 고수.

청리목극을 보았던 것이다.

그는 거지 청년의 발아래 무릎을 꿇고 앉아 있었는데, 고개를 푹 숙인 채 반성하는 듯한 모습으로 움직이지 않고 있었다.

그가 애지중지하던 보검은 두 토막이 되어 땅에 떨어져 있다.

'대체 왜?'

찰리가화와 그녀의 두 호위무사의 머릿속에 그런 의문이 동시에 떠올랐다.

그들은 청리목극이 진짜로 반성하고 있는 게 아니라 그런 모습으로 주저앉은 채 의식을 잃은 상태라는 걸 알아보았다.

"대체 누가 그를 저렇게 만들 수 있단 말이냐?"

찰리가화가 믿을 수 없다는 듯 말했다.

아무도 대답하는 자가 없다.

'설마, 저놈이?'

그런 생각이 드는 건 거기 우뚝 서 있는 자는 오직 한 사람뿐이었기 때문이다.

거지 중에서도 상거지 꼴을 하고 있는 장팔봉이다.

옷을 툭툭 턴 그가 다시 자리에 앉았다.

아무 일도 없었다는 듯 탁자를 두드리며 소리친다.

"주방장은 처자고 자빠졌는 거냐? 음식 시킨 지가 언제인데 아직도 꿩 구워먹은 소식인 거야? 영업 안 하냐? 앙!"

이제 아무도 그의 방자함에 눈살을 찌푸리지 못했다.

그의 눈길이 향할 때마다 다들 깜짝 놀라 외면한다.

한쪽 벽에 붙어 서 있는 점소이들도 꽁꽁 얼어버렸고, 문 앞에서 손님을 맞던 네 명의 인형 같은 아가씨들도 그렇다.

객잔의 영업을 총괄하고 있는 집사가 진땀을 뻘뻘 흘리며 안절부절못하고 있는 모습이 안타깝기만 하다.

주청 안에 깊고 깊은 적막만이 흘렀다.

"염병."

장팔봉이 다시 뭐라고 소리치려 할 때였다.

주청의 이층에서 걸걸한 음성이 들려왔다.

"소형제, 거기서 괄시받지 말고 이리 올라오시게. 내가 한 잔 사지."

"응?"

올려다보니 이층의 난간에도 많은 사람들이 모여서 구경하고 있었는데, 그중 나이 지긋해 보이는 중년의 사내가 손짓을 하는 것 아닌가.

비단 화복을 입은 것이 이곳의 사람은 아닌 게 틀림없었다.

희고 말끔한 용모에 짙은 눈썹과 두툼한 입술, 몸에 밴 느긋함이 은연중에 위압적인 분위기를 풍기고 있다.

'고수로군.'

장팔봉은 그를 본 즉시 그걸 알아챘다.

'무언가 더 재미있는 일이 생길지도 몰라.'

그렇게 생각한 장팔봉이 망설임없이 대답했다.

"그럽시다. 사준다는데 마다할 내가 아니지."

쿵쾅거리며 이층으로 올라가자 구경하던 사람들이 와르르 흩어진다.

화복의 중년인은 창가 전망 좋은 곳에 자리를 잡고 있었는데, 그 외에도 두 사람의 중년 대한이 더 있었다.

눈매가 부리부리하고 꾹 다문 입과 각진 턱이 단단해 보이는 자들이었다.

역시 고수들이다.

장팔봉은 한눈에 그들이 장사를 위해 이곳을 오가는 대상단의 무리가 아니라는 걸 알아보았다.

무언가 목적을 띠고 여기 와 있는 자들인 것이다.

"자, 먼저 한 잔 받으시게."

화복의 중년인이 맑은 술을 잔이 넘치도록 따라준다.

향기로운 주향이 당장 장팔봉의 뱃속에 들어 있는 술벌레들을 미치게 했다.

"캬, 나를 미치게 하는 이 향기라니!"

겸양의 말도 생략한 채 냉큼 한 잔을 마시더니 입맛을 다시며 빈 잔을 불쑥 내민다.

"장부가 거푸 석 잔을 마시지 않고서야 어찌 술을 마신다고 할 수 있으리오. 자!"

화복의 중년인이 빙긋 웃으며 그 잔에 또다시 철철 넘치도록 술을 따라준다.

그렇게 석 잔을 거푸 들이켠 장팔봉이 그제야 간신히 술벌레들을 달랬다는 얼굴로 중년인을 바라보았다.

중년인이 머리를 끄덕이며 엄지손가락을 세운다.

"처음부터 다 보았다네. 소형제의 실력은 정말 굉장했어. 내 눈을 믿지 못할 정도였다네."

"뭘, 뭘. 그까짓 걸 가지고. 그 정도야 강호에 나가면 개나 소나 다 할 줄 아는 것 아니겠소?"

"그렇지 않네. 내가 오랜 세월 강호에 몸담고 있으면서 많은 친구들을 사귀었고 많은 고수들도 보았지만 방금 소형제가 보여준 것과 같은 그런 신묘한 수법은 맹세코 처음 보는 것일세."

"과찬이오, 과찬. 그러지 말고 술이나 더 합시다."

말을 하면서 잔을 내미는 한편 한 손으로는 접시에 그득한 음식을 덥석 집어 꾸역꾸역 입 안으로 밀어 넣는다.

그 방약무인한 행동에 동석해 있던 두 명의 중년 사내가 불쾌한 기색을 드러냈다.

그러자 화복의 중년인이 눈짓을 해서 그들을 말리는 한편, 장팔봉 앞으로 음식 접시들을 밀어놓았다.

"소형제가 어지간히 배가 고팠던 모양이군. 여기 음식은 맛도 있으려니와 푸짐하다네. 얼마든지 시켜줄 테니 마음껏 드시게."

술도 잔에 철철 넘치도록 따라준다.

"이런 궁벽한 곳에서 생각지 못하게 영웅호한을 만났으니 교분을 나누지 않을 수 없지. 나는 곽승풍이라고 하는 사람일세."

그가 포권하고 먼저 제 이름을 말했다.

곽승풍(郭乘風)은 강호에서 진팔장(震八掌)이라는 외호로 더욱 알려진 사람이었다.

장법에 있어서 발군의 고수로 꼽히는 자인 것이다.

그러나 장팔봉이 그런 이름을 들어본 적이 없다.

그가 심드렁하게 말했다. 청리목극에게 대충 둘러댔던 가명이 마음에 들었던지 대뜸 튀어나온다.

"나는 장구봉이오."

"장구봉?"

진팔장 곽승풍이 머리를 갸웃거렸다.

들어본 적이 없는 이름 아닌가. 하지만 방금 제 눈으로 본 그의 솜씨는 놀라운 것이었으니 무시할 수 없다.

"장 형제였군. 자, 한 잔 더 받게."

"얼마든지."

그래서 장구봉이 된 장팔봉은 뜻밖의 호강을 했다.

한동안 먹고 마시느라 누가 무슨 말을 하는지, 화복의 중년 사내가 어떤 아첨을 떠는지 귀에 들어오지도 않았다.

건성으로 '응, 응' 하고 대꾸하며 그저 아귀처럼 먹어댈 뿐이다.

그들의 주위에는 얼마 전부터 몇 사람이 둘러서 있었는데, 장팔봉은 그것도 의식하지 못한 것 같았다.

실컷 먹고 마신 다음에야 비로소 제 배를 두드리며 거하게 트림을 하고 주위를 두리번거린다.

"어라? 웬 구경꾼들이야? 사람 처음 보나?"

붉은 옷의 장한 두 명과 조금 전에 저에게 호되게 당했던 만천객잔의 호위무사 다섯 명이었다.

장팔봉이 식사를 마칠 때까지 얌전히 기다렸던 그들이 급히 눈을 피한다.

두 손을 공손히 모으고 서서 기다리던 청리목극이 앞으로 나섰다.

포권하고 정중하게 말한다.

"눈이 있어도 산을 보지 못한다더니 소생이 그 꼴이 되었소이다. 주제를 모르고 감히 당신을 귀찮게 했으니 이제라도 사과하는 바요."

장팔봉이 대수롭지 않다는 듯 손사래를 쳤다.

"됐어, 됐어. 그까짓 걸 아직 마음에 담아두고 있다면 사내가 아니지."

청리목극의 굳어 있던 얼굴에 한줄기 미소가 스쳐 간다.

그가 한쪽 구석에서 아직 겁에 질려 눈치를 보고 있는 집사를 손짓해 불렀다.

"이분은 이제부터 내 손님이다. 원하시는 대로 모든 걸 다 해드려."

늙은 집사가 감히 대답도 하지 못하고 연신 고개만 꾸벅거린다.

청리목극의 그 말은 장팔봉에게 자리를 옮기자는 말이었고, 또한 지금 그가 대작하고 있는 세 명의 중년 사내와 떨어지라는 의미의 말이기도 했다.

그 정도의 눈치도 없는 장팔봉이 아니다.

우선은 청리목극과 그의 수하들을 패대기친 미안함도 있고, 이제부터 최고의 귀빈으로 대접해 주겠다는 말에 솔깃해지기도 한 터라 미련없이 자리에서 일어선다.

"잘 먹고 마셨소이다. 언제든 기회가 되면 내가 한잔 사리다."

떨떠름해하는 화복의 중년 사내에게 포권한 손을 흔들며 의젓하게 말하고 돌아선다.

"커흠! 커흠!"

헛기침 소리도 요란하게 청리목극과 그의 수하들에게 에워싸여 별실로 향하는 장팔봉의 뒷모습을 화복의 중년인은 멍하니 바라볼 수밖에 없었다.

산해진미라는 말이 무엇을 뜻하는 건지 장팔봉은 생전 처음으로 실감했다.

십여 명이 둘러앉기에 족한 커다란 원탁 위에 구경해 보지도 못했던 음식들이 가득한데, 접시를 비우기 무섭게 다른 음식으로 채워진다.

종업원들이 바쁘게 드나들고, 장팔봉의 좌우에는 온갖 장신구로 치장을 한 토족의 아름다운 아가씨가 붙어 서서 제 서방을 모시듯이 지극정성으로 수발을 들었다.

장팔봉과 청리목극, 그리고 맨 처음 장팔봉에게 혼이 났던 거구의 회족 장한을 포함한 그의 수하 다섯 명에 붉은 옷의 청년 두 명.

모두 아홉 명이 줄기차게 먹고 마셔대지만 음식은 좀체 줄지를 않는다.

얼마나 시간이 지났을까. 장팔봉이 비로소 젓가락을 내려놓았다.

배가 터지기 일보 직전까지 간 듯 의자 등받이에 몸을 기댄 채 게슴츠레하게 눈을 뜨고 쌕쌕거린다.

그 지루한 시간 동안 내내 장팔봉의 눈치만 보면서 음식을 깨작거리던 청리목극이 수건으로 입가를 닦으며 빙긋 웃었다.

"이제 만족하시오?"

"아, 만족하고말고. 내 생전에 이런 호강은 또 처음이네. 이런 인생도 나름 괜찮구만."

"그러시다니 다행이오. 이걸로 장 형에게 무례했던 죄를 용서받았으면 좋겠소."

"아, 아, 사내가 그렇게 소심하면 못쓴다니까. 나는 벌써 잊었어. 아니, 우리 사이에 언제 무슨 일이 있었던 거야?"

"하하, 아무 일도 없었소이다. 암, 그렇고말고."

청리목극이 환하게 웃으며 손사래를 쳤다.

장팔봉은 그가 마음에 들었다.

저를 이처럼 귀빈으로 대접해 주면서 한 치의 실수도 없으니 그렇고, 무엇보다 깨끗하게 승복하는 마음이 기특했던 것이다. 이런 자들은 뒤끝이 없다.

"그런데, 이거 어쩐다……."

장팔봉이 넌지시 운을 떼며 눈치를 살핀다.

청리목극이 몸을 바로 했다.

"하실 말씀이라도 있는 거요? 그렇다면 마음 편히 하시오. 오늘 하루 당신은 나의 손님이니 만천객잔을 내 집이라고 생각해도 상관없소."

"이렇게 무지막지하게 먹고 마셔댔으니 당신이 일하는 이 집에 커다란 민폐를 끼친 게 아닌가 걱정되는구려."

"하하, 그런 걱정이라면 제발 하지 마시오. 여자는 옥수수밭에서 친해지고, 남자는 싸움터에서 친해지는 것 아니겠소? 우리가 이번 일로 교분을 나누게 되었으니 나는 만족하오."

"좋소, 좋아. 짐승도 먹이를 주는 사람을 따르는 법인데 하물며 이 장구봉이 그대를 홀대하겠소? 어려운 일이 있으면 언제든 말하시오. 내 오늘의 만남을 잊지 않고 반드시 도와드리리다."

"장 형제의 그 말씀만으로도 고맙기 짝이 없소이다."

"그런데, 여자는 왜 옥수수밭에서 친해진다는 거요? 사내가 싸움터에서 친해진다는 거야 이해가 가는데 그건 당최 알 수 없구려."

원래 토족의 풍습은 여자들이 모든 농사일이며 짐승 돌보는 일을 도맡아 하는 것이었다.

아이를 키우는 것은 물론 서방님의 시중까지도 다 들어주어야 하니 그 고생이 이루 말할 수 없다.

밭일을 하다가도 때 되면 집으로 돌아와 남편의 밥을 차려주고 다시 밭으로 나가는 것이다.

그에 비해서 남자들은 하는 일 없이 빈둥거리며 놀고 먹기만 할 뿐, 가사에 손 하나 까닥하지 않았다.

모르는 사람들은 그런 토족의 풍습을 비웃었지만 거기에는 그럴 수밖에 없는 절박한 이유가 있었다.

남자들이 살아 있는 동안 하는 유일한 한 가지 일 때문이다.

그건 싸우는 일이었다.

척박한 환경에서 제 가족을 지키고 제 부족을 지키고 제 재산을 지키는 일보다 중요하고 큰 게 또 있을 것인가.

그래서 남자들은 평소에는 빈둥거리지만 적대 관계에 있

는 다른 부족이 침입해 오면 누구나 목숨을 던져 용맹하게 싸웠다.

농사일이며 가사를 돌보는 일은 목숨까지 걸 만큼 위험하지 않다. 그러나 타족과의 싸움은 하나뿐인 목숨을 걸어야 하는 일이니 백날의 농사일보다 하루의 싸움이 더 크고 중요하지 않겠는가.

그걸 알기에 남자들이 평화로울 때 빈둥거리며 놀아도 그걸 타박하는 여자는 한 명도 없는 것이다.

그게 그들의 풍습이 되다시피 했는데, 그러한 일은 굳이 토족에게 국한된 게 아니었다.

변방의 소수민족들의 삶이 대부분 그와 같다.

부족 단위로 폐쇄된 환경에서 자급자족하는 생활을 하다보니 싸움이 잦을 수밖에 없다는 데에 원인이 있을 것이다.

법이라는 게 따로 없는 사회인 탓도 있으리라.

내 가족과 내 부족과 내 재산은 내가 지킨다는 게 그들의 유일한 생존법이었던 것이다.

그런 사정을 들어 알게 된 장팔봉이 머리를 끄덕였다.

"그렇지. 사내가 어디 옥수수밭이나 갈고 있어서야 체면이 설 것인가. 그저 사내라면 전쟁터에 나가 크게 소리치며 내 가족, 내 부족을 위해 용감히 싸워야 하는 거지."

"맞소! 바로 장 형의 그 말이 진정한 사내의 말이오!"

그때까지 아무 말 없이 앉아 있기만 하던 붉은 옷의 사내

중 한 명이 제 가슴을 두드리며 호기롭게 말하고 나섰다.

장팔봉이 의아한 눈으로 그를 본다.

그들이 이곳을 장악하고 있는 창웅방의 고수라는 건 청리목극의 소개로 이미 알고 있었다.

하지만 내내 새색시처럼 앉아만 있다가 제 말에 저렇게 반가워하며 나서는 걸 보니 무언가 속셈이 있다는 짐작이 선다.

붉은 옷의 사내가 포권하고 말했다.

"장 형에게 한 분을 소개시켜 드리고 싶은데 만나보시겠소?"

"그 사람도 창웅방의 사람이오?"

"그렇소이다. 소생들의 주군이 되는 분이기도 하지요."

배가 부르면 마음이 너그러워지는 건 누구에게나 마찬가지다.

장팔봉이 크게 선심을 쓴다는 듯 말했다.

"까짓, 사람 만나는 일이 뭐 어렵겠소? 만나봅시다."

또 한 명의 붉은 옷 사내가 즉시 밖으로 나갔고, 오래 지나지 않아 한 사람을 안내해 들어왔다.

"응?"

장팔봉의 눈이 그 즉시 찢어질 듯 커졌다.

붉은 구름 한 덩어리를 본 것이다.

그것도 영롱하고 아름다운 구름 아닌가.

찰리가화다.

그녀가 차갑고 도도한 얼굴로 성큼 들어서더니 장팔봉을 지그시 노려본다.

장팔봉에게 제안을 했던 붉은 옷 사내가 즉시 일어서서 그녀를 위해 자리를 만들어주었다.

찰리가화가 장팔봉에게 턱을 까닥하는 걸로 인사를 대신했다.

"찰리가화라고 해요."

"나는 장구봉이오."

장팔봉이 포권마저 생략한 채 심드렁하게 대답하는 건 그녀가 자기를 경멸한다는 느낌을 받았기 때문이었다.

다른 때 같았으면 단지 상대가 예쁘다는 이유 하나만으로 그런 것쯤은 기쁘게 참았을 것이다.

그러나 진소소에게 된통 뒤통수를 맞고 난 다음부터 장팔봉의 마음속에는 여자, 특히 찰리가화처럼 아름다운 여자에 대한 묘한 반감 같은 게 생겼다.

게다가 그녀가 자신의 몰골을 보고 대뜸 경멸하는 듯한 눈길을 주었으니 더욱 배알이 뒤틀린다.

'예쁜 계집애치고 속이 옹졸하고 앙칼지지 않은 계집애가 없지.'

예쁜 여자에 대한 선입견이 그렇게 단단히 머릿속에 박힌 것이다.

어쨌든 붉은 옷의 아가씨는 아름다웠다.

제 곁에서 시중을 들던 토족의 두 처녀가 선녀처럼 예쁘다고 생각하고 내내 흐뭇해했는데, 찰리가화를 보니 그런 생각이 싹 달아나 버렸다.

'이런 척박한 곳에도 미인은 있었구나!'

그녀에 대한 불쾌함과는 상관없이 내심 그런 감탄도 하게 된다.

그녀의 아름다움은 백무향이나 진소소에게서 보았던 것과는 또 다른 것이었다.

백무향의 미모가 활짝 피어 흐드러진 모란꽃 같은 것이라면 진소소의 아름다움은 잘 가꾸어진 난꽃 같은 것이었다.

그에 비해 찰리가화는 풋풋하게 피어난 들꽃 같았다. 보는 사람의 가슴을 시원하게 한다.

그런 그녀가 여전히 쌀쌀맞은 얼굴을 한 채 장팔봉을 뜯어보았다.

"어떻게 된 거죠? 당신이 정말 조금 전에 말썽을 부린 그 사람 맞나요?"

"말썽이라니? 당치도 않소."

"흥, 나는 믿을 수 없군요. 당신은 아무리 봐도 청리 대형의 상대가 될 수 없을 것 같은데?"

"어디로 봐서 그렇소?"

"생긴 것이나 하는 행동이 모두 그래요."

"어허, 사람은 겉모습만으로는 판단할 수 없는 것이오. 아

가씨의 속도 겉모양처럼 아름다운지 내가 그 얼굴만 봐서는
알 수 없는 것과 같지."

"어떤 속을 말하는 건가요?"

"마음속이기도 하고 그 붉은 옷 속이기도 하오."

"흥!"

희롱하는 말이 분명했지만 찰리가화는 별로 신경 쓰지 않
는 것 같았다.

장팔봉을 매섭게 흘겨보고 청리목극을 바라보더니 고개를
끄덕인다.

"좋아요, 당신에게 한 가지 제안할 게 있는데 들어주셔야
해요."

"제안이라는 건 상대에게 선택할 여지를 준다는 것 아니
오? 그런데 아가씨의 말은 반드시 그렇게 해야 한다는 거니
그건 제안이라고 할 수 없지."

"어쨌든 당신은 내 말을 들어야 해요."

"그게 뭐요?"

"나와 함께 창응방으로 가요."

"내가 왜 그래야 하오?"

"우리를 도와주어야 하니까요."

"그러니까, 내가 왜 그래야 하느냐고?"

"내 말이기 때문이에요."

"허! 이건 대책이 없는 아가씨로군. 역시 사람은 겉모습만

보고 판단해서는 안 돼."

떼쓰듯 하는 찰리가화의 태도와 말에 장팔봉은 어이가 없다가 화가 났다.

이렇게 무경우한 아가씨라면 보나마나 부모의 귀여움을 독차지하면서 제멋대로 자란 아가씨일 것이라는 짐작이 선다.

'이 계집애는 애꿎은 제 부모님의 속깨나 썩혀 드리면서 컸겠군. 장차는 제 서방의 속도 푹푹 썩게 만들 게 뻔해.'

누가 그녀의 서방이 될지는 모르지만 불쌍한 놈이 될 거라는 생각이 든다.

장팔봉이 손사래를 쳤다.

"나는 당신을 도와주고 싶은 마음이 없소. 그러니 창응방으로 갈 일도 없지. 왔으니 술이나 한잔 받고 돌아가시오."

"당신은 가야 해요."

"아가씨가 그렇게 결정했기 때문에?"

"그래요."

"웃기는 일이군."

그들의 말이 점점 어긋나자 둘러서서 두 사람을 바라보던 자들의 얼굴이 모두 어두워졌다.

청리목극이 보다 못해 나선다.

"찰리 아가씨, 너무 급하게 재촉할 것 없습니다. 그리고 장형, 그녀에게 무슨 사정이 있는지 그것부터 들어보시는 게 좋을 것 같소."

"사정은 무슨. 장작이 산더미처럼 쌓였는데 팰 사람이 없으니 그거나 종일 패달라는 얘기겠지. 대체로 귀한 집 아가씨의 입에서 나오는 말치고 들을 만한 것이 없는 법이라오. 이 장구봉이 그래, 얼굴 반반한 아가씨라면 환장을 하고 죽으라면 죽는시늉까지 할 그런 얼빠진 놈으로 보이는 거요?"

제 꼴이 거지꼴이니 그녀가 무시한다는 생각이 들어 내뱉은 말이었다.

그의 비웃는 말에 찰리가화의 얼굴에 표독스런 기색이 떠올랐다.

그러자 원래 차갑고 도도하던 그녀의 모습이 앙칼진 고양이의 그것으로 변한다.

장팔봉은 곁눈으로 그녀를 훔쳐보면서 엉뚱한 생각을 했다.

'저런 모습도 나름대로 매력이 있군.'

그러자 저도 모르게 불끈하고 일어서는 게 있지 않은가.

술기운도 올라 있는 터라 더욱 그렇다.

가슴이 뜨끔해졌다.

'아서라, 잘못 건드렸다가는 평생 혹을 붙이고 사는 꼴이 될 거다.'

머리를 설레설레 흔든다.

여자에게 덴 거라면 진소소 하나로 충분하다는 생각과 함께, 텅 빈 해심산에서 제가 돌아오기만 기다리고 있을 백무향이 떠올랐던 것이다.

그녀를 생각하기만 하면 우선 죄책감이 들고, 그래서 말할 수 없는 미안함에 위축이 된다.

장팔봉이 벌떡 일어섰다.

"이만 돌아가야겠소. 기다리고 있는 사람이 있어서 말이야."

"어디로 가시려고?"

청리목극이 어리둥절한 얼굴을 하고 엉거주춤 따라 일어섰다.

그는 장팔봉이 오늘 하룻밤 만천객잔에서 묵고 갈 줄 알았던 것이다.

그가 원한다면 기방에도 데려갈 작정이었다. 가장 아름다운 기녀를 붙여줄 생각도 있다.

장팔봉 같은 고수와 교분을 틀 수만 있다면 그 정도의 대접은 충분히 해줄 만한 가치가 있는 것이다.

그런데 갑자기 가겠다니, 당황하지 않을 수 없다.

그건 찰리가화도 마찬가지였다.

그녀가 매섭게 눈을 치뜨고 장팔봉의 앞을 가로막았다.

"못 가!"

"왜? 너의 허락이 없어서?"

이제 장팔봉은 그녀에 대해서 더 이상 공대하지 않았다.

무시하고 조롱하기로 작정한 것이다.

'이것도 싸움이라면 싸움이지.'

그런 생각에서였다.

미인 앞이라고 무조건 굽실거리고 쩔쩔매는 건 싸워보기도 전에 지는 꼴 아니던가.

콧대가 높고 안하무인인 미녀 앞이라면 더더욱 사나이의 자존심을 세우지 않을 수 없다.

못 먹는 감 찔러나 본다는 말이 아니라, 장팔봉에게는 정말로 찰리가화에 대한 혐오가 생겨나고 있었다.

그녀가 이곳의 패자라는 창웅방을 믿고 저렇게 오만을 떠는 철부지라고 여기기 때문이다.

아니, 여자에 대한 그의 인식이 진소소의 일로 인해서 크게 바뀐 거라고 해야 옳으리라.

젊고 아름다운 여자에 대한 불신과 혐오가 생겨난 것이다. 그래서 더욱 뻣뻣해진다.

정 밤이 외롭고 쓸쓸해서 무서워지면 돈을 주고 창기를 사는 게 속 편하다.

하룻밤 품고 자며 욕정을 푸는 데 정이 무슨 상관이 있고, 사랑이 무슨 필요가 있을 것인가.

그렇게 생각할 정도로 장팔봉은 여자에 대한 커다란 불신을 갖게 되었던 것이다.

사랑이라는 감정에 한 번 크게 데이고 나더니 모든 젊고 아리따운 여자가 다 적으로 보이는 건지도 모른다.

장팔봉의 그런 내심을 알 수 없는 찰리가화에게는 뜻밖의 사태였다.

이 천하에서 젊었든 늙었든 사내라면 죄다 저의 미모와 배경에 주눅이 들어 쩔쩔매는 게 당연하다고 여겨오지 않았던가.

그리고 사실이 그랬다.

누구도 창웅방주의 여식인 그녀 앞에서 뻣뻣이 고개를 들지 못했던 것이다.

젊은 사내들이라면 더더욱 그렇다.

그녀의 배경을 떠나서 눈부신 그 외모와 까다로운 성격 앞에 쩔쩔매기 일쑤였다.

어떻게 해서든 쥐꼬리만 한 환심이라도 사기 위해 갖은 재롱을 다 떨어대는 덜떨어진 사내놈들.

그게 찰리가화가 젊은 남자들에 대하여 가지고 있는 생각이었다.

토족의 생리로 본다면 역천이라고 할 만큼 파격적인 아가씨인 것이다.

순종적이고 자기 희생적인 모든 토족 여자들에게 있어서 그런 찰리가화는 부러움의 대상이면서 또한 이질적인 존재이기도 하리라.

그래서 남자들을 더욱 애타게 하는 아가씨인지도 모른다.

그러나 장팔봉에게는 아니꼽고 눈꼴신 존재일 뿐이었다.

'제가 내 꼴을 보고 나를 경멸하는데 내가 저에게 굽실거릴 이유가 없지.'

그렇게 생각했으므로 더욱 뻣뻣하고 당돌하게 군다.

"비켜."

그가 인상을 딱딱하게 하고 목소리를 착 깔았다.

그럴수록 찰리가화의 눈매가 더욱 날카로워진다.

그녀가 매섭게 말했다.

"내 말을 듣지 않는다면 때려서라도 듣게 만들 테다."

"좋은 말로 할 때 비키지 않으면 때려서라도 비키게 만들 테다."

장팔봉이 그녀의 말투를 흉내 냈다.

그게 찰리가화의 화를 더욱 돋운다.

이제 사람들은 그들 사이에 끼어들 엄두도 내지 못했다.

홍포단의 두 청년 고수야 감히 단주인 찰리가화의 일에 나설 수 없는 게 당연했고, 청리목극과 그의 수하들은 장팔봉이 얼마나 무서운 존재인지 절실히 느꼈으므로 감히 끼어들 엄두를 내지 못한다. 그가 화를 내면 감당할 수 없기 때문이다.

번쩍.

찰리가화의 길고 고운 손이 올라갔다.

짝!

그것이 그대로 장팔봉의 뺨에 작렬한다.

장팔봉은 피하지 않았다.

여자에게 빰을 맞는 건 사내의 커다란 수치 아닌가.

그래서 그 광경을 본 청리목극의 낯빛이 새파랗게 질렀다.

장팔봉이 만약 찰리가화를 짓밟아 버리기라도 한다면 그 화가 장팔봉 본인에게는 말할 것도 없고, 저와 태평촌은 물론 이 일대 전체에 미칠 것이기 때문이다.

"너는 나한테 빰 한 대를 빚진 거다. 잊지 마."

장팔봉이 붉은 손바닥 자국이 찍힌 제 빰을 어루만지며 태연히 말했다.

그 느물거리는 말이 찰리가화의 노여움에 더욱 불을 지른다.

"하찮은 것이 감히 나를 희롱해!"

번쩍!

그녀의 고운 손이 다시 올라갔다.

짝—

第九章

확인

鳳鳴刀
봉명도

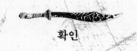

확인

"제기랄, 아주 박살을 내버리는 건데 그랬나 보다."

밤바람이 시원하게 불어가는 거리를 걸으면서 혼자 말하고 혼자 화를 낸다.

"나도 참. 그저 미녀라면 껌벅 죽어서 때릴 것도 때리지 못하고, 욕할 것도 욕하지 못한 채 끙끙 앓기만 하니 한심한 놈이지 뭐냐. 이래 가지고 어디 가서 사내대장부라고 할 수 있겠어?"

지나치는 사람이 힐끔힐끔 돌아본다.

술에 취한 건달쯤으로 여기는 것이리라.

그러거나 말거나 장팔봉은 분해서 죽을 지경이었다.

찰리가화에게 세 대나 따귀를 맞은 일 때문이다.

주먹을 번쩍 들어 올렸지만 차마 내려치지를 못했다.

한 대만 쳐도 그대로 고꾸라져 죽을 것 같아서였다.

미녀에 대한 미움과 증오가 커졌다고 해도 태생이 미녀 앞에서는 약하도록 태어난 것이니 어쩔 수가 없다.

마침 청리목극이 눈치 빠르게 달려들어 팔을 붙들기도 했었다.

"장 형, 자고로 장부는 참아야 할 때 참을 줄 아는 사람이 아니겠소? 내 체면을 봐서 제발 이곳에서만은 찰리 아가씨에게 손을 대지 말아주시오."

그의 간곡한 말에 못 이기는 척 주먹을 내리자 청리목극이 감격해했으니 그에게도 한껏 생색을 낸 셈이다. 그의 체면을 세워준 것이기도 하지 않은가.

그 정도면 족하다고 생각하기로 했다.

그까짓 따귀 석 대야 진소소에게 뒤통수를 맞은 것에 비하면 아무것도 아니다. 애교로 봐줄 수도 있다.

그렇게 생각하고 대범하게 허허, 웃으며 나왔지만 이렇게 밤길을 혼자 걷고 있자니 속이 부글부글 끓어오르는 걸 어쩔 수 없었다.

"고약한 년. 언제고 따귀 석 대의 빚을 이자까지 쳐서 톡톡히 받아내고 말 테다. 흥, 그렇게 하지 않으면 장팔봉이 아니지."

투덜대며 골목을 돌아가는 장팔봉은 등에 커다란 보따리를 짊어지고 있었다.

이곳에 왔던 처음의 목적대로 생활용품과 옷가지를 장만한 것이고, 거기에 만천객잔에서 바리바리 싸준 음식이며 술항아리가 들어 있었다.

그러니 마치 이삿짐이라도 지고 가는 것처럼 대단한 짐이 되었던 것이다.

그 짐을 지고 태평촌을 벗어나는데 저 앞 시커먼 어둠 속에 세 사람이 서 있다가 장팔봉을 보고 손짓을 했다.

"저것들을 또 뭐야?"

어슬렁거리며 다가가자 흐린 달빛 아래 세 사람의 모습이 드러났다.

만천객잔의 이층에서 잠시 대작했던 화복의 중년인, 진팔장 곽숭풍과 두 명의 동행이었다.

"웬일이슈? 날 기다린 거요?"

장팔봉이 심드렁하게 묻자 곽숭풍이 크게 머리를 끄덕였다.

"고생이 많았네."

"고생이라니?"

"그 앙칼지고 버르장머리없는 계집애에게 말일세."

"보셨소?"

"하하, 어디 눈으로 봐야만 안다던가?"

'이것들이 뭔가 꿍꿍이가 있는 것들이로군.'

장팔봉이 눈살을 찌푸렸다.

저를 이층으로 초대했을 때부터 무언가 수상쩍다는 느낌이 있었는데, 말을 듣고 보니 더욱 그렇다.

자신의 동향과 찰리가화와의 일들을 염탐했다는 것 때문에 의심이 든 것이다.

"할 말이 뭐요? 나도 알고 보면 바쁜 사람이니까 용건만 간단하게 말하고 헤어집시다."

"자네는 호기가 있고 호방한 사내일세. 게다가 이곳에서 청리목극을 혼내줄 만큼 대단한 배짱도 있고 무엇보다 고수이지."

"그래서 하고 싶은 말이 뭐요?"

"자네에게 도움이 될 만한 충고를 해주려는 것일세."

"해보시구려."

"찰리가화가 자네에게 접근한 건 목적이 있어서일세."

"목적?"

"그녀의 창응방은 지금 큰 곤경에 처해 있지. 그래서 자네 같은 고수를 보자 끌어들이고 싶어졌던 게야."

"어디에 쓰려고?"

"칼막이를 삼겠다는 거겠지. 생면부지인 자네에게 접근했을 때는 그 속셈이 뻔하지 않은가?"

"칼막이라는 말은 창응방이 머지않아 싸움을 하게 될 것이고, 그들이 곤경에 처했다는 건 싸워야 할 상대가 그들보다 우월한 세력을 가지고 있다는 것이겠군. 그러니 한 사람의 고수라도 더 끌어들일 필요가 있는 것이고. 그렇지 않소?"

곽승풍이 감탄했다는 듯 크게 머리를 끄덕인다.

"자네는 보기보다 말귀도 빨리 알아듣고 생각이 빠르니 쉽게 말이 통하겠군."

'염병, 보기보다라니? 그럼 내가 척 보았을 때는 바보 멍청이로 보였다는 거냐?'

그런 불만이 있지만 곽승풍의 말을 들어보기 위해서는 내색하지 말아야 했다.

"그래서 내가 자네에게 제안을 하려는 것일세."

"해보시구려."

"자네가 그 앙칼진 계집애를 따라 창응방으로 가지 않은 건 참으로 현명한 일이었네."

"……."

"나를 따라갈 기회가 생긴 거지. 참으로 다행스런 일 아닌가? 나는 자네에게 커다란 공명을 쌓을 기회를 줄 수 있네."

"그래서, 당신에게 감사하라는 거요?"

"미리 그럴 필요까지는 없겠지. 일단 나를 따라가서 공을 세우고 난 다음에 감사해도 늦지 않아."

"어디로 가서 뭘 하라는 거요?"

"천화상단. 내가 그곳에 자네를 넣어주겠네."

"응?"

곽승풍의 한마디에 장팔봉이 눈을 크게 떴다.

"창응방은 우리 천화상단의 수중에 떨어지게 될 걸세. 그 때 자네가 공을 세운다면 높이 쓰이게 될 거야."

"방금 천화상단이라고 했소?"

"그렇다네. 머지않아 대륙 전체의 상권을 손에 넣을 위대한 상단이지."

"대륙 전체의 상권을 말이오?"

"그것뿐인가? 장차 천산남북로의 교역까지 장악하게 될 걸세. 그렇게 되면 이 넓은 천하의 부가 우리 천화상단에 의해 좌우되겠지."

곽승풍의 얼굴에 자부심이 가득했다.

그는 아직 장팔봉이 누구인지 알지 못하는 것이다.

장구봉이라는 이름을 들었을 때 언뜻 장팔봉이라는 이름을 떠올리고 그것참 이상하다며 고개를 갸웃거렸으나, 장팔봉과 장구봉은 엄연히 다른 이름 아닌가.

흔한 이름인 것이다.

그런 만큼 비슷한 이름도 많을 것이다.

장칠봉도 있을 수 있고, 장육봉이나 오봉이면 어떨 것이며, 장십봉이 있다고 해서 이상할 게 아니다.

그러므로 곽승풍은 장팔봉과 장구봉이 다른 사람이라고 믿었다.

장팔봉은 속에서 분노가 부글부글 끓어올랐다.

진소소와 봉명도를 생각하니 더욱 그렇다.

'내가 그것을 너에게 주겠다고 약속했고, 지켰다. 그러니 이제는 그것을 다시 찾아오고 말 테다. 너같이 요악하고 신의 없는 계집애에게 사문의 보물을 맡길 수 없지.'

그렇게 생각하자 진소소가 더욱 미워졌다.

천화상단은 물론이고 그녀의 수하가 분명한 눈앞의 사내, 곽승풍에 대한 미움도 커진다.

장팔봉이 마음속의 노여움을 참은 채 태연하게 말했다.

"당신은 개꿈을 꾸고 있군."

"응? 뭐라고 했느냐?"

"천화상단이 대륙의 상권을 독차지한다고? 흥, 만약 그렇게 된다면 내 손에 장을 지지겠소. 나는 조만간 천화상단이 폭삭 망해서 없어지고, 단주인 진 뭐라는 계집애가 거지 중에 상거지가 되어서 돈 몇 푼에 아무 놈에게나 몸을 파는 처지가 될 거라고 믿소. 내가 장담을 하지."

"······!"

너무나 뜻밖이고, 너무나 지독하며, 너무나 기가 막히는 저주의 말이라 곽승풍은 물론 그와 동행하던 두 명의 사내마저 할 말을 잃고 입만 딱 벌렸다.

장팔봉이 귀찮은 파리를 쫓듯이 손을 내두른다.

"천화상단하고 나하고는 아무 인연도 없으니 그만 꺼지시

오. 흥, 대륙의 상권이라고? 개가 풀 뜯어먹고 자빠졌는 소리
지."

"죽일 놈!"

곽승풍과 두 명의 사내가 동시에 몸을 날렸다.

"죽엇!"

꽈르릉—

가장 가까이에 있던 곽승풍의 장력이 먼저 부딪쳐 왔다.

철기공(鐵氣功) 계열의 장법을 대성한 듯, 장력을 뻗자 쇠
공이 구르는 것 같은 소리가 난다.

장팔봉은 이 세 놈을 손봐주기로 작정하고 있었다. 그들이
천화상단을 운운했을 때부터 그렇다.

이왕 손봐줄 바에야 아주 호되게 때리겠다고 마음먹었다.

'어디, 나의 염왕진무가 얼마나 위력적인지 볼까?'

그런 생각으로 대뜸 독안효 공자청으로부터 배운 절기를
풀어냈다.

그의 몸이 비틀, 하는가 싶더니 좌로 기울어져 돌면서 한
팔을 비스듬하게 뻗었다.

우수를 옆구리에 붙여 몸을 보호하고 좌수의 다섯 손가락
을 갈고리처럼 만들어 좌우로 가볍게 젓는다.

공자청의 염왕진무 중 최상승의 금나수법인 나한금쇄(羅漢
擒碎)라는 초식이었다.

공수를 겸비한 장팔봉의 그 한 수에 장법의 고수로 꼽히는

곽승풍의 손목이 덜컥 걸리고 말았다.

아차, 하고 놀랐을 때는 빼지도 박지도 못하게 된 것이다.

어디로 몸을 빼도 나한금쇄의 수법 안에서 벗어날 수 없었고, 어떤 초식으로 바꾸어도 뿌리칠 수 없는 지경에 빠졌다.

눈 깜짝할 새의 일이었고 단번에 그렇게 된 일이니 경악스럽다 못해 얼이 빠질 지경이다.

뚜두둑—

진팔장(震八掌)이라는 외호가 말해주듯이, 강호에서 장법의 고수로 꼽히는 곽승풍의 손목과 팔꿈치가 그 즉시 부러졌다.

끔찍한 소리가 검은 허공에 울리고, '으악!' 하는 처절한 비명 소리가 터져 나온다.

장팔봉은 기울어진 제 몸의 불안함을 곽승풍의 몸을 잡아 끌고 돌리는 것으로 균형을 맞추면서 가볍게 손을 비튼 것에 불과했다.

그 한 수에 곽승풍의 오른손이 그 즉시 못쓰게 되어버린 것이다.

그리고 두 명의 사내가 들이닥쳤다.

그들은 눈앞에서 곽승풍이 단 일 초에 제압당하는 걸 보았지만 달려온 기세를 멈출 수 없었다.

그리고 장팔봉이 곽승풍을 휘둘러 처박은 기세를 그대로 간직한 채 마주쳐 나갔다.

이번에는 대력응천(大力應天)이라는 수법이었다.

힘으로 힘을 제압하는 정공법인데, 자신의 내공이 상대방보다 높지 않으면 오히려 당할 위험이 있는 초식이다.

하지만 장팔봉의 진원지기는 가히 천하제일이라 할 만했다. 그러니 두 사내가 제아무리 고수라고 해도 그것을 당할수가 없다.

쾅! 쾅!

좌우 두 손으로 쳐버린 곳에서 바윗돌이 박살나는 것 같은소리가 터져 나왔다.

"크헉!"

"끄으으—"

혼신의 힘을 다해 장팔봉의 주먹을 막아냈던 자들이 고통스러운 비명을 터뜨렸다.

본능적으로 두 팔을 엇갈려 십문단쇄(十門斷鎖)라는 단단한 방어식을 펼쳤던 자는 장팔봉의 왼 주먹 일격에 두 팔이모두 부러지는 중상을 입었다.

동시에 호조축사(虎爪逐獅)의 수비식으로 한 팔을 강력하게 휘둘러 장팔봉의 오른 주먹을 쳐내려던 자는 그것과 부딪친 즉시 팔목뼈가 부러져 살 밖으로 튀어나오는 중상을 입고비명을 터뜨렸다.

단 한 번의 부딪침이었다.

세 명의 일류고수가 장팔봉의 그 한 번의 공세를 견디지 못하고 무력해져 버린 것이다.

그건 그가 만천객잔에서 청리목극과 그의 수하들을 상대하던 것과는 비교할 수 없을 만큼 차이가 나는 위력이었다.

천화상단에서 곽승풍과 두 명의 사내에게 천산북로의 형편을 조사하고, 이곳에서 창웅방을 감시하도록 파견한 건 그만큼 그들의 무공과 눈썰미와 교섭 능력을 높이 사주었기 때문이다.

그들 세 사람이 힘을 합친다면 청해남산 일대에 아무리 뛰어난 고수가 있다고 해도 자신들을 지킬 수 있을 것이라고 믿었기에 이 먼 곳까지 보내지 않았겠는가.

하지만 그런 자들이, 세 명이 합심해서 일제히 들이쳤지만 회복하기 힘든 중상을 입고 말았다.

그것도 거의 동시의 일이었고, 장팔봉의 단 일격에 그렇게 된 일이었으니 당한 세 사람은 제 몸의 고통보다도 그 사실에 더욱 경악해서 식은땀만 줄줄 흘렸다.

장팔봉 본인도 놀라기는 마찬가지였다.

'외눈박이 사부의 무공 절기가 대단하다는 건 알았지만 이 정도일 줄이야.'

독안효 공자청의 염왕진무가 가지고 있는 위력에 제 스스로도 놀라서 세 사람을 멍하니 바라본다.

그들은 사색이 된 채 주저앉아 넋을 잃고 장팔봉을 올려다보고 있었다.

도대체 믿을 수 없다는 얼굴이고, 꿈을 꾸고 있는 게 틀림 없다고 여기는 얼굴이었다.

식은땀을 줄줄 흘려대면서 이를 악물고 고통을 참는 모습이 불쌍하기도 하다.

장팔봉은 제가 아무 내공도 없이 그저 초식만 펼쳤을 때와 지금과는 그 무서움의 차이가 가히 하늘과 땅만큼이나 크다는 것을 실감했다.

자신감이 하늘을 찌를 듯이 솟구친다.

그가 곽승풍을 거만하게 내려다보며 호기롭게 말했다.

"목숨은 살려주겠다. 가서 전해. 이 장구봉님이 이곳에 계신 한 어떤 놈도 여기에서 분탕질을 칠 수 없다고 말이다. 특히 천화상단인지 뭔지 하는 곳은 더 그래. 만약 이곳에 천화상단의 깃발을 단 마차가 한 대라도 들어온다면 그 즉시 피눈물을 뿌리며 후회하게 될 거다. 꺼져 버려."

죽은 목숨이라고 여겼던 세 사람이 장팔봉을 힐끔거리며 비틀비틀 어둠 속으로 멀어져 갔다.

그것을 묵묵히 지켜보고 있던 장팔봉의 얼굴이 점점 엄숙해져 갔다.

"이제 내가 나서야 할 때가 되었구나."

*   *   *

창웅방주 찰리가륵의 눈이 커졌다.

불신의 기색이 역력하다.

그 앞에 공손히 서 있는 찰리가문 역시 그랬다.

그들보다 가장 불신하고, 그래서 불만 서린 얼굴을 하고 있는 사람은 찰리가화다.

그녀의 입이 삐죽 나왔다.

"거짓말."

"예?"

대전에 꿇어 엎드려 있던 자가 고개를 들어 찰리가화를 바라보았다.

창웅방의 눈과 귀 역할을 하는 호접전(胡蝶殿)의 호접사신(胡蝶使臣)인데, 삼교(三敎)로 불리는 세 명의 수뇌 중 한 명인 일교(一敎) 목랍길(木臘吉)이라는 자였다.

찰리가문과 나란히 서 있던 깡마른 노인이 목랍길을 바라보았다.

뜬 건지 감은 건지 알 수 없는 새우눈에서 맑은 정광이 뻗어 나오고 있다.

호접전의 전주인 영불교화(英佛敎化)다.

창웅방의 대내외 연락과 은밀한 일을 관장하는 첩보 조직의 총수인 것이다.

그가 낮으나 카랑카랑한 음성으로 힐문했다.

"아가씨께서는 네 말을 믿지 못하신다. 네 보고가 틀림없는 사실이냐?"

"제가 어찌 방주님에게 헛된 보고를 올리겠습니까?"

목랍길이 분하다는 듯 말하자 영불교화가 머리를 끄덕이고 찰리가륵을 바라보았다.

"방주, 일교 목랍길은 신중하기가 으뜸인 자입니다. 목이 달아날 걸 알면서 거짓을 보고했을 리가 없습니다."

"어허—"

찰리가륵이 등받이에 몸을 기대며 탄식했고, 찰리가화는 눈매가 더욱 샐쭉해졌다.

그녀가 잰걸음으로 목랍길에게 다가가 허리에 손을 얹고 섰다.

냉랭하기 짝이 없는 얼굴로 목랍길을 내려다보면서 코웃음을 친다.

"흥, 내가 그놈을 겪어보았는데 무슨 소리야? 그놈이 어떻게 그럴 수 있지? 좋아. 그놈이 만천객잔의 청리목극을 때려눕힌 거야 내 눈으로 보았으니까 믿지 않을 수 없지. 하지만 그 이상은 절대로 아니야."

"아가씨."

목랍길이 여전히 부복한 채 얼굴만 들어 찰리가화를 바라보았다.

억울하다는 듯 말한다.

"수하들이 보았고 제가 본 사실입니다. 만약 제가 잘못 본 것이라면 이 두 눈은 있으나 마나 한 것이니 아가씨 앞에서 뽑아버리겠습니다."

"……!"

토족의 사내들은, 특히 창응방의 무사가 된 자들은 허언(虛言)을 하지 않는다.

제가 한 말에 대해서는 반드시 책임을 진다.

그러므로 목랍길의 그 말에 찰리가화는 더 부정할 수가 없었다.

묵묵히 생각에 잠겨 있던 방주 찰리가륵이 근엄하게 말했다.

"그자의 이름이 장구봉이라고?"

목랍길이 즉시 머리를 조아린다.

"그렇습니다. 만천객잔을 나온 뒤부터 계속 미행했기에 그자의 행적에 대해서는 제 손바닥처럼 들여다볼 수 있었습니다."

"그자가 팽나무 언덕 아래에서 진팔장 곽승풍은 물론 그와 동행한 두 명의 고수를 무찔렀단 말이냐?"

"그렇습니다. 그것도 단번에 그렇게 하는 걸 저의 이 두 눈으로 똑똑히 보았습니다."

"허―"

어찌 그럴 수가 있느냐는 듯 찰리가륵이 다시 탄성을 내뱉었다.

그가 입을 열 때까지 대전 안에는 한참 동안 무거운 침묵이 흘렀다.

"천화상단에서 진팔장 곽승풍을 보내 말을 전해왔을 때 나는 가슴이 떨렸느니라."

"흥."

찰리가화의 낮은 코웃음소리가 들렸다. 천화상단에 대한 불만이 가득한 그런 것이었다.

"진팔장 곽승풍이 비록 상대하기 까다로운 고수이기는 하나 그자 때문에 고민한 건 아니었다. 천화상단이라는 배경 때문에 고민했던 것이지. 하지만……."

"……."

"근자에 들어 천화상단이 아무리 득세하고 있다 한들 청해에서 어찌 우리 창웅방을 얕볼 수 있을 것이냐? 그러므로 내가 근심한 건 천화상단 때문만도 아니었다."

"……."

"너희들도 모두 소식을 들어 잘 알 것이다. 천화상단의 배후가 어떤 곳인지 말이다."

"패천마련……."

그 말을 내뱉고 만 영준한 청년, 찰리가문의 얼굴이 일그러졌다. 한숨을 쉰다.

찰리가륵이 아들의 말에 동의하며 천천히 고개를 끄덕였다.

"그렇다. 바로 그들 때문이다. 패천마련의 힘이 지금은 천하를 억누르고 있지 않으냐? 그들을 등에 업은 천화상단이 길을 빌리겠다는 건 단지 구실에 지나지 않다. 너희들도 모두 그걸 알고 있겠지?"

"흥, 천화상단이고 패천마련이고 두려울 게 뭐가 있어요? 여기는 중원도 아니고 신강으로 통하는 청해인데 말이에요. 그들이 설마 우리와 풍사단을 무시할 수 있겠어요?"

"풍사단……."

찰리가화가 무심코 한 말에 모두의 얼굴이 굳어졌다.

풍사단(風砂團).

창응방이 청해를 장악하고 있는 전사 집단인 것처럼 풍사단은 신강(新疆)과 탑극랍마간(塔克拉瑪干:타클라마칸) 사막을 장악하고 있는 막강한 전사 집단이었다.

청해는 그 신강과 중원을 잇는 통로에 있다.

자연히 창응방은 제 영역을 오가는 대상들을 통해서 세련된 중원의 문물과 거친 새외 변방의 문물을 두루 받아들이고 있었다.

길들여진 늑대와 같다.

그러나 신강의 풍사단은 그렇지 않았다.

순수한 야성의 늑대 집단과 같은 것이다.

창응방은 그들과 정기적으로 회합을 가지면서 유대 관계를 돈독히 하고 있었다.

어려운 일에 처하면 서로가 도와주기로 약조를 맺은 바 있지만 풍사단을 자신들의 일에 끌어들이고 싶은 마음은 없었다.

이쪽이 약하다는 인식을 주게 된다면 그들이 언제 돌변하여 물어뜯을지 안심할 수 없기 때문이다.

그런데 찰리가화는 그들의 도움을 받아서라도 패천마련과 천화상단을 물리쳐야 한다는 생각을 가지고 있으니 걱정스러워진다.

다시 한동안 침묵하던 찰리가륵이 천천히 말했다.

"호랑이가 병들면 늑대가 넘보게 되지. 사람을 불러들이는 일은 쉽지만 내보내는 일은 어렵게 마련이다. 잘못하면 제 땅도 빼앗기고 제 몸도 빼앗기는 일이 생기고 만다."

"쳇, 우리와 아무 상관도 없는 중원의 들개 떼에게 먹히는 건 괜찮은가요?"

"……."

찰리가화의 말에도 일리가 있었으므로 무턱대고 그녀를 꾸짖을 수만도 없다.

"그를 한번 만나보고 싶다."

"흥, 그까짓 상거지 같은 놈을 만나서 뭐 해요?"

그녀가 즉시 반발했지만 찰리가륵은 사랑하는 딸의 말은 무시한 채 목랍길에게 말했다.

"그를 데려와라. 예의를 갖추어야 할 것이다."

"존명!"

목랍길이 우렁차게 외치고 일어나 씩씩하게 대전을 나가고 나자 찰리가륵이 호접전주 영불교화를 바라보았다.

"그가 정말 그와 같은 고수이고, 또 우리를 도와줄 수 있다면 무언가 길이 생길 것도 같지 않소?"

영불교화가 마주 웃으며 크게 머리를 끄덕였다.

"그렇습니다. 더구나 그는 중원에서 온 자라니 가장 적합한 인물이 될 수도 있겠지요."

잠시 생각하더니 덧붙인다.

"하지만 방금 방주께서 하신 말씀을 기억해야 할 것입니다."

"사람을 불러들이기는 쉬워도 내보내기는 어렵다는 것 말인가?"

"그가 만약 우리 일을 대신해 줄 만한 고수가 분명하다면 자칫 후환이 될 수도 있지 않겠습니까?"

"그를 제어할 수 있는 방법을 만들어두어야겠지."

찰리가륵이 의미심장한 눈길로 찰리가화를 넌지시 바라본다.

그 의미를 짐작한 영불교화가 더 이상 말하지 않고 빙긋 웃었다.

"쳇, 쳇, 홍!"

찰리가화가 연신 콧방귀를 뀌지만 이제 아무도 그것에 신경 쓰는 사람은 없었다.

*   *   *

사흘이 지났다.

태평촌에 나갔다가 돌아온 뒤부터 장팔봉의 기색이 예전과 같지 않았다.

때로는 무엇에 쫓기듯 허둥대기도 하고, 때로는 정신이 나간 사람처럼 멍하니 물가에 나와 앉아 있기도 했다.

장팔봉이 말하지 않았으므로 백무향은 그가 태평촌에서 무슨 일을 겪었는지 알 수 없었다.

하지만 그의 심중에 변화가 일어나고 있다는 건 충분할 만큼 느낀다.

그날도 장팔봉은 물가에 나와 앉아 있었다.

대나무를 잘라 대충 만든 조악한 낚싯대를 드리우고 있는데, 낚시에는 관심이 없는 것 같았다.

고기야 물든지 말든지, 팔베개를 베고 벌렁 누워서 푸른 하늘과 몇 조각의 구름만 바라본다.

그것은 천천히 흘러갔고 변했는데, 때로는 두 덩어리가 하나로 합쳐지기도 했고, 때로는 세 덩어리로 갈라지기도 했다.

그것을 멍하니 바라보던 장팔봉이 불쑥 투덜거렸다.

"제기랄, 사람만 그런 줄 알았더니 저 구름도 합쳐지고 갈라지는 게 무상하구만. 하긴, 세상 이치라는 게 다 그런 거지. 영원한 게 어디 있으랴. 죄다 변덕스럽기만 하지. 날씨도 그렇고, 계절이 바뀌는 것도 그렇고⋯⋯."

절로 한숨이 나온다.

그는 아직도 진소소에 대한 애틋한 마음을 다 버리지 못하고 있었던 것이다.

그녀를 생각하면 언제나 미움과 그리움이, 증오와 애정이 함께 떠올랐다.

그러니 변한 게 없는데, 다만 날이 갈수록 그리움과 애정의 크기는 작아지고 상대적으로 미움과 증오가 커진다는 게 변화라면 변화일 것이다.

그렇게 제 상념의 흐름에 몸을 내맡기고 있던 장팔봉이 벌떡 일어났다.

자박거리며 다가오는 백무향의 발소리를 들은 것이다.

"역시 여기에 있었구나."

밝은 햇빛 아래에서 백무향의 안색은 더욱 초췌해 보였다. 심한 병을 앓고 있는 사람 같다.

그래서 장팔봉은 안쓰러움을 견디지 못하고 슬그머니 외면했다.

투덜거린다.

"햇볕이 따가운데 뭐 하러 나왔어요? 그냥 안에서 쉬고 계시지."

"날이 이렇게 좋으니 바깥바람을 쐬고 싶어지지 않겠니?"

"……."

두 사람 사이에 적막이 흘렀다.

이제는 익숙해질 때도 되었으련만, 장팔봉에게는 좀체 익숙해지지 않는 적막이었다.

그녀가 아무 말도 하지 않고 있으면 괜히 마음이 불안하고 무거워진다.

그녀에 대한 씻을 수 없는 죄책감 때문인데, 백무향은 굳이 그것에 대해서 말하려 하지 않았다.

언제든 장팔봉 스스로가 극복해야 할 일임을 알기 때문이다.

"고기 물었다. 저것 봐, 막 움직이네."

백무향이 호들갑스럽게 말한다.

바라보니 과연 물에 닿아 있는 낚싯대가 움찔거리고 있었다. 낚싯줄을 끌고 이리저리 달리는 고기의 움직임이 보인다.

"쳇, 멍청한 고기도 다 있군. 이 넓은 호수에 그래, 먹을 게 없어서 하필 내 낚싯밥을 탐낸단 말이냐?"

"낚싯대 빠지겠다. 어서 낚아 올리지 않고 뭐 해?"

조악한 대나무 낚싯대가 끌려갈 것처럼 요동을 친다. 어지간히 큰 놈인 모양이다.

장팔봉이 서두를 것 하나도 없다는 듯 어슬렁어슬렁 다가가 낚싯대를 쥐었다.

"이미 단단히 물린 고기인데 제까짓 게 몸부림쳐 봐야 어디로 달아나겠어요?"

"불쌍하기도 하지 뭐냐. 미끼에 홀려서 낚싯바늘이 감추어져 있는 줄도 모르고 덥석 물었다가는 저렇게 오도 가도 못하는 신세가 되고 결국에는 토막이 나서 한 끼 반찬거리가 될 테니 말이다."

"사람이나 물고기나 멍청한 것들은 그래도 싸요."

장팔봉이 퉁명스럽게 말하며 낚싯대를 들어 올렸다. 휘청하고 만월처럼 휘어진다.

손 안에서 부르르 떨리는 그것의 진동이 요란하다.

어지간히 큰 놈이 걸린 모양이었다.

"이까짓 조악하게 만든 낚싯바늘에도 꿰이는 놈이라면 보나마나 물고기들 중에서도 가장 멍청하고 욕심 많은 놈일 겁니다."

장팔봉이 기어이 두어 자는 족히 되어 보이는 커다란 잉어 한 마리를 낚아 올렸다.

"그런 것들의 말로는 결국 이렇게 되는 겁지요. 안 그렇습니까?"

퍼덕이는 그놈의 아가미를 쥐고 번쩍 들어 올리며 그렇게 말한다.

그놈이 퍼덕일 때마다 보석처럼 반짝이는 물방울이 사방으로 튀었다.

백무향이 그것을 피해 낯을 찡그리면서 웃었다.

"호호, 정말 큼직한 놈이구나. 너는 그놈이 누굴 닮았다고 생각하지 않느냐?"

"어디 한 사람뿐이겠습니까?"

"말해보아라."

"거령신마 무극전이 이렇게 멍청한 물고기지요."

"그리고 또?"

"천화상단의 진소소가 그렇고, 백 사고도 그래요."

"아니, 내가 왜?"

"쳇. 꼭 그럴 내 입으로 말해야 속이 시원하시겠어요?"

"……."

백무향이 고개를 숙였다. 얼굴에 수심의 그늘이 드리워진다.

장팔봉은 짐짓 모르는 척했다.

퍼덕이던 놈도 지쳐서 축 늘어졌고, 장팔봉과 백무향 사이의 침묵이 오래갔다.

적요한 호숫가에서 두 사람은 화가 난 것처럼 앉아 있기만 했다.

나란히 앉았으면서도 서로 다른 곳을 바라본다.

第十章
따귀를 맞아라

鳳鳴刀
봉명도

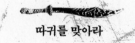

따귀를 맞아라

"운명이라는 건……."

백무향이 쓸쓸한 얼굴로 어눌하게 말을 했다.

"우리를 어디로 끌고 가려는 것일까? 사람은 왜 그것을 알 수 없는 것일까?"

"무슨 말씀입니까?"

"지나온 날들을 돌이켜 보면 그렇지 않으냐?"

"……."

"각자의 길이 이렇게나 다르다는 것도 신기하려니와, 앞으로의 길이 또 어떻게 갈릴지 한 치 앞도 내다볼 수 없는 것도 신기하다."

"제기랄, 사람이 제 운명을 알고 산다면 그게 무슨 사는 재미가 있겠습니까?"

"그렇겠지?"

고개를 끄덕이는 백무향의 얼굴이 어둡다.

그들은 저녁 식사를 마치고 나서 밖의 돌탁자에 앉아 차를 마시고 있는 중이었다.

장팔봉이 태평촌에서 구입해 온 깨끗한 새 옷으로 갈아입으니 백무향의 우아한 아름다움이 더욱 빛나는 것 같았다.

병색이 깃든 파리한 얼굴이라 그게 더 요염해 보이기도 한다.

기울어가는 저녁노을을 받아 붉게 반짝이는 것 같은 그녀의 얼굴을 힐끔거리는 장팔봉은 못으로 찌르는 것처럼 가슴이 아팠다.

'언제나 위풍당당하고 천하를 굽어보는 자신감과 오만함으로 넘쳐 나던 백 사고가 이렇게 무기력하고 병약한 모습이 되었으니 정말 안타깝구나.'

반로환동하기를 꿈꾸었고, 그래서 영원한 소녀로 살기를 소원했던 그녀가 이제는 매일매일 늙어가고 있다는 걸 생각하면 안타깝기만 하다.

'내 마음도 이렇게 괴로운데 백 사고의 마음은 어떻겠는가. 하지만 사고는 그것에 대해서는 한마디도 하지 않는구나. 나를 탓하지도 않는다.'

백무향은 늙어가고 있었다.

다행히 아직 삼 할 정도의 내공을 지니고 있어서 중년 미부의 그 용모를 잃어버리지는 않았지만 다른 사람보다 노화의 속도가 훨씬 빠르게 진행되고 있었던 것이다.

그것만은 내공으로도 어떻게 할 수 없는 부분이었다.

진원지기가 충실해야 내공이 쌓이고 활발해지게 된다. 반석 위에 세운 집과 같아지는 것이다.

하지만 진원지기가 부실하면 일정 수준 이상의 내공을 쌓을 수가 없다. 모래 위에 삼층, 사층의 집을 지을 수 없는 것 아니던가.

지금 백무향의 상태가 바로 그와 같았다.

한번 진원지기를 잃고 나자 좀체 회복할 수 없는 건 역시 그녀의 나이 때문이리라.

용모는 중년 미부의 그것일지언정 나이만큼은 어쩔 수 없었던 것이다.

그래서 이곳에 와 있던 지난 일 년 동안 그녀는 마치 사오 년을 산 것처럼 변했다.

이렇게 진행된다면 몇 년 안에 원래의 제 나이에 맞는 꼬부랑 파파로 돌아가 버리고 말 것이다.

그런 생각으로 장팔봉이 침울해하는데 귓전에 백무향의 담담한 말이 스쳐 갔다.

"너와 나의 길도 언젠가는 갈라질 텐데 그게 어떤 방향으로 어떻게 변할지 알 수 없구나."

장팔봉이 번쩍 고개를 들고 그녀를 바라보았다.

"사고!"

버럭 소리친다.

"운명 따위를 믿는단 말씀입니까? 소질은 믿지 않습니다!"

"그럼?"

"내가 가는 길이 내 운명인 겁니다. 다른 어떤 놈도 내 길을 만들어놓을 수 없어요!"

백무향이 피식 웃는다.

"너는 아직 젊구나. 부럽다."

"사고도 아직 정정하십니다. 나이야 어떻든 아직 중년의 미모를 간직하고 있잖아요. 그러니 노인네처럼 말하지 마세요."

"휴―"

장팔봉의 부릅뜬 눈을 외면하면서 한숨을 쉬는 백무향의 처연함이 장팔봉의 가슴을 다시 찌른다.

장팔봉이 탁자를 두드리며 호기롭게 말했다.

"자신감을 가지세요. 비록 사고의 무공이 예전 같지 않다지만 여전히 사고는 절대자 중 한 사람입니다. 이 장팔봉이 곁에 항상 붙어 있을 테니 더욱 그렇지요. 어느 놈도 사고를 구박하지 못할 겁니다. 그러니 예전처럼 당당하고 오만하게 사세요. 그게 사고다운 모습입니다."

"내가 걱정하는 건 바로 그것이다."

"예?"

"나에게 얽매어서 네가 해야 할 일을 제대로 하지 못할까 봐 걱정이란 말이다."

"그건……."

"잘 생각해 봐라, 네가 해야 할 일이 무엇인지."

"먼저 진소소 그 요악한 년을 박살 내고 봉명도를 찾아와 야지요."

"틀렸다. 그건 네 개인적인 일이 아니냐? 그것보다 중요한 일이 있다."

"……."

"사문의 한을 외면할 생각은 아니겠지?"

"어찌 제가 그럴 수 있겠습니까?"

"그렇다면 먼저 사문을 망하게 한 그 패역무도한 도적을 쳐서 원수를 갚고 사문을 바로 세워야 할 것 아니겠느냐?"

"그렇습니다!"

장팔봉이 제 가슴을 두드리며 호기롭게 외쳤다.

"저는 반드시 제 손으로 패천마련을 깡그리 쳐부수고 거령 신마 무극전의 목을 따버리고 말 것입니다!"

"장하다. 그래야지. 그리고 또 하나 네가 해야 할 일이 있 을 것이다."

"그렇습니다."

"무엇이냐?"

장팔봉은 한 사람의 이름을 떠올렸다.

지옥으로 불리는 패천마련의 지하 뇌옥 안에 지금도 갇혀 있을 다섯 노괴물 사부의 한과 염원이 깃든 이름 아니던가.

능파경(陵巴炅).

다섯 노괴물 사부는 하나같이 말했다.

그놈이 자신들을 이 지경으로 만들었다고. 반드시 그놈을 잡아 자신들의 복수를 해달라고.

그 이름을 떠올린 장팔봉이 버럭 소리쳤다.

"능파경이라는 놈을 잡아서 다섯 노사부님 앞에 끌고 가는 겁니다. 그분들의 오십 년 한을 풀어드려야 하는 일이 제 손에 달려 있습니다."

"그렇다."

백무향이 엄숙한 얼굴을 했다.

"그 두 가지 일을 해결한 다음에 너의 개인적인 일들을 처리하는 게 옳다."

장팔봉이 벌떡 일어나더니 백무향 앞에 엎드려 절을 했다.

백무향이 깜짝 놀라 손을 내민다.

"너는 미친 게냐? 갑자기 이게 무슨 짓이야?"

"사고. 사고는 저에게 스승과 같은 분이십니다. 저를 전혀 새로운 자로 거듭나게 해주셨고, 또 이와 같이 저에게 바른 길을 가르쳐 주시니 그렇습니다. 옛날의 사고는 무섭고 꺼림칙한 존재이기만 했는데 이제는 존경과 흠모의 대상이지 않을 수 없습니다."

"너는, 너는…… 내가 부끄러워 죽기를 바라는 것이냐?"

백무향이 두 손으로 얼굴을 가리고 돌아앉는다.

그날, 날이 완전히 어두워져 하늘의 별들이 보석처럼 반짝일 때 열 명이나 되는 외인들이 커다란 배를 타고 해심산으로 찾아왔다.

그들은 울창한 원시림을 가로질러 곧장 장팔봉과 백무향이 거처하는 나무집으로 향했는데, 그들이 거기 있다는 걸 잘 아는 게 틀림없었다.

그리고 장팔봉도 그들이 다가온다는 걸 알았다.

선천진기라고 할 수 있는 장팔봉의 진원지기는 인간의 한계를 뛰어넘었다고 할 만큼 극대해져 있었다.

그러자 그의 본능적인 감각 또한 더욱 예민해졌다. 잠든 중에도 일 리 밖의 수상한 기척을 감지할 수 있을 정도였던 것이다.

침상에 누웠으나 좀체 잠이 들지 않아 이리 뒤척 저리 뒤척하던 백무향이 몸을 일으켜 앉았다.

장팔봉의 발소리를 들은 것이다.

그가 밖으로 나가는 모양이었다.

궁금했으나 백무향은 상관하지 않기로 했다. 이 밤에 잠이 오지 않으니 산책이라도 하려는 것이라고 여긴다.

장팔봉은 등 뒤에 나무집을 두고 우뚝 섰다.

원시림과 나무집 사이에 펼쳐져 있는 넓은 풀밭의 한복판이다.

희미한 달빛이 주위를 은은히 비춰주는데 온몸으로 그것을 받으며 서 있는 장팔봉의 모습은 장엄해 보이기까지 했다.

하늘의 신장(神將)이 내려와 버티고 서 있는 것 같다.

채 일각이 되지 못해서 과연 십여 명의 장한이 숲에서 빠져나왔다.

"엇?"

저 앞에 버티고 서 있는 장팔봉을 발견한 자가 놀란 소리를 냈다.

창웅방의 목랍길이었다.

그가 저에게 속해 있는 열 명의 수하를 모두 이끌고 찾아온 것이다.

그의 목적은 방주의 명을 받고 장팔봉을 모셔가기 위한 것이지만 장팔봉에게 목랍길은 낯선 침입자일 뿐이다.

"거기 서!"

목랍길이 빠른 걸음으로 다가오자 장팔봉이 일갈했다.

주춤 멈추어 선 목랍길이 허리가 반으로 접힐 만큼 굴신의
예를 올린다.

"응?"

장팔봉은 의아할 수밖에 없었다.

한바탕 신나게 몸을 풀어보겠다고 생각했는데 그게 아닌
것 같으니 그렇다.

목랍길이 정중하게 말했다.

"삼가 방주님의 명을 받고 모셔가기 위해 왔습니다. 이렇
게 불쑥 찾아와 한거를 깨뜨린 죄를 물으신다면 달게 받겠습
니다."

"무슨 소리냐? 그냥 쉽게 말해라."

장팔봉은 여전히 어리둥절했다.

생전 처음 보는 자가 제 앞에서 저렇게 굽실거리는 것도 어
색하고, 하는 말이 지나치게 예의 바르고 정중한 것에도 닭살
이 돋는다.

"야심한 시각에 이렇게 찾아온 건 혹시라도 다른 사람들의
눈에 띄면 장 대협에게 누가 되지 않을까 걱정해서였습니다.
놀라셨다면 저를 벌해주시기 바랍니다."

"그건 좀 미루고, 네 정체가 뭐냐?"

"창응방 호접전의 호접사신 중 일교인 목랍길이라고 합니
다."

"호접전? 그게 뭐야? 나비 잡으러 다니는 곳이냐?"

엉뚱한 소리에 목랍길이 빙긋 웃는다.

그리고 더욱 공손하게 말했다.

"방주님의 눈과 귀가 되어 움직이는 곳이지요."

"오라, 그러니까 방주라는 양반 대신 세상일을 정탐해서 이것저것 시시콜콜하게 그 양반에게 알려주는 곳이란 말이지? 너는 그곳에서도 꽤 높은 자리에 있는 놈이고."

장팔봉이 함부로 말하지만 목랍길은 언짢아하지 않았다.

'이놈 봐라?'

그의 그런 태도에 장팔봉이 의외라는 듯한 얼굴로 목랍길을 자세히 뜯어보았다.

평범하게 생긴 용모였다. 한족인지 토족인지 도대체 분간할 수가 없다.

이름으로 보아서는 토족이 분명한데, 생김새는 한족과 별 차이가 없으니 헷갈릴 만하다. 그러니 중원을 오가며 염탐질을 해도 의심을 받지 않을 것이다.

게다가 제 감정을 저렇게 잘 다스릴 줄 아는 놈이니 항상 경계해야 할 자다.

장팔봉은 저런 자들이야말로 음흉하기 짝이 없어서 좀체 제 속을 드러내지 않는다는 걸 잘 알고 있었다.

사람들 앞에서는 늘 벙긋벙긋 웃지만 보이지 않는 그 속에는 늑대의 번쩍이는 눈을 감추고 있는 자인 것이다.

그러니 저런 자를 첩자로 쓴다면 언제나 기대 이상의 성과를 보게 될 것이다.

한눈에 목랍길이라는 자에 대해서 파악한 장팔봉이 짐짓 모르는 척하고 물었다.

"그런데 방주님이 나를 왜 불러?"

"장 대협께서 행한 일을 들으시고 감명을 받으셨습니다. 그래서 어떤 분이신지 직접 보시겠다는 겁지요."

"내가 무슨 일을 했기에? 나는 그저 한 아가씨에게 따귀 석 대를 그냥 맞아준 일밖에 없다. 참, 그 아가씨가 창웅방의 높은 사람이라더구나. 그것 때문이냐? 잘 맞아주어서 고맙다고?"

따귀 석 대를 고스란히 맞았지만 찰리가화를 희롱했다면 희롱한 셈이니 충분히 트집을 잡을 만하지 않은가.

목랍길이 다시 빙그레 웃었다.

"어찌 그 일을 가지고 방주님께서 대협에게 관심을 보이시겠습니까? 어젯밤에 팽나무 언덕 아래에서 세 명의 무뢰한을 혼내준 일 때문이지요."

"응? 그걸 알아?"

장팔봉이 눈을 휘둥그레 떴다.

진팔장 곽승풍이라는 자와 그 일행 두 명을 호되게 때려서 쫓아낸 일은 아무도 모르리라고 여겼는데 창웅방에서 벌써 알고 있다니 놀랍다.

'이것들의 눈과 귀가 정말 미치지 않는 곳이 없는 모양이구나. 그렇다면 나와 백 사고가 이곳에 숨어 살고 있다는 것도 벌써 알고 있었던 건 아닐까?'

그런 의심이 들었다.

하긴, 그랬기에 이처럼 제집에 찾아오듯 아무 어려움 없이 찾아왔을 것이다.

장팔봉은 창웅방에 대해서 알지 못했다. 그저 그들이 이 일대 오백여 리에 이르는 방대한 영역을 차지하고 군림하는 막강한 집단이라고만 들었을 뿐이다.

그런데 이제는 그런 인식을 바꾸지 않을 수 없었다.

"시끄럽게 떠들지 마. 집 안에 주무시는 분이 계시니까."

"알고 있습니다."

과연 그것마저 다 안다는 듯 목랍길이 의미심장한 눈웃음을 친다.

'이놈이?'

장팔봉은 그의 눈웃음이 의미하는 바를 느낄 수 있었다.

─이런 곳에서 연상의 미녀와 꿈같이 달콤한 날들을 보내고 있다는 거 다 안다. 부럽구나.

이런 속마음을 읽은 것이다.

"엉뚱한 상상 하지 마라. 그분은 내가 이 세상에서 제일 존경하는 분이니까. 만약 그분에게 조금이라도 실수한다면 창웅방이고 뭐고 피바다를 만들어 버리고 말 테다."

"예?"

목랍길이 눈을 휘둥그레 뜬다.

장팔봉이 그의 코앞에 얼굴을 들이밀고 스산하게 말했다.

"내 말이 허풍인지 아닌지 시험해 보고 싶다면 지금 당장 해도 좋아."

"아니, 그건 저기……."

"흥, 방주에게 내 말을 똑똑히 전해. 나를 악신, 도살귀로 만들 것이냐 아니냐는 결국 너희가 그녀를 어떻게 대하느냐 에 달려 있다고 말이다."

목랍길이 두려운 얼굴로 주춤 물러선다.

장팔봉은 정말 그럴 생각이었다.

만약 그들이 백무향에게 조금이라도 무례하게 군다거나, 그녀를 희롱한다면 창응방을 아예 지워 버리겠다는 독한 마음을 품었다.

야반도주하듯이 떠난다.

입고 있던 옷 그대로, 모든 짐을 고스란히 놓아둔 채 장팔 봉과 백무향은 목랍길과 그의 수하들의 호위를 받으며 커다 란 배를 타고 소리없이 청해호를 건넜다.

그리고 새벽 동이 터올 무렵에 그들은 태평촌 밖에 있는 창 응방 총단으로 그림자처럼 스며들 수 있었다.

장팔봉이 제일 먼저 마주친 사람은 방주 찰리가륵의 아들이자 그의 호위대를 이끌고 있는 찰리가문이었다.

그 뒤에 흑포단 일백 명의 고수가 단주인 석뢰천천을 필두로 하여 엄숙하게 도열해 있다.

"기다리고 있었소이다."

찰리가문이 반갑게 다가와 장팔봉의 손을 잡았다.

장팔봉은 그의 서글서글하게 생긴 용모에 호감을 느꼈다.

제 또래로밖에는 보이지 않는데 풍모가 훤칠하고 기세가 당당한 것이 좋은 교육을 받고 자란 자가 틀림없다고 생각한다.

"소생은 찰리가문이라고 하오. 방주님의 호위대를 맡고 있소이다."

"그럼 찰리가화라는 아가씨와는?"

"하하, 소생의 동생이라오."

"그렇다면 역시 당신도 방주의 혈육이로군."

"그렇소이다."

"알 수 없는 일이야. 당신과 찰리가화가 이토록 다르니 말이오. 정말 한배에서 난 혈육이 맞는 거요?"

"하하, 그 아이가 장 형에게 실례를 했다는 말 들었소이다. 아직 철이 없어서 그러니 너그럽게 봐주시오. 소생이 이렇게 대신해서 사과하겠소."

찰리가문이 포권하고 정중하게 말하는 데에 더 트집을 잡을 수가 없다.

"저분께서는?"

찰리가문이 비로소 장팔봉의 뒤에 서 있는 백무향에 대하여 물었다.

그녀를 처음 보았을 때부터 찰리가문은 그 완숙한 아름다움에 깊은 관심을 갖게 되었으나 체면상 대뜸 물어볼 수가 없었던 것이다.

장팔봉이 엄숙한 얼굴로 말했다.

"내 사고님이시오. 지금 병중이시라 거동이 불편하니 편의를 봐주시기 바라오."

"여부가 있겠습니까? 아무 염려 마십시오."

찰리가문은 이미 목랍길을 통해서 장팔봉의 말을 들은 뒤였다.

아직 백무향의 정체에 대해서는 알지 못하지만 그녀가 장팔봉의 사고라니 조심하지 않을 수 없다.

"그 아이는 느낌이 좋더구나."

향기로운 차를 음미하던 백무향이 불쑥 말했다.

장팔봉이 심드렁하게 대꾸한다.

"더 두고 봐야 알지요."

"그렇지 않아. 샘낼 것 없다. 그 아이는 좋은 교육을 받고 자라온 청년이 분명해. 그렇다면 이곳의 방주라는 위인이 나

쁘지 않은 사람이라는 걸 짐작할 만하지 않으냐?"

"쳇, 사고께서 그자의 동생을 보지 못해서 하시는 말씀이요."

"찰리가화라는 아이 말이냐? 궁금하구나. 대체 어떻게 생긴 아가씨이기에 네가 이토록 관심을 갖는지 말이다."

"관심이라고요? 천만에 말씀."

무슨 벼락맞을 말이냐는 듯 황급히 손사래를 치는 장팔봉을 보면서 백무향은 웃기만 했다.

그들은 방주의 집무전에 들기 전 잠시 대기하고 있는 중이었다.

방 내에 귀빈이 찾아왔을 때 머무는 곳이었는데 화려하면서도 은은한 기품이 배어 있었다.

변방과 중원의 문물을 교묘하게 배합했으므로 색다른 멋과 운치가 있어서 방주의 안목과 취향이 어떤지 짐작할 수 있었다.

백무향은 그것도 마음에 드는 모양이었다.

"이제 어떻게 할 작정이냐?"

넌지시 묻는다.

장팔봉이 퉁명스럽게 대답했다.

"뻔하지 않겠어요? 결국 저를 이용하겠다는 속셈일 테니까짓, 못 이기는 척 이용당해 주는 거지요, 뭐."

"호호, 이 음흉한 녀석. 벌써 속셈이 다 서 있구나?"

"그 정도 생각도 없이 사는 대책없는 놈이 아니랍니다."

"어디, 네가 어떻게 무슨 활동을 할지 정말 궁금해지는 걸?"

백무향으로서는 제 눈으로 장팔봉의 활약상을 지켜볼 수 없다는 게 정말 아쉬웠다.

장팔봉 곁을 떠날 생각을 하고 있는 것이다.

제가 붙어 있어봐야 더 이상 도움을 줄 수 없으니 그렇다. 오히려 그의 짐이 될 것 아닌가.

그녀와 장팔봉이 각기 저만의 생각에 잠겨 있는데 안에서 방주가 기다리고 있다는 기별이 왔다.

찰리가륵은 육십오 세의 노인이었다.

나이는 그렇지만 노인이라고 하기에는 민망할 만큼 젊어 보였다.

오십을 갓 지난 나이로 보인다.

검은 수염이 턱을 둘렀고, 부리부리한 눈과 우뚝한 코는 확실히 한족들의 그것과 달랐다.

토족 특유의 크고 강한 골격을 가지고 있어서 첫눈에도 억세고 고집스런 사내라는 걸 알 수 있다.

젊어서 토족 제일의 용사로 꼽혔다는 말이 단번에 이해되는 용모였다.

거칠고 호방하며 걸걸한 인물.

한마디로 호걸의 모든 조건을 갖춘 보기 드문 사내였다.

그와 같은 용모만으로도 장팔봉은 찰리가륵에 대해서 호감을 갖지 않을 수 없었다.

백무향 또한 그런지, 찰리가륵을 바라보는 눈에 감탄의 기색이 어렸다. 눈길을 떼지 못한다.

장팔봉과 인사를 주고받은 찰리가륵도 백무향에게서 눈길을 떼지 못했다.

확실히 그녀의 활짝 핀 아름다움은 토족 여자들과는 달랐다. 아니, 토족의 여자들 중에서는 백무향처럼 그렇게 우아하고 도도하며 차가운 분위기를 가진 미인을 대할 수 없는 게 사실이다.

찰리가륵은 아직 장팔봉과 백무향의 진정한 정체를 알지 못했다.

처음 보는 사람들인데 둘 다 인상적일 만큼 특이하다는 느낌을 가졌을 뿐이다.

장팔봉이 심드렁한 얼굴로 말했다.

"그러니까 방주님의 말씀은 내가 창웅방을 도와 천화상단을 상대하는 데 거들어달라는 것 아닙니까?"

"그렇다네."

"그럽시다."

"응?"

장팔봉이 너무 시원하게 대답했으므로 찰리가문은 어리둥

절해지고 말았다.

"한 가지 조건이 있습니다."

"말해보게."

"찰리가화라는 아가씨가 이곳에 있지요?"

"그렇다네."

"그녀가 저에게 뺨 석 대의 빚을 졌다는 걸 방주님께서도 이미 들어 알고 있을 것입니다."

"음, 그 일은 확실히 그 아이가 무례하게 굴었더군."

"그렇게 생각하신다면 쉽게 일을 풀 수 있겠군요."

"나는 자네의 속마음을 알 수 없네."

"간단합니다. 방주님 면전에서 그 석 대의 뺨 중 한 대의 빚을 받고 싶다는 겁니다. 그렇게 해주시는 게 제 조건입니다."

"음, 그건……."

"간단한 일 아닙니까? 그 정도도 저를 위해서 허락해 주지 않는다면 제가 어찌 방주님을 믿고 창응방을 위해 일할 수 있겠습니까?"

장팔봉의 말에 찰리가륵은 난감한 얼굴을 했고, 백무향은 소리없이 웃기만 한다.

"좋네."

찰리가륵이 호쾌하게 말했다.

"그 아이의 성격이 보통 악착같은 게 아니어서 걱정이 되

나 자네에게 먼저 실례를 했으니 응당 그만한 대가를 치러야
겠지. 다만……."

"다만?"

"말했다시피 그 아이의 성격이 모진 데가 있으니 자네에게
장차 앙갚음을 하려 할 텐데 그 후환이 두렵지 않을까?"

"하하하—"

장팔봉이 크게 웃었다.

"대장부가 아녀자의 앙심이 두려워서 할 일을 하지 못한다
면 비웃음을 당할 일이지요. 제가 그런 위인이라면 방주께서
굳이 저를 부르실 필요가 있었을까요?"

"그렇지."

찰리가륵이 마주 웃었다.

장팔봉이 와 있다는 말을 들었을 때부터 찰리가화는 마음
에 꺼림칙함이 있었다.

오늘 찰리가륵을 호위하는 호위단은 홍포단이었다.

그러나 단주인 그녀는 제 임무를 핑계 대고 장팔봉을 마중
나가는 일조차 사양했다.

그런데 아버지가 굳이 그가 있는 자리로 오라고 부르시니
가긴 가되 얼굴에 불만이 가득했다.

대전 안에는 호접전주 영불교화, 그리고 오빠인 찰리가문
이 함께 있었다.

그들의 눈길이 일제히 붉은 구름덩이 같은 찰리가화에게
꽂힌다.

대전 안으로 저벅저벅 걸어 들어오면서 찰리가화는 불쾌
하고 불안했다.

'뭐야, 이 분위기는.'

왠지 저를 놀리는 듯한 분위기였던 것이다.

빙글빙글 웃으면서 바라보고 있는 오빠 찰리가문과 눈을
마주쳤을 때 느꼈다.

평소 말이 없고 표정이 없어서 음침하게까지 보이는 영불
교화마저 자신을 바라보는 눈길에 은은한 웃음기가 떠올라
있지 않은가. 그래서 찰리가화는 더욱 불안해졌다.

'저놈이 무슨 말을 했기에.'

방주이자 아버지인 찰리가륵과 마주 앉아 있는 장팔봉을
매섭게 노려본다.

하지만 장팔봉은 천연덕스런 얼굴이었다. 슬며시 그녀의
눈길을 외면하는데, 피식 웃는 것 아닌가.

찰리가화의 눈길이 마지막으로 백무향에게 향했다.

백무향의 차갑게 가라앉은 눈이 그녀를 똑바로 바라보고
있었다. 구석구석을 찬찬히 더듬어 살펴본다.

그 눈길에 찰리가화는 소름이 돋았다. 마치 제가 백무향 앞
에 발가벗고 서 있는 것 같았기 때문이다.

그녀를 샅샅이 훑어본 백무향이 보일 듯 말 듯 머리를 끄덕

이며 미소 지었다.

찰리가화가 아주 마음에 든다는 표정이다.

"방주님을 뵈옵니다."

그녀가 찰리가륵 앞에 서서 수하로서의 예를 취했다.

찰리가륵이 말없이 고개를 끄덕이는 걸로 인사를 받았고, 장팔봉이 슬그머니 일어선다.

그걸 보면서 찰리가화는 더욱 불안해졌다. 그가 자신에게로 뚜벅뚜벅 다가왔기 때문이다.

그리고 아버지의 근엄한 음성이 천둥소리처럼 들렸다.

"우리 토족의 습성 중 가장 훌륭한 것은 바로 용기지. 싸움을 두려워하지 않는 것만이 용기가 아니라 내가 한 일에 대한 책임을 지는 것도 용기다."

"……."

"무사의 근본은 신의다. 은혜를 입었으면 반드시 두 배로 갚고, 원한을 맺었어도 그와 같아야 하는 법이다. 너는 토족의 피를 받았으면서 또한 당당한 무사다."

"……."

"사람을 얻기보다 믿음을 얻기가 힘들고, 믿음을 얻기보다 그것을 지키는 게 더 힘든 것이다. 나는 오늘 여기 장 소협을 얻으려고 한다. 동시에 그의 믿음도 얻으려고 하지. 네가 나를 위해서 그 일을 해주어야겠다."

아버지의 말을 듣는 동안 찰리가화의 눈이 점점 더 커졌다.

의아하기도 하려니와, 무언가 불길한 생각이 강하게 들었던 것이다.

"내 말을 들었느냐?"

"예? 예……."

지그시 사랑하는 딸을 바라보는 찰리가륵의 눈에 연민의 빛이 스쳐 갔다.

하지만 그는 이내 안색을 더욱 엄중하게 하고 음성을 무겁게 하여 말했다.

"너는 한 사람의 연약한 여자로서 장 소협을 대하고 싶으냐, 아니면 당당한 토족의 무인으로서 대등하게 대하고 싶으냐?"

찰리가화의 자존심이 대답한다.

"물론 당당한 무인으로서 대등하게 그와 마주하고 싶습니다."

"그렇다면 너는 이 자리에서 장 소협에게 진 빚을 갚아라."

"예?"

"네가 한 사람의 연약한 여자로서 그를 대하길 원한다면 그가 차마 너에게 빚을 갚으라고 하지 못할 것이다. 그러나 한 사람의 무인으로 대등하게 대하고자 하니 그의 빚 독촉을 면할 수 없는 것이다."

"그 말씀은…… 그럼……."

"따귀를 맞아라."

"으악!"

찰리가륵의 한마디는 그녀에게 청천벽력 같은 것이었다.

찰리가화가 비명을 터뜨리고 뻣뻣이 굳어버렸다.

곱던 얼굴이 사색이 된다.

第十一章
무정한 사내

鳳鳴刀
봉명도

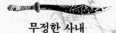

무정한 사내

짝!

경쾌한 소리가 대전 안에 울려 퍼졌다.

"흑!"

찰리가화의 몸이 휘청, 하고 기울었다.

눈물이 핑 돈다.

뺨을 맞은 아픔 때문이 아니었다.

아버지 앞에서, 그리고 오빠와 영불교화 앞에서 손도 쓰지 못하고 장팔봉에게 뺨 한 대를 맞을 수밖에 없었다는 억울함 때문이다.

그녀의 고운 뺨에 선명한 손자국이 새겨졌다.

장팔봉은 여자라고 조금도 봐주지 않았다. 제가 맞았던 것보다 적어도 세 배는 지독하게 때려 버린 것이다. 찰리가화의 입술이 터져 피가 배어 나올 정도였다.

이자를 붙인 거라고 셈한 건지도 모른다.

그녀가 잡아먹을 듯이 장팔봉을 노려보았다.

눈물 글썽이는 눈으로 그렇게 노려볼 수 있다는 것도 희한한 일이다.

입술을 잘근잘근 깨물며 수치와 분노가 걷잡을 수 없이 끓어오르던 마음을 가라앉힌 그녀가 찰리가륵에게 포권했다.

"소녀를 부르신 게 바로 이 일 때문이었다면 이제 가도 되겠지요?"

찰리가륵이 낯을 찌푸린 채 외면하고 손만 내저었다.

나이 스물여섯이 되도록 손 한 번 대보지 않은 딸이었다.

금이야 옥이야 떠받들며 키워오지 않았던가.

명사를 모셔다가 학문과 무공을 배우게 하여 오늘날에는 토족제일의 여걸이자 고수로 성장시켰다.

그런 딸이 장팔봉에게 따귀를 맞을 때 찰리가륵은 제 가슴이 찢어지는 것 같았다.

하지만 장팔봉을 나무랄 수가 없다.

'이번 일로 해서 저 아이가 제가 한 일에는 언제나 그만큼의 대가가 따른다는 걸 단단히 깨우쳤으면 더 바랄 게 없다.'

그런 마음이 되어 스스로를 위로했다.

찰리가화가 이번 일을 교훈 삼아서 앞으로는 함부로 행동하지 않게 되기를 바랄 뿐이다.

그렇게 된다면 장팔봉이야말로 그녀에게 있어서 그 어떤 선생보다 훌륭한 사부일 것이다.

찰리가화가 지나친 모욕감과 분노로 핏발 선 눈을 들어 장팔봉을 무섭게 노려보았다.

"언젠가는 오늘 받은 이 모욕에 대해서 반드시 열 배로 갚아주고 말 테다. 각오해."

살벌한 말을 던지고는 찬바람이 씽씽 돌도록 걸어나간다.

장팔봉이 그런 그녀의 등에 대고 말했다.

"아직 두 대가 더 남아 있다. 말을 듣지 않으면 언제라도 그 두 대의 빚을 받아낼 테니까 그거나 잊지 마라."

"지나친 짓이었다. 나는 설마 네가 정말 그 아이의 따귀를 때릴 줄은 몰랐어."

백무향이 나무라듯 말했다.

장팔봉이 코웃음을 친다.

"그녀가 무사가 아니라 연약한 여자로 내 앞에 서겠다고 했더라도 나는 서슴없이 따귀를 때렸을 것입니다."

"모질어졌구나."

"얼굴 반반한 젊은 아가씨들치고 심성 고운 것들이 없으니까요. 봐줄 필요가 없어요. 외모에 홀려서 연민지정을 품었다가는 뒤통수를 맞고 피눈물을 흘리게 마련 아닌가요?"

"진소소가 너에게 준 실망이 그토록 컸더란 말이냐?"

"흥, 진소소 얘기는 꺼내지도 마세요. 언제든 그 요악한 년의 얼굴 가죽을 벗겨 버릴 거니까."

다시 생각해도 분한 듯 씩씩거리는 장팔봉을 측은하게 바라보던 백무향이 한숨을 쉬었다.

"너의 마음에 아직도 진소소에 대한 사랑이 남아 있으니 앞일이 걱정되는구나."

"예? 사랑이라고요?"

웃기지 말라는 듯 장팔봉이 코웃음을 친다.

"흥! 내가 무슨 부처님 가운데 토막이라도 되는 줄 아십니까? 사랑은 얼어죽을 사랑. 사랑과 증오는 동전의 양면과 같다는 걸 모르십니까? 뒤집어지면 증오가 되는 겁니다. 이제는 완전히 뒤집어졌어요."

"그녀 때문에 일을 그르치게 되지 않기를 바랄 뿐이다."

백무향이 더 말하지 않겠다는 듯 눈을 감았다.

장팔봉은 투덜거리면서 그녀의 방을 나갈 수밖에 없었다.

뜰에는 은은한 달빛이 가득했다.

제 처소를 향해 풀 냄새 싱싱한 정원을 가로질러 가던 장팔봉이 우뚝 멈추어 섰다.

커다란 밤나무 그늘 아래 한 사람이 서 있었던 것이다.

붉은 옷의 아가씨, 찰리가화였다.

그녀가 장팔봉에게 손짓을 했다.

어둠 속에서 반짝이는 두 눈이 표독스럽다.

그렇다고 두려워할 장팔봉이 아니지 않은가.

그가 아무 거리낌 없이 뚜벅뚜벅 다가간다.

"도대체 네놈의 속셈이 뭐지?"

찰리가화가 당장 따귀라도 올려붙일 듯이 다가서서 매섭게 노려보며 물었다.

장팔봉이 질 리 없다.

"이 야심한 밤에 남의 눈을 피해가며 이렇게 나를 찾아온 너의 목적은 뭐냐?"

"이놈잇!"

그녀의 손이 번쩍 하고 올라갔다.

그러나 이번에는 장팔봉의 뺨을 때리지 못했다.

"놔."

꽉 붙잡힌 손목에 힘을 주며 위협적으로 말한다.

하지만 장팔봉의 손아귀 힘은 그녀로서 당할 수 있는 게 아니었다.

"네까짓 하찮은 놈이 지금 나를 희롱하는 것이냐?"

"희롱은 네가 하고 있잖아. 내가 그렇게 만만한 놈으로 보였다면 큰 오산이라는 걸 곧 깨닫게 될 것이다."

"좋아. 우리 조용한 곳으로 가자. 나는 반드시 네놈의 음흉한 속셈을 캐내고 말겠어."

"좋아. 아무에게도 방해받지 않는 조용한 곳이야말로 청춘 남녀가 속삭이기에 더없이 좋은 곳이지."

빠드득—

그녀의 이 가는 소리가 무섭다.

장팔봉이 손목을 놓아주자 그녀가 매섭게 노려보고는 곧 몸을 돌렸다.

휙, 하는 바람 소리가 들린다 싶었는데 붉은 그림자가 벌써 허공을 날아 정원을 단숨에 가로지른다.

"제법인걸?"

장팔봉은 그녀의 경공신법에 깜짝 놀랐다.

고수라고 하기에 비웃는 마음이 있었는데, 경공신법을 보니 '과연' 하는 생각이 들었던 것이다.

"어디, 얼마나 빠른지 볼까?"

히죽 웃은 장팔봉이 즉시 무영혈마 양괴철의 절정 경공신 법인 환영마보를 펼쳤다.

그의 몸이 흔들, 한 것 같더니 이내 꺼지듯 사라져 버린다.

십여 장 앞서서 찰리가화는 질풍처럼 달려가고 있었다.

장팔봉은 그녀와 일정한 거리를 유지한 채 뒤쫓았는데, 십 여 리를 그렇게 달려가도록 두 사람의 속도는 조금도 떨어지 지 않았다.

장팔봉은 찰리가화의 내력 또한 생각했던 것 이상으로 높다는 걸 짐작했다. 그렇지 않고서는 저렇게 달릴 수 없기 때문이다.

"저 못생긴 놈이 제법인데? 흥!"

찰리가화가 힐끔 뒤돌아보고 중얼거렸다.

그녀는 자신의 경공신법에 자부심이 있었다.

장팔봉쯤이야 쉽게 따돌릴 수 있을 것이라고 자신했는데, 그가 시종 일정한 거리를 유지한 채 따라오고 있으니 은근히 약이 오른다.

너쯤이야, 했던 마음이 호승심으로 바뀌고 그래서 더욱 내공을 끌어올려 질풍처럼 달려갔다.

점점 숨이 가빠온다. 온몸에 땀이 배어나기 시작했다.

"이만하면 되었겠지?"

힐끔 뒤돌아보니 장팔봉이 보이지 않았다.

"그러면 그렇지. 제까짓 놈이 내 경공신법을 따라올 수 있겠어?"

배시시 웃는데 머리 위로 바람 한줄기가 쉭, 하고 지나가는 것 아닌가.

얼른 바라보니 장팔봉이 저 앞에 내려서고 있었다.

하늘에서 뚝, 떨어진 것 같다.

"어머!"

그 의외의 일에 찰리가화가 깜짝 놀라 급히 멈추어 섰다.

몸이 흔들, 하고 앞으로 쏠릴 만큼 급한 멈춤이었다.

"대체 어디까지 가려는 거냐? 설마 날이 밝을 때까지 달려보자는 건 아니겠지?"

"……!"

찰리가화는 놀랍고 어이가 없어서 멍하니 장팔봉을 바라보기만 했다. 그가 무슨 말을 하는지 귀에 들어오지도 않는다.

장팔봉이 놀리듯 빙글빙글 웃으며 다시 말했다.

"나야 상관없지만 네가 도중에 지쳐서 쓰러지면 귀찮아지지 않겠느냐? 점잖은 체면에 말만 한 못생긴 처녀를 업고 갈수도 없고 말이다."

"이, 이, 죽일 놈. 빠드득─"

장팔봉의 느물거림에 놀랐던 마음이 노여움으로 순식간에 바뀐다.

결정적으로 못생긴 처녀라는 말이 그녀의 분노를 폭발시킨 것이다.

"여기서는 너를 죽여 버려도 아무도 알지 못할 거다. 준비해!"

"뭘?"

"죽을 준비나 하란 말이다!"

외친 찰리가화가 가쁜 숨을 가라앉힐 새도 없이 쏜살같이 들이쳤다.

슝—

그녀의 주먹이 허공을 가르고 뻗어 나왔다.

여자의 그것이라고는 믿어지지 않을 만큼 직선 일변도의 맹렬한 권격이었다.

토족의 무공이 잡다하지 않고 강력한 타격을 위주로 하는 것임을 충분히 알게 해주는 일격이다.

실전에 있어서 가장 효과적이고 빠른 타격을 주기 위해 창안되고 발전되어 온 무공인 것이다.

"흠—"

장팔봉이 감탄했다는 듯 머리를 끄덕였다.

그렇다고 그녀의 주먹에 맞아줄 수는 없지 않은가.

그가 머리를 기울인 것만으로 가볍게 그 일격을 피한다. 그러자 찰리가화가 '흥!' 하고 코웃음을 쳤다.

장팔봉이 그렇게 반응할 줄 알고 다음 수를 미리 준비했던 것이다.

성큼 다가서며 두 손을 활짝 벌리고 양쪽에서 뺨을 쳐오는데 마치 고양이가 쥐를 움켜쥐려는 형상이다.

장팔봉이 불쑥 마주 다가섰다.

그가 뒤로 물러나 피하리라고 생각했던 찰리가화에게는 의외의 반응이다.

그녀가 '앗?' 하고 놀라는 새에 장팔봉은 코앞에 다가서 있었다.

가슴과 가슴이 맞닿을 듯하다.

그녀의 두 손은 덧없이 장팔봉의 어깨 위에 걸쳐졌고, 장팔봉이 빙긋 웃는다.

"이놈이!"

찰리가화가 빗나간 손을 끌어당겨 장팔봉의 어깨를 움켜쥔다.

장팔봉이 빙긋 웃었다. 그녀의 반응이 그러리라고 예상하고 있었던 것이다.

그녀의 손이 어깨에 닿은 순간 진기를 불끈 일으켜 탄기(彈氣)의 비결로 튕겨냈다.

그러자 거센 반탄지력이 뻗어 나와 찰리가화의 손목을 두드린다.

"아악!"

그 막중한 힘에 찰리가화가 깜짝 놀라 손을 떼고 맴돌았다.

손목을 세게 얻어맞은 것처럼 힘을 쓸 수가 없다.

회선보(回旋步)의 수법으로 급히 장팔봉의 사정권에서 벗어나려고 했지만 그를 따돌릴 수 없었다.

경신과 보법의 수단이라면 천하에서 장팔봉보다 뛰어난 자가 없다는 걸 그녀가 알 리 없다.

장팔봉은 찰리가화의 그림자가 된 것 같았다. 그녀가 아무리 맹렬하게 맴돌고 재빠르게 움직여도 그는 그녀의 가슴에 딱 달라붙어 버린 것처럼 떨어지지 않았다.

그의 더운 숨결이 콧잔등에 느껴진다.

"비켜!"

찰리가화가 기어이 자신의 내력을 모두 실어 강맹한 일장을 쳐냈다.

지척에서 밀어치는 것이지만 그것을 제대로 맞는다면 내부의 장기가 모두 터져 버릴 만큼 엄청난 압력이 가해지는 척발위경(尺發爲勁)의 상승 수법이었다.

하지만 장팔봉은 그녀에게서 떨어질 생각이 조금도 없었다.

어디 한번 당해보라는 듯 오히려 가슴을 불쑥 내민다.

펑!

그의 가슴 복판에 찰리가화의 장력이 여지없이 꽂혔다.

그러나 날카로운 비명을 터뜨리며 주저앉는 사람은 바로 그녀였다.

장팔봉의 가슴을 친 순간 그 기운이 고스란히 저에게 되돌아왔던 것이다.

장팔봉이 그녀에게 쓴 수법은 척귀시탄(斥鬼矢彈)이라는 것이었다.

장법에 있어서는 자신이 천하제일인이라고 늘 자부하던 사부, 왜마왕 염철석의 화염마장 중 상대의 기운에 내 기운을 더해서 되돌려 보내는 절묘한 수법이다.

찰리가화의 무공이 아무리 뛰어나다고 해도 그것을 당할

수 없는 게 당연하다.

그녀는 고스란히 저에게 돌아온 힘을 견디지 못하고 무너졌다.

장팔봉이 거기에 조금만 더 자신의 진력을 덧보탰더라면 그 즉시 죽고 말았을 것이다.

비록 그렇게 되지는 않았지만 가슴이 쪼개지는 것 같은 고통은 참기 힘들었다.

숨이 딱 막히고 기혈이 바위에 부딪친 파도처럼 산산이 흩어져 버린다.

그래서 그녀는 엉덩방아를 찧고 주저앉은 채 몸을 새우처럼 구부리고 끙끙 앓는 신음 소리만 냈다.

고통이 너무 커서 비명조차 지를 수 없었던 것이다.

"이건 네가 나를 친 것이지 내가 너를 친 게 아니니 아직 빚이 그대로 남아 있다는 걸 기억해 둬."

애처로워하는 마음도 없는 듯, 장팔봉이 운신조차 하지 못하는 그녀를 그대로 내버려 둔 채 홀가분하게 돌아선다.

휘적휘적 멀어져 가는 그의 뒷등을 노려보는 찰리가화의 얼굴에 지독한 한이 더해졌다.

잡아먹을 듯이 독기와 오기를 풀풀 날리며 노려보지만 지금으로서는 운신조차 할 수 없으니 어쩔 수가 없다.

그게 더 분한 듯 그녀의 부릅뜬 눈에서 기어이 뜨거운 눈물이 흘러내리기 시작했다.

그날, 날이 훤하게 밝아서야 찰리가화가 추레해진 모습으로 돌아왔는데, 아무도 그것에 대해서 묻지 않았다.

그날부터 찰리가화는 병을 핑계 대고 저의 처소인 운현비각(雲現飛閣)에서 꼼짝도 하지 않았다.

"너무 고약한 짓을 했어."

마치 그 내막을 다 안다는 듯 백무향이 말했다.

장팔봉은 시치미를 뚝, 뗀다.

"제가 뭘 어쨌단 말입니까?"

"흥, 보지 않았어도 다 알 수 있다. 네가 너무 심하게 다룬 거야."

"쳇."

"아가씨는 말이다, 특히 젊고 아름다운 아가씨일수록 자존심이 센 법이다. 그걸 짓밟으면 돌이킬 수 없는 원한을 맺게 되지."

"상관없어요."

"그렇지 않다. 여자의 한은 오뉴월에도 서리가 내리게 한다는 말도 있지 않으냐?"

"상관없다니까요."

'내가 어디 한두 번 겪어봅니까? 여자의 한이라고? 흥, 남자가 한을 품으면 더 크고 무섭다는 걸 모르시는군.'

그런 장팔봉의 속마음까지 백무향이 알 수는 없다.

한숨을 쉰 백무향이 혀를 찼다.

"장차 후회가 될 일은 하지 않는 게 좋으니라. 내 말을 명심해."

그러나 장팔봉은 벌써 잊어버렸다.

무료하다는 듯 늘어지게 기지개를 켤 뿐이다.

"그나저나 천화상단에서는 대체 왜 꼼짝도 하지 않는 걸까요? 미끼를 던진 지 한참 되었으니 지금쯤은 입질이 올 만도 한데……."

그가 곽승풍 일행을 살려서 놓아준 건 바로 미끼를 달아 던진 것이었다.

천화상단이 발끈해서 치고 들어온다면 진소소에 대한 미움까지 그들에게 덮어씌워서 박살을 내버릴 작정이었던 것이다.

장팔봉에게는 천화상단이 패천마련과 손을 잡았다는 사실 자체가 충격적이었다.

그전까지는 조금도 알지 못했는데, 해심산에 틀어박혀 일 년 동안이나 은둔하고 있었으니 당연한 일이다.

창웅방에 와서 보주로부터 상황 설명을 들으며 처음 그것을 알았을 때 한동안 멍했다.

처음 곽승풍 등이 천화상단에서 나온 자들이라는 걸 알고 옳거니, 했던 건 그들을 미끼로 천화상단을 끌어내려는 생각에서였다.

그러나 이제는 그보다 더 큰 물고기를 노리게 되었다.

천화상단을 끌어내 박살 내면 필연코 그들의 후견인 노릇을 하고 있다는 패천마련이 나설 것 아닌가.

제가 힘들게 찾아다닐 필요도 없이 그들을 오는 족족 잡아 죽일 수 있다.

그런 생각으로 이를 갈고 있는데 도대체 천화상단에서는 움직일 기미가 없었다.

그래서 장팔봉은 애꿎은 호접전주 영불교화만 닦달하고 있었다.

백무향의 거처를 어슬렁거리며 나온 그는 곧장 호접전으로 갔고, 영불교화의 집무실로 당당하게 들어갔다.

어리둥절해서 바라보는 영불교화 앞에 떡, 버티고 서서 빚쟁이처럼 닦달한다.

"온다는 놈들은 대체 언제 오는 거요?"

"곧 올 걸세."

"내가 그렇게 한가한 사람으로 보이쇼?"

"어쩌겠나. 그들이 움직이지 않는 걸."

"곽승풍이라는 자가 하찮은 조무래기였던 모양이군."

"그렇진 않을 걸세. 그자가 강호에서 차지하고 있는 명성으로 보아서도 절대로 조무래기일 수가 없네."

"그럼 왜 소식이 없소?"

"그거야 알 수 없지."

"창웅방의 호접전이 세상 정보를 다 쥐고 있다더니 말짱 헛소문인가 보군."

"자네, 나를 면전에 두고 그 말은 너무 심한 것 아닌가?"

"그렇다면 실례했소. 그러니까 얼른 싸우게 해주면 될 거 아니오."

"허—"

"내가 정말 창웅방에서 이와 같은 대접을 받을 만한 자인지 아닌지 알아보고 싶지 않소?"

"궁금하네."

"흥, 그 말은 내 무공을 완전히 믿지 못한다는 뜻이로군."

제가 말해놓고서 제 말에 트집을 잡는다.

어이없다는 듯 그런 장팔봉을 바라보던 영불교화가 머리를 설레설레 흔들었다.

'도대체 이놈은 어떻게 되어먹은 놈인지 감을 잡을 수가 없구나. 귀찮다, 귀찮아.'

그렇지만 방주의 체면도 있고 한 터라 장팔봉을 무시할 수 없으니 골치가 지끈거린다.

그가 화풀이하듯이 말했다.

"자네의 무공이 어떤지 보지 않았으니 알 수 있나. 헛소문에 불과한 건지 진짜인지 아무도 모르잖아."

"그러니까 그놈들을 불러오라는 것 아니겠소? 전주는 뒷짐

지고 구경이나 하면 돼요. 심심할지도 모르니까 간식거리라도 좀 챙겨서 따라나서든지."

"천화상단은 작은 집단이 아닐세. 고수들이 구름처럼 많다고 알려진 곳이지."

"여우가 떼로 있다고 해서 호랑이가 그것들이 무서워 몸을 사리겠소?"

"그렇게 자신이 있나?"

"글쎄, 그렇게 궁금하면 간식거리 챙겨서 따라나서라니까. 실컷 눈요기를 시켜 드리리다."

"끄응—"

영불교화가 귀를 막고 외면해 버렸다.

장팔봉과 함께 있다가는 제명대로 살지 못할 것 같다.

어찌나 집요한지 한번 보채기 시작하면 도대체 끝이 나지 않는다.

창응방의 모든 사람들은 교주 다음으로 영불교화를 무서워하고 꺼려했는데 장팔봉에게는 그렇지 않았다.

교주 다음으로 만만하게 여기는 사람쯤 된다.

한번 찾아오면 이렇게 하루 종일 영불교화의 집무전에 자리 잡고 앉아서 끝없이 보채는 것이다.

견디다 못한 영불교화가 갖가지 핑계를 대고 집무전을 떠나기라도 하면 장팔봉이 독차지했다.

제 집무전이기라도 한 것처럼 세상에서 가장 편한 자세로 비스듬히 앉아서 버틴다.

그냥 그렇게 있으면 누가 뭐라고 하랴만, 영불교화가 없으면 그 아랫것들을 괴롭혔다.

이것 시키고 저것 시키고, 시켰던 일을 또 시키고 그러니 배겨날 장사가 없다.

그럴 때의 장팔봉은 빚받으러 찾아온 악덕 사채업자라도 된 듯했다. 그래서 그가 헛기침을 하며 호접전으로 출근하는 날이면 아예 죄다 일손을 놓고 달아나 버렸다.

그런 날은 텅 빈 호접전을 장팔봉 혼자서 지킨다.

그렇게 열흘이라는 시간이 훌쩍 지나갔을 때 비로소 기다리던 소식이 왔다.

중원으로 들어갔던 목랍길이 돌아왔던 것이다.

얼마나 서둘러 달려왔던지, 그를 태우고 온 말은 창응방에 들어서기 무섭게 거품을 물고 쓰러져 죽고 말았다.

그리고 목랍길은 아무 말도 없이 곧장 방주의 집무전으로 달려갔다.

그때부터 창응방의 분위기가 무겁게 가라앉았다.

다들 바짝 긴장하여 방주의 명령을 기다리며 서성이는데 오직 장팔봉만 신이 났다.

전주도 없는 텅 빈 호접전에서 엉덩이를 들썩거린다.

일각이 여삼추 같은 시간이 한 시진 가까이 지나고 나서야 목랍길이 꾀죄죄한 몰골로 호접전에 들어섰다.

"어떻게 되었어?"

목랍길이 빙긋 웃는다.

"말씀하신 대로 다 했습니다."

"그래? 다녀왔단 말이지?"

"여부가 있겠습니까? 장 대협의 부탁인데 아무리 바빠도 다녀오지 않을 수 없지요."

"그래그래."

장팔봉이 목랍길의 어깨를 토닥였다.

"그분도 물론 만나보았겠지?"

"당연히 만나보았습지요."

"그래, 잘 계시든? 건강은 괜찮아 보였어? 놀라지는 않으시든?"

제 사부 왕 노인에 대해 묻는 것이다.

장팔봉은 목랍길이 정세를 살피기 위해 중원으로 간다고 하자 은밀히 불러 개인적인 부탁을 했는데, 설화산 기슭의 고가촌에 다녀오라는 것이었다.

거기 삼절문이 아직 온전히 있는지 살펴보고, 있다면 그곳에 문주인 왕필도 노인이 무사히 있는지 알아오기를 원했던 것이다.

왕 노인이 제 사부라는 건 말하지 않았다.

목랍길은 장팔봉의 부탁대로 없는 시간을 쪼개서 고가촌

의 삼절문에 다녀온 것이다.

"왕 노인이라는 분은 정정하게 잘 계셨습니다."

"그래? 내 말을 전했겠지?"

"물론이지요. 그런데 그게 대체 무슨 의미였습니까? 뜬금없이 잘 살아 있으니 걱정 마시라는 말만 던지고 돌아서려니 영 찜찜하더군요."

목랍길이 궁금하다는 얼굴로 바라보지만 장팔봉은 말하지 않았다.

아직 사부에게도 제가 이곳에서 장구봉이라는 엉뚱한 이름으로 행세하고 있다는 근황을 알리고 싶지 않았던 것이다. 그래서 그냥 목랍길에게 '잘 살아 있으니 걱정 마시라'는 말만 전하게 했다.

그것만으로도 사부는 제가 죽지 않고 살아 있다는 걸 알 것이다. 그러면 충분하다고 생각했다.

강호에는 장팔봉이 죽었다는 소문이 파다하게 퍼져 있었다. 누구나 기정사실로 받아들인다. 그러니 늙은 사부가 얼마나 상심했을까, 하고 생각하면 늘 가슴이 아팠다.

그런 사부에게 어쨌든 제가 살아 있다는 말을 전했으니 사부는 비로소 안심하고 편하게 주무실 것이다.

잠시 사부에 대한 그리움에 멍해 있던 장팔봉이 정신을 차리고 다시 물었다.

"가는 길에 만고사에도 들렀겠지?"

"물론이지요. 고가촌에 가려면 그곳을 지나야 하더군요."

"거기 늙은 주지 스님도 봤어?"

"만성 스님도 정정하시더군요. 그런데 적적해 보였어요. 하긴, 큰 절을 주지스님 혼자서 지키려니 쓸쓸하기도 하겠지요."

"음—"

장팔봉은 비로소 안심했다.

삼절문과 만고사가 무사하다니 그렇다.

하긴, 제가 이미 죽었고, 봉명도는 진소소에게로 넘어갔다는데 어떤 놈이 삼절문의 늙은이와 만고사의 노스님에게 관심을 가질 것인가.

그들이 구천수라신교의 장로들이라는 걸 모르는 이상 아무도 그들을 해칠 사람이 없을 것이다.

그렇다면 이제 걱정거리 하나를 덜었으니 본격적으로 나서야 할 때다.

"소식은?"

"닷새 후에 도착하게 될 겁니다."

"몇 놈이나 온대?"

"그거야 알 수 없지만 아무래도 고수들로만 구성된 호송단이 아닐까 싶군요."

"그렇겠지. 이쪽의 전력을 시험해 볼 작정일 테니 대규모의 원정대를 보내지는 않겠지. 소수 정예로 건드려 보고 돌아갈 거야."

"어쩌시렵니까?"

"흥, 어쩌긴 뭘 어째? 여기 나 장구봉이 있다는 걸 그놈들에게 똑똑히 가르쳐 주는 거지."

장팔봉의 호기로운 말에 목랍길이 빙그레 웃었다.

"바로 그 말을 방주님께서도 듣고 싶어하십니다. 어서 가 보십시오."

"나를 찾아?"

"여부가 있습니까?"

—이제 때가 되었다.

장팔봉의 가슴이 첫 싸움에 나갈 때처럼 쿵덕거리며 뛰었다.

무림맹에 홀로 뛰어들어 풍운조의 일개 조원으로서 첫 싸움에 나가던 때의 일이 떠올랐다.

얼마나 가슴이 두근거렸던가.

묘한 흥분감과 함께 두려움도 있었고, 호기심과 투지도 있었다.

그러한 것들이 범벅된, 무어라 형용할 수 없는 짜릿한 기분.

장팔봉은 그걸 다시 느끼는 지금이 좋았다.

소식은 속속 호접전을 통해 창웅방으로 들어왔다.

방주 찰리가륵은 지금이야말로 제 일생에 있어서 가장 힘들고 어려운 때라고 생각했다.

처음 천화상단에서 이 지역의 통행권을 면제해 달라는 부탁이 들어왔을 때 찰리가륵은 코웃음을 쳤다.

한 군데 구멍이 뚫리면 그걸 빌미로 여기저기에서 뚫리기 시작하고, 그러면 걷잡을 수 없게 된다는 걸 알기 때문이다.

"예외는 없다!"

그가 일갈하여 천화상단의 사자를 쫓아내고 나자 다음 단계는 무력시위였다.

천화상단의 무사들이 창웅방과의 접경지대에서 시비를 불러일으켰던 것이다.

누가 먼저 시작했는지 모르지만 첫 싸움에서 창웅방의 순찰조 열 명이 모두 죽었다.

천화상단의 무사들은 그 싸움의 원인을 창웅방에게로 돌렸지만 살아 돌아온 자가 없으니 진위를 밝혀낼 수가 없었다.

그렇게 접경지대 곳곳에서 수시로 천화상단의 무사들과 마찰이 생겼고, 그때마다 창웅방의 순찰조들은 전멸을 당하는 피해를 입어야 했다.

그들은 계획적으로 움직였는데, 주로 매복과 기습의 전법을 구사했다.

순식간에 창웅방의 순찰조들을 들이쳐서 도살하고 흔적도 없이 사라지곤 했던 것이다.

화가 단단히 난 찰리가륵이 전면전을 준비하자 다음으로 찾아온 사자는 천화상단의 무사가 아니었다.

놀랍게도 패천마련의 오천 중 한 곳인 패력천(覇力天)에서 한 명의 단주와 세 명의 호위무사를 사자로 보내왔던 것이다.

찰리가륵은 그때에야 비로소 천화상단이 그렇게 드러내 놓고 설치는 이유를 알았다.

소문대로 그들의 배후가 패천마련이라는 것을 확인하게 된 것이다.

패천마련의 힘은 아직 중원을 벗어나지 못하고 있었다.

변방인 이곳까지 미치지 못하는 것이다.

그러나 그들의 존재를 무시할 수 있는 자는 아무도 없었다.

이곳, 청해성뿐만 아니라 저 멀리 신강에 이르기까지 그들의 입김이 미치지 않는 곳이 없는 것이다.

그만큼 패천마련의 힘은 막강했다.

중원 무림의 패자라는 위치가 주는 영향력이기도 하다.

그래서 찰리가륵은 심각한 고민에 빠졌다.

이제 더 이상 천화상단과의 분쟁을 스스로의 힘만으로는 해결할 수 없게 되었기 때문이다.

그들을 곤경에 빠뜨리면 필연코 패천마련이 나설 것이고, 그건 곧 창응방의 멸망을 뜻하지 않겠는가.

그래서 찰리가륵은 모든 접경의 문호를 닫고 어떠한 충돌도 금한다는 명령을 내려놓고 있는 중이었다.

해결책이 마련될 때까지는 꾹꾹 참으면서 자중할 수밖에 없다.

천화상단은 점점 오만하고 위압적으로 나왔다.

그리하여 진팔장 곽승풍을 마지막 사자로 보내 최후통첩을 하기에 이르렀는데, 그걸 장팔봉이 박살 내서 돌려보냈다.

찰리가륵은 하늘이 저를 돕는 것이라고 여겼다.

장팔봉의 무위가 진팔장 곽승풍 등을 일격에 물리칠 수 있는 정도라니 그를 표면에 내세워 천화상단을 핍박할 수 있을 거라는 생각 때문이었다.

장팔봉은 천화상단의 사람이 아니니 이쪽에서 모른다고 잡아떼면 패천마련으로서도 트집을 잡을 수가 없을 것이다.

그런 다음에 그들이 어려움을 겪을 때 슬며시 협상에 나설 작정인 것이다.

그렇게 되면 유리한 조건으로 협상을 이끌어낼 수 있다.

그게 찰리가륵의 심계였는데, 문제는 과연 장팔봉이 그 역할을 제대로 잘해주느냐였다.

'믿어야지. 그가 곽승풍을 일격에 물리쳤고, 어젯밤에는

가화를 어린애 다루듯 했다니 그만한 실력이라면 당분간 우리 대신 바람막이 노릇을 잘해낼 거야.'

그렇게 생각하며 마음의 불안을 떨쳐 버린다.

그는 벌써 어젯밤의 일을 알고 있었던 것이다.

第十二章

나의 원한은 청해호보다 깊다

鳳鳴刀
봉명도

나의 원한은 청해호보다 깊다

짐을 바리바리 실은 다섯 대의 마차가 천천히 황토 골짜기를 지나고 있었다.

하늘은 구름 한 점 없이 파랗고, 바람도 잔잔한 날이다.

천화상단의 깃발을 높이 건 마차를 호송하는 사람들은 모두 스물다섯 명이었다.

짐꾼이 스무 명이고 그것을 인도하는 상인인 주상(主商)과 그 시종으로 보이는 청년이 있다.

그러니 다섯 대의 마차를 호위하는 무사는 고작 세 명에 불과했다. 그들만으로 천산북로를 관통하여 오로목제(烏魯木齊)까지 간다는 건 누가 보아도 말도 안 되는 일이었다.

오로목제는 천산북로의 종착점과 같은 곳이다.

그곳에 가면 서역에서 중원의 물품을 구입하기 위해 천산을 넘어와 있는 거간꾼들을 만날 수 있고, 기험한 천산의 하늘길을 넘나들며 중계무역을 하는 유오이 족(維吾爾族)을 볼 수 있다.

상단은 그곳으로 가기 위해 대부분 서녕을 출발지로 삼는데, 그들의 행로가 순탄한 것은 결코 아니었다.

서녕을 나서기 무섭게 기련산과 청해남산의 험한 준령을 넘어야 하고, 그 사이의 초원을 무사히 지나면 끝없이 펼쳐진 일만여 리의 사막을 건너야 하기 때문이다.

중간에 약탈자들은 얼마나 많으며, 생사가 교차하는 험지를 또 얼마나 지나야 하던가.

그러므로 대상의 무리는 대개 짐꾼보다 호위하는 무사들을 더 많이 거느리게 마련이었다.

규모가 큰 상단은 작은 군대나 다름없는 호위무사들을 대동한다.

그런 일을 전문적으로 해주는 무사 집단도 있어서 그들을 고용하는 것이다.

때로는 강호의 유력한 방파나 방회의 힘을 빌리기도 한다.

비용은 많이 들지만, 강호의 고수들로 구성된 호위단을 거느리면 그만큼 안전이 보장되므로 대상들은 그것을 더 선호했다.

그런데 천화상단의 마차 행렬은 고작 세 명의 무사가 말을 타고 터벅터벅 따르고 있을 뿐이니 어찌 보면 우습도록 초라한 모습이었다.

천화상단의 깃발을 내건 이상 감히 자신들을 가로막고 약탈할 도적 떼가 없을 것이라고 믿는 건지도 모른다.

그래서인지 짐꾼들은 물론 상인이나 호위무사들도 모두 한가하고 여유로운 표정이었다.

조금도 긴장한 기색이 없다.

그 행렬이 구불구불 끝없이 이어진 황토의 언덕 사이를 느릿느릿 나아갔다.

이 황토지대를 통과하면 멀리 기련산의 웅자가 보이고, 그것과 나란히 달리고 있는 대통산맥과 청해남산의 기험한 봉우리들이 수많은 굴곡을 이루며 하늘과 땅의 경계를 길게 가르고 있는 장관을 볼 수 있다.

그 사이를 통과해야 비로소 초원 지대로 들어설 수 있게 되며, 열흘 길을 나아가면 그때부터는 막막한 사막이었다.

거기서부터 본격적인 고생길이 열리는 것이라고 할 수 있다.

한족의 땅은 그들이 지금 통과하고 있는 이 황토지대에서 끝난다. 그 너머부터는 변황인 것이다.

토족과 회족의 땅이고 신강의 땅이며 사막족들의 땅이다.

중원의 힘이 미치지 못하는 곳이므로 황법에 익숙해져 있는 한족들의 눈으로 보면 무법자들의 땅이기도 했다.

그곳을 향해 나아가고 있으면 누구나 잔뜩 긴장하게 된다. 그래서 중원과 변방의 경계인 이곳, 누런 황토의 땅, 황계(黃界)에는 신당이 세워져 있었다.

가장 높은 황토 언덕 위에 삼 층의 누각 형태로 서 있는 두 개의 신당은 오백여 년의 역사를 가지고 있는 명소이기도 했다.

이곳을 지나 서역으로 가는 대상의 무리들이 반드시 그곳에 들러 중원을 떠나는 마지막 밤을 보내며 무사한 여정을 기원하는 곳이기도 하다.

그러므로 신당 주변에는 객잔과 주루, 기방이 생겨나 번성하고 있었다.

사람이 모이는 곳이라면 어디든지 먹고 마시고 자는 곳이 생기게 마련 아니던가.

남자들이 주로 통행하는 곳이니만큼 그들을 즐겁게 해줄 기방이 생겨나는 것도 자연스러운 현상이다.

천화상단의 마차도 당연히 그곳, 망해구(望海丘)라고 불리는 황토 언덕 위로 올라갔다.

언덕 꼭대기에는 동편과 서편에 삼 층의 오래된 누각이 서 있었는데, 동편의 누각은 중원 땅을 향하여 서 있었고, 서편의 누각은 저 멀리 기련산과 사막을 향하여 서 있었다.

그래서 동편의 누각을 사향루(思鄕樓)라 한다. 그곳에서 고향 땅을 바라보며 두고 온 처자식을 생각하고 눈물짓는 사람들이 많다.

서편의 누각은 망천루(望天樓)라고 했다.

이제 낯설고 생소하며 척박한 새외의 땅으로 나아가게 되는데, 그곳에서 자신들이 가야 할 곳을 바라보며 한숨을 쉰다.

그 두 개의 누각은 또한 신당이기도 했다.

도사들이 상주하면서 대상들로부터 돈을 받고 천제께 그들이 무사히 장사를 마치고 돌아오도록 기원하는 제를 드려준다.

악귀를 쫓고 지신의 가호를 비는 부적을 팔기도 한다.

그리고 그 두 개의 누각 조금 아래쪽에는 번화한 시정이 형성되어 있었다.

주루와 객잔, 기방이 즐비하게 늘어서 있어서 그것들이 내건 청등, 홍등으로 불야성을 이루는 것이다.

그날, 날이 저물어갈 무렵에 느릿느릿 망해구로 올라온 천화상단의 사람들은 그곳에서 제일 크고 화려한 서래객잔(西來客棧)으로 들어갔다.

짐꾼들이 푸짐한 저녁 식사를 하는 동안 주상은 제 시종으로 보이는 청년과 호위무사 한 명만 대동하고 망천루로 향했다.

모든 화주들이 그렇게 하듯이 그도 망천루의 도사들에게

은전을 주고 무사귀환을 기원하는 제를 지내려는 것이다.

상단의 규모에 따라서 제사의 규모도 달라졌다.

그 말은 도사들에게 주는 돈의 액수가 달라진다는 것과 동일하다.

천화상단의 규모는 작았지만 그것을 이끌고 있는 주상이 던진 돈은 어떤 대상보다 많았다.

그래서 그날 밤새도록 망천루에는 환하게 불이 밝혀졌고, 도사들의 축문 읽는 소리가 그치지 않았다.

무려 일곱 명의 도사가 밤새 제단을 지키며 제를 올렸던 것이다.

망해구에 와 있던 사람들이 모두 투덜댔다.

"제기랄, 천화상단이라고 위세를 떠는 거냐? 밤새 저렇게 시끄럽게 굴 모양이군."

"중원의 돈이 모두 천화상단으로 들어가고 그곳에서 나오는 형편이니 어련하겠어?"

"요즘 같아서는 보따리 장사 해 먹기도 어렵다니까. 도대체가 장사의 '장' 자만 나와도 천화상단과 얽히지 않는 게 없으니……."

"패천마련의 무력과 천화상단의 돈이면 황제 자리를 사고도 남을걸?"

"쉿, 이 사람, 죽고 싶어서 환장을 했군. 감히 그런 말을 꺼내다니."

여기저기에서 그런 불만들을 수군거리지만 천화상단의 무사와 짐꾼들은 들어도 듣지 못한 척했다.

그리고 그 시간에 주상은 망천루가 아닌 전혀 엉뚱한 곳에 가 있었다.

달빛도 스며들지 않는 음침한 황토 골짜기다.

나무는커녕 풀 한 포기 자랄 수 없는 그 척박한 땅은 늘 어둠을 두르고 있다. 골이 깊어 한낮에도 햇빛이 비쳐들지 않는 것이다.

음습하고 생기가 없는 죽음의 땅.

지옥의 입구 같은 그 골짜기는 대낮에도 다니기가 무서운 곳인데, 칠흑 같은 어둠이 깃든 이 밤에는 더 말할 나위 없다.

짐승조차도 피하는 그 죽음의 땅에 흰 그림자가 어른거렸다.

그리고 두 명의 갈색 옷을 입은 자들이 땅에서 솟아나듯 나타났다.

흰옷의 사내는 천화상단의 화물의 운송 책임을 진 주상이었다.

오십대의 후덕해 보이는 사내였는데, 지금은 그 후덕한 인상 대신 강퍅하고 딱딱해 보이는 얼굴이었다.

위압적인 태도와 기세가 역력하다.

"이 당주를 뵈옵니다."

두 명의 갈의사내가 낮게 말하며 읍했다.

이 당주(堂主)로 불린 주상이 '음' 하고 고개를 한 번 끄덕이는 걸로 제 권위를 내세워 보였다.

그는 이무련(李武連)이라는 자인데, 천화상단에 있는 스무 명의 당주 중 한 명이었다.

그만큼 막강한 무위를 지닌 고수인 것이다.

천화상단에 들어오기 전 호북 지방에서 쟁쟁한 명성을 날렸으므로 강호에서는 그를 아직도 호북패검(湖北覇劍)이라고 불렀다.

"갔던 일은?"

그 호북패검 이무련이 거만하게 묻는다.

"일백 리 안쪽까지 샅샅이 살펴보고 온 길입니다."

"아무런 조짐도 없었습니다."

"그래? 우리가 오고 있다는 걸 그들이 모르기라도 한단 말이냐?"

"널리 소문을 퍼뜨렸으니 모를 리가 없습지요."

"그런데도 아무런 조짐이 없어?"

"그렇습니다. 일백 리 안에 창웅방의 목채가 세 곳이 있는데 하나같이 조용하기만 합니다."

"그것참 이상하군."

호북패검 이무련이 고개를 갸웃거렸다.

'이래서는 빌미를 만들 수 없지 않은가?

그런 걱정이 드는 건 그의 목적이 화물을 오로목제까지 운반하는 게 아니기 때문이다.

창응방을 끌어내고, 그들로 하여금 분란을 일으키게 하는 게 그가 받은 임무였다.

그런데 창응방에서 아무런 도발도 해오지 않는다면 임무를 완수할 수 없다.

잠시 생각하던 이무련이 결연하게 말했다.

"그대로 진행한다. 너희들은 소문을 더 퍼뜨리도록."

"명을 받듭니다."

"그리고, 그자에 대해서는 알아보았느냐?"

"장구봉이라는 자는 창응방에 속해 있지 않은 자가 분명합니다."

"그래? 그렇다면 이상한 일이군."

이무련이 다시 머리를 갸웃거렸다.

진팔장 곽승풍을 불구로 만들어 돌려보낸 자를 잡는 것 또한 그의 임무 중 하나였던 것이다.

장구봉이라는 생소한 이름 때문에 머리가 혼란해지기도 했다. 강호에서 그런 자가 있는지 수소문해 보았지만 천화상단의 막강한 정보력으로도 알아낼 수가 없었던 것이다.

진팔장 곽승풍과 두 명의 호위를 일격에 박살 낼 정도의 고수라면 강호에 알려지지 않았을 리가 없는데도 장구봉이라는 이름을 아는 자조차 없었다.

그래서 창응방에 속해 있는 자인가 하고 의심했는데 수하들의 보고대로라면 그것도 아닌 모양이니 더욱 머릿속이 혼란해진다.

"진 타주의 말에 의하면 그자는 우리 천화상단에 대해서 상당히 나쁜 감정을 가진 자임이 분명하다. 그런데 우리는 그자에 대해서 아는 게 아무것도 없으니……."

쓴 입맛을 다시면서 이무련은 장구봉이라는 자도 천화상단에 의해 피해를 입은 수많은 사람들 중 한 명일지도 모른다고 생각했다.

천화상단이 중원의 상권을 장악하기 위해서는 필연적으로 기존 상단이나 그 지역의 상권을 가지고 있던 토호들과 원한을 맺을 수밖에 없었다.

그리고 그 과정에서 피해를 입은 자들이 무수히 생겨났다. 그런 자들 중 복수의 칼을 가는 자가 어찌 한두 명일 것인가.

그들의 친구나 인척 등 관련이 있는 자들까지 셈에 넣는다면 수만 명이 될 것이다.

장구봉도 그 수만 명 중 한 명일지도 모른다고 생각하자 어느 정도 의문이 풀리기는 했다.

그러나 그 정도의 고수가 아직까지 알려진 바가 없다는 건 역시 께름칙한 일이다.

'가명을 쓰는 건지도 모르지. 그렇다면 오히려 대단히 유명한 자일 것이다. 때문에 제 신분이 드러나기를 꺼려하는 거

겠지.'

이무런은 그렇게 결론을 내렸다.

어쨌든 장구봉이라는 자가 천화상단에 원한을 품고 있다면 모습을 드러낼 것이라고 믿는다.

창웅방의 일 못지않게 장구봉이라는 자의 정체를 밝히고, 할 수만 있다면 그자를 사로잡아 총단으로 압송하는 것도 중요한 일이었다.

'규모를 좀 더 크게 할 걸 그랬나?'

그런 후회도 든다.

열 대의 마차와 수십 명의 호위무사를 대동하고 요란하게 지나간다면 창웅방에서도 끝까지 두고 보지는 못할 것이기 때문이다.

하지만 그렇게 되면 장구봉이라는 자가 지레 겁을 먹고 숨어버릴 염려도 있었다. 그래서 규모를 줄였던 것인데 이제는 어떤 게 잘한 일인지 판단하기 어렵게 되었다.

"만약의 일에 대한 대비를 철저히 해두도록."

"존명!"

두 사내가 다시 땅속으로 꺼지듯이 어둠을 타고 사라졌다.

그들은 각기 열 명씩의 수하를 거느리고 있는 척살조장들이었다.

천화상단에서는 장구봉을 잡고 창웅방을 끌어내기 위해서 스무 명의 척살조를 보내 암중에서 마차를 호송하게 했던 것이다.

임무를 마칠 때까지 이무련이 그들에 대한 명령권을 가지고 있었다.

다음날, 천화상단은 여전히 그 인원 그대로 한가롭게 서쪽 길을 따라 나아갔다.

점심 무렵에 드디어 황토 구릉지대를 벗어났는데, 이제부터는 토족과 회족의 영토였다.

창응방이 장악하고 있는 영역이기도 하다.

이곳에 들어서는 대상들은 어김없이 창응방에게 통행세를 바쳤다. 그래야 그들의 영역 안을 무사히 통과할 수 있는 것이다.

그러나 천화상단은 그러한 관행을 무시했다.

유유히 길을 간다. 마치 제집 마당을 지나가는 듯하다.

그렇게 청해호를 오십여 리 앞둔 지점에 이르렀을 때 날이 저물었다.

그곳은 대통산맥의 한줄기인 청해남산의 기슭이다. 오른쪽으로는 기련산의 고봉준령이 멀리 바라다 보인다.

그 사이의 분지와 같은 한줄기 통로를 따라 청해호를 옆에 두고 빠져나가면 드디어 탁 트인 초원 지대에 이르게 되는 것이다.

그 초원 지대까지가 창응방의 영향력이 미치는 곳이었다.

그곳을 지나 자갈사막에 들어서면 거기서부터는 온갖 약탈자들이 우후죽순처럼 난립하고 있는 무법천지다.

그들의 약탈을 피해 일천여 리를 더 가면 누런 황토와 모래의 사막이 나오는데, 그곳부터는 신강이었다.

풍사단의 영역이다.

달이 훤히 밝은 밤이었다.

이무련은 천막을 나와 홀로 그 달빛 아래를 거닐었다.

운치가 있어서가 아니라 근심이 커져서이다.

내일이면 초원 지대까지 나아갈 수 있을 것이다. 창웅방의 동쪽 경계를 벗어나게 되는 것이다.

그때까지 아무 일도 일어나지 않는다면 총단으로 되돌아갈 면목이 없게 된다. 그렇다고 정말 사막을 횡단하여 오로목제까지 갈 생각은 전혀 없었다.

"대체 어떻게 된 일이냐? 그들은 정말 움직이지 않을 작정인가? 그렇다면 화해의 사자라도 보내왔어야 하는 것 아닌가?"

창웅방이 이토록 꼼짝하지 않는 건 천화상단과 분쟁을 일으키고 싶지 않다는 의도로밖에는 이해되지 않는다.

그들이 그런 결정을 했다면 단단히 벼르고 나온 이번 출행은 헛걸음이 된다.

"아니면 아예 항복을 하려는 것인가?"

그런 생각도 들었다.

창웅방이 이 일대의 패자로 군림하면서 도도하고 오만하다고 들었는데, 마치 겁먹은 고양이처럼 숨어서 꼼짝도 하지 않으니 그렇다.

장구봉이라는 자도 코빼기조차 보이지 않으니 실망이 크다.

*   *   *

"그놈은 도대체 할 생각이 있는 거예요, 없는 거예요?"

찰리가화의 얼굴이 노여움으로 새파랗게 변해가지만 방주 찰리가륵은 지그시 눈을 감은 채 새로 구한 차의 맛을 음미하고 있을 뿐이었다.

달빛이 환하게 부서져 반짝이는 연못가의 정자 위에 석상처럼 앉아서 꿈쩍도 하지 않는다.

찰리가화가 분한 숨을 씩씩거리며 그런 제 아버지를 바라보다가 다시 소리쳤다.

"내일이면 천화상단의 마차가 우리 경계를 벗어난단 말이에요! 차라리 지금이라도 차목에게 명령을 내려 그들을 치는게 낫지 않겠어요?"

차목(次沐)은 지금 천화상단의 화물이 통과하고 있는 녹총협(鹿總峽)을 관장하고 있는 두령이다.

창웅방의 동서남북 네 곳을 관장하는 두령들 중 서쪽 변경을 책임지고 있는 자인 것이다.

"그들이 무사히 우리 경내를 통과한다면 다른 대상들도 형평성을 내세우며 통행세를 내지 않으려고 할 거예요. 그런데도 그대로 둘 건가요?"

찰리가화가 제 가슴을 두드리며 답답해하지만 찰리가륵은 여전히 말이 없었다.

차의 향기로움에 흠뻑 취해 세상을 잊은 것 같다.

기어이 찰리가화가 발딱 일어섰다.

"정 그러신다면 저라도 나서서 그놈들이 우리 경내를 빠져나가지 못하도록 하겠어요."

씩씩거리며 정자를 떠나려 하자 비로소 찰리가륵이 무겁게 입을 열었다.

"장구봉은……."

"……."

"그에게는 어떤 생각이 있을 것이다. 기다려 보아라."

"뭘 더 기다려욧! 그들이 유유하게 우리 경내를 빠져나가는 걸 뒷짐 지고 구경이나 하라는 건가요?"

"그는 제가 한 말을 뒤집을 사람이 아니다."

"흥, 보면 모르겠어요? 벌써 며칠째 연락 두절인 게 뭘 의미하겠어요? 정작 천화상단의 무사들이 들어오자 겁을 먹고 달아난 게 뻔해요!"

"달아날 사람 같으면 처음부터 우리에게 오지 않았겠지."

"허세를 떤 거라니까요?"

"우리에게 요구한 게 있더냐?"

"……."

"그가 우리를 속이려는 것이었다면 무언가 요구를 했을 것이다."

장팔봉은 창응방에 들어온 뒤 으스대며 여기저기 들쑤시고 다니기는 했어도 구린 동전 한 닢 요구한 적이 없었다.

"한 번 믿음을 가졌으면 끝까지 그것을 지키는 게 내 이익을 찾는 것보다 훨씬 중요한 것이다."

"흥, 저는 처음부터 그놈을 믿지 않았으니 상관없어요!"

그녀가 기어이 발칵 화를 내며 정자를 떠났다.

"아버지도 이제는 늙으신 거야. 예전 같은 패기가 없어."

찰리가륵이 우유부단해졌다고 생각한다.

그날 밤, 찰리가화는 기어이 제 수하들 중 날렵한 자 열 명을 데리고 창응방을 떠났다.

천화상단의 무리가 야영하고 있다는 녹총협을 향해 미친 듯 말을 달려간다.

*　　　　*　　　　*

날이 밝았다.

천화상단의 수레는 일찍 녹총협을 출발하여 목리막광(木里漠礦)을 향해 나아갔다.

점심 무렵에는 드디어 청해호를 왼편에 두고 기련산의 서쪽 줄기 아래에 이르렀다.

찰리가화는 밤새 말을 바꾸어가며 미친 듯 달려왔지만 아직 청해호를 다 돌아오지 못했다.

어쩌면 천화상단이 목리막광에 도착할 때쯤에야 겨우 마주칠 수 있을지도 모른다.

그래서 여전히 천화상단의 마차 행렬을 가로막는 건 아무것도 없었다.

너무나 순조롭고 편안한 여행이라 그동안 긴장하고 있던 호위무사들은 물론 이무련마저도 이제는 맥이 빠져가고 있었다.

청해호 복판에 우뚝 솟아 있는 해심산을 멀리 보면서 넓게 펼쳐진 한적한 초원을 느릿느릿 나아가고 있을 때였다.

"저기 누가 옵니다."

호위무사 한 명이 급히 다가와 이무련에게 그런 보고를 했다.

이무련이 말을 몰아 선두로 나서 보니 과연 까마득하게 보이는 초원 저 끝에서 누군가가 부지런히 이쪽으로 다가오고 있는 게 보였다.

이마에 손을 대고 시선을 모아보지만 너무 멀어서 똑똑히 알아볼 수가 없다.

한 사람이었다.

이무련은 수하들에게 긴장을 늦추지 말도록 지시하고 제 속도를 유지하며 전진해 나아갔다.

그들과 낯선 자와의 거리가 빠르게 좁혀진다.

그리고 비로소 얼굴을 알아볼 수 있게 되었다.

더벅머리에 텁수룩한 수염이 턱을 둘렀고, 낡은 갈색 옷 위에 짐승 가죽을 걸친 것이 영락없이 이곳의 토박이 청년으로 보인다.

그가 휘파람이라도 부는 듯한 얼굴로 곧장 마주쳐 왔다.

이무련은 혹시 창응방의 무리가 보낸 정탐꾼이 아닌가 하여 유심히 보았으나 그 청년 혼자가 분명했다.

병장기도 지니지 않은 채 마른 나무 지팡이 하나를 지녔고, 등에는 둘둘 만 낙타 가죽을 졌으며 허리에 물주머니를 찬 것이 먼 길을 떠나는 모양이다.

"데려와라."

이무련의 말에 호위무사 한 명이 재빨리 말을 몰아 청년에게로 달려갔다.

무어라고 서로 이야기하더니 청년과 함께 돌아온다.

이무련은 말에서 내려 간이 의자에 앉았고, 그의 좌우에 두 명의 호위무사가 섰으며, 짐꾼들은 마차 주위에 흩어져 있다.

이무련이 다가오는 청년의 면면을 유심히 살펴보았다.

흙칠을 한 것처럼 시커먼 얼굴에 코가 크고 얼굴 윤곽이 흐릿하다. 턱이며 광대뼈가 잘 드러나지 않는 얼굴이었던 것이다.

살이 찌거나 퉁퉁 부어서 그렇게 된 것 같은 얼굴이었다. 어딘지 어색하기도 하지만 그럴 수도 있다고 여긴다.

혹시, 하는 마음으로 긴장했던 이무련이 한숨을 쉬었다.

진팔장 곽승풍에게서 들었던 장구봉이라는 자의 모습이 아니었기 때문이다.

청년이 어리둥절한 모습으로 이무련 앞에 섰다. 눈을 뒤룩 거리는 것이 겁먹은 것 같다.

"네 이름은?"

이무련이 짜증기가 섞인 말투로 물었다.

청년이 어눌하게 대답한다.

"장구봉."

"엇!"

그 한마디에 이무련이 깜짝 놀라 의자를 박차고 일어섰다.

매서운 눈으로 노려본다.

그러나 청년은 여전히 어리둥절해하는 모습이었다. 겁먹은 것도 같은 눈으로 이무련을 바라본다.

"네가 정말 장구봉이란 말이냐?"

"그럼 이무련이겠소?"

"무엇이?"

이무련은 씩 웃는 청년을 보면서 비로소 제가 그에게 농락 당하고 있다는 걸 눈치챘다.

청년, 장팔봉이 고개를 비틀어 우두둑 소리를 내고 태연하게 말했다.

"기다리고 있었다. 너희들은 게으르기 짝이 없는 놈들이 야. 여기까지 오는 데 닷새씩이나 잡아먹다니 말이다."

"이, 이놈이?"

이무련은 이 황당하고 뜻밖인 일에 정신을 차릴 수 없었다.

그렇게 기다리며 벼르고 있던 장구봉이라는 자가 이렇게 불쑥, 그것도 어디로 여행이라도 가는 사람처럼 태연하게 찾아올 줄이야.

장팔봉은 창응방에서 얻은 면구로 제 본래 얼굴을 가리고 있었는데, 그 면구라는 게 처음 써보는 것이라 영 불편했지만 당분간은 그 모습으로 행세하기로 작정하고 있었다.

진소소의 면전에 이르면 그때 면구를 벗어 던지고 진면목 으로 그녀를 호되게 밟아줄 속셈인 것이다.

그렇게 할 때까지 저를 감추고 있는 게 좋을 것이라는 계산 도 하고 있었다.

정신을 차린 이무련이 눈짓을 하여 세 명의 무사로 장팔봉 의 퇴로를 막게 했다.

스산한 얼굴이 되어 으르렁거린다.

"흐흐, 그러잖아도 네놈을 잡을 작정이었는데 이렇게 제 발로 찾아와 주었으니 고맙구나."

"여기까지는 내 발로 왔으니 여기서부터는 너도 스스로 찾아가라."

"어디를 말이냐?"

"저승."

"죽일 놈."

이무련이 한 발 더 물러서며 신호를 했다. 그 즉시 장팔봉의 뒤에서 호시탐탐 노리고 있던 자들 세 명이 검을 휘둘러 들이친다.

"으흐흐흐—"

장팔봉의 입에서 기괴한 웃음소리가 흘러나왔다.

그는 오늘이 기념할 만한 날이 되게 하겠노라고 스스로에게 단단히 약속해 두고 있었다.

천화상단과의 첫 싸움이자 장차 패천마련을 도륙하기 위한 첫발을 내딛는 날이기 때문이다.

우뚝 서 있는 그가 검격이 어깨에 떨어질 때에야 슬쩍 움직였다.

번쩍!

순간 그의 신형이 꺼지듯이 사라져 버린다.

"엇?"

세 명의 호위무사가 놀란 외침을 터뜨릴 때 장팔봉은 어느
새 이무련의 곁에 다가서 있었다.

귀신이 울고 갈 만한 신법이다.

"네가 첫 제물이야."

그가 이무련의 귀에 대고 악마처럼 속삭였다.

그러나 이무련도 만만한 자는 아니었다. 천화상단의 당주
라는 직책이 아무나 할 수 있는 게 아닌 것이다.

호북패검이라는 명성을 얻은 자답게 즉각적이고 강력한
반응을 보인다.

빙글, 반 바퀴 맴돌아 거리를 벌리는 동시에 어느새 검을
뽑아 들어 빠르고 맹렬하게 후려쳐 왔던 것이다.

씨잉, 하는 바람 소리가 귀 따갑게 쏟아진다.

그러나 그는 장팔봉이 어떤 자인지 확실히 알지 못했다.

진팔장 곽승풍을 일격에 박살 냈다는 말조차 완전히 신뢰
하고 있지 않았다.

그가 당하고 온 게 창피해서 그렇게 과장되게 말했다고 여
긴 것이다. 그 정도의 개세적인 고수를 만났으니 어쩔 수 없
었노라고 하는 핑계 정도로 이해하고 있다.

그래서 그는 자신이 있었다.

곽승풍보다 제가 더 고수라는 자부심 때문이기도 하다.

그러나 장팔봉에게 그는 곽승풍과 다를 바 없는 존재에 지
나지 않았다.

열 살 먹은 꼬마 놈의 눈에는 여섯 살 먹은 아이가 우습게 보이는 게 당연하겠지만, 튼실한 장정의 눈에는 열 살 먹은 놈이나 여섯 살 먹은 놈이나 다 같이 시시해 보이는 것과 같은 이치다.

씨잉—

이무런의 검이 매서운 살기를 싣고 머리 위에 떨어진다.

그것을 바라보던 장팔봉이 슬쩍 팔을 들어 올리더니 말아 쥐고 있던 손가락을 튕겼다.

다른 사람의 눈에는 이무런의 검격이 더없이 빠르고 정확한 것이지만 장팔봉의 눈에는 지루할 만큼 느려터지고 엉성한 것으로 보였다.

마치 그가 속해 있는 시간과 이무런 등이 속해 있는 시간이 서로 차이를 두고 흐르는 것 같다.

그래서 장팔봉은 그 빠른 검격을 거북이가 기어가는 것처럼 보았고, 손가락을 튕겨 막 정수리에 닿으려는 그것을 정확히 때릴 수 있었다.

따앙—

맑고 낭랑한 쇳소리가 울렸다.

"으헛!"

이무런이 크게 놀라 펄쩍 뛰어 물러섰다. 믿을 수 없다는 얼굴로 제 검을 바라본다.

그것에는 가는 금이 거미줄처럼 퍼지고 있었다. 장팔봉의 탄지일격에 맞아 단단한 검신이 유리처럼 깨졌던 것이다.

소림의 절기로 꼽히는 탄지신통이라고 해도 이와 같은 위력은 없을 것이라는 생각이 번갯불처럼 스쳐 갔다.

'이건 내가 상대할 자가 아니다!'

그런 생각이 들지만 이미 사태는 돌이킬 수 없게 되었다.

그는 멍한 눈으로 저의 보검이 가루가 되어 부서지는 걸 바라보았다.

그리고 날카로운 비명 소리가 귀를 뚫고 쏟아져 들어왔다.

천화상단의 무사들 중에서도 고수로 꼽히고 경험이 풍부한 그들, 세 명의 호위무사가 일제히 무릎을 꺾고 있었다.

누구도 장팔봉이 어떻게 움직였고, 무슨 수법을 쓴 건지 제대로 알아본 자가 없다.

그들의 이마 한복판에서 흘러내리는 가느다란 선혈이 미간을 지나 콧잔등을 적시고 있었다.

하나같이 이마에 콩알만 한 구멍이 뚫려 있었던 것이다.

'이것도 꽤 쓸 만하군.'

장팔봉이 회심의 미소를 지었다.

그는 다섯 괴물 노사부 중 한 명인 무정철수 곽대련의 마정십지(魔精＋指)를 시험해 보았던 것이다.

처음 지하 뇌옥에 떨어졌을 때 그가 다섯 손가락을 단단한 바위에 푹, 찔러 넣는 걸 보고 놀라지 않았던가.

지금 장팔봉의 마정십지는 그때의 곽대련이 선보였던 것보다 오히려 더욱 위력적이었다.

손가락 끝에서 뻗어나간 지력이 단단한 이마 뼈에 콩알만한 구멍을 남겼으니 그렇다.

획!

장팔봉이 그렇게 스스로의 성취에 흡족해하고 있을 때 등 뒤에서 바람 소리가 들이닥쳤다.

이무련이 이를 악물고 들이친 것이다.

그의 주먹이 등을 칠 그 순간 장팔봉이 빙글 돌아섰다.

마주 주먹을 뻗어 곧장 이무련의 주먹을 가격한다.

쾅!

두 사람의 주먹이 충돌하듯이 허공에서 부딪쳤다.

"으악!"

그리고 이무련의 입에서 찢어지는 듯한 비명이 터져 나왔다.

장팔봉의 무지막지한 힘을 이기지 못하고 그의 팔이 안으로 쑥 밀려들어 갔던 것이다.

팔뼈가 팔꿈치를 뚫고 나왔을 정도였다.

이무련이 불신과 경악으로 눈을 부릅뜬 채 멍하니 장팔봉을 바라보았다.

그는 장팔봉의 주먹에 실린 기운이 진원지기라는 걸 알지 못했다. 단지 자신의 내공마저 무력하게 만들 정도로 장팔봉의 내공이 압도적이라고만 여겼다.

검법도 소용없고, 내공으로도 상대가 되지 않으니 방법은 하나뿐이다.

'치욕을 당하느니 깨끗한 죽음을!'

그가 성한 왼손을 번쩍, 들어 올렸다. 그대로 제 천령개를 내려쳐 버린다.

그렇게 장팔봉은 천화상단과의 싸움을 시작했다.

그가 천천히 돌아섰다. 거기 스무 명이나 되는 짐꾼들이 두려움으로 떨며 장팔봉을 바라보고 있었다.

그들은 천화상단에 속한 무사들이 아니었다. 그들이야말로 천화상단의 힘이라고 할 수 있는 장사꾼이자 운송인들인 것이다.

장팔봉은 차마 그들에게마저 손을 쓸 수 없었다.

"가라."

그가 담담하게 말했다.

"가서 너희가 본 것을 똑똑히 전해라. 천화상단은 더 이상 이곳으로 올 수 없다. 아니, 이제부터 내가 하나씩 너희 상단을 짓밟아줄 것이다. 단단히 각오하고, 단단히 준비하라고 전해. 나의 원한은 저 청해호보다 크고 깊다는 걸 반드시 전해라."

그가 말을 마치고 돌아섰다. 이제는 꼼짝없이 죽었구나, 하고 여기던 자들이 어리둥절해하더니 와— 하고 소리치며 뒤

돌아서 달아나기 시작했다.

짐도 마차도 말도 다 내버린 채 맨몸으로 정신없이 달아나는 것이다.

장팔봉은 몇 번의 실전을 통해서 저의 무력이 어느 정도인지 확실히 알 수 있게 되자 세상의 모든 게 다 시시해 보였다.

아무리 고수라고 으스대는 자들도 이제는 골목 안의 개구쟁이 수준으로밖에는 보이지 않는다.

자신의 잠재력을 극대한으로 뽑아낼 수 있게 된 이후 그는 강호의 고수들과 차원을 달리하는 초인으로 갑자기 바뀌어 버린 것 같았다.

백무향이 고수들을 벌레 보듯 했고, 그래서 지극히 오만하고 도도했던 게 이해되었다.

마환천주 도적성이 그토록 여유있으며, 제멋대로 포악을 떨었던 일들도 이해된다.

그들의 눈에는 제아무리 고수라고 하는 자들도 우습게만 보였으니 그럴 만했던 것이다.

그리고 지금 장팔봉은 자신의 무위가 그들보다 오히려 높다는 걸 자각하고 있었다.

세상이 작아 보이고, 강호가 우습게 보일 만하다.

"이제부터 시작이야."

그의 중얼거림이 음울하게 들렸다.

"기다려라, 하나씩 자근자근 짓밟아줄 테니까."

그리고 천천히 무겁게 발소리를 쿵, 쿵, 울리며 떠나간다.

뚜두둑—

손가락 마디 꺾는 소리가 끔찍하게 울렸다.

『봉명도』제5권 끝